城之影 Ⅱ

MOIVES×CITIES

王田　著

中国广播影视出版社

序

与其说，这是两本书；不如说，这是我的十年。

2008—2018，亚洲—欧洲—美洲—非洲，近三十个国家的九十座城市。

萨特的《词语》，是我的分水岭。他建了一座词语城堡，在里面刀光剑影、呼风唤雨，但是最终摧毁了他的虚拟王国。而我就像伍迪·艾伦的电影《开罗紫玫瑰》里从银幕上走下来的男主角，走进女主角的生活，寻找戏剧与现实的对照记。

现代美国人韦斯·安德森对老欧洲做了一场巴洛克想象，致敬"世界主义者"茨威格。

某种意义上，我也是一个世界主义者。用真实界的行走，修正想象界的幻觉。

苏珊·桑塔格说：我喜欢不知道要到哪里去、同时已经走出了很远。

感谢走过的每一座城，吮吸着它们的光华，我变成现在的样子。

诗人诺瓦利斯说：哲学，就是怀着乡愁在四海寻找家园。

未来，我不知道要到哪里去，但一定会继续走。

行走，也是我的哲学。

城之影 II

MOIVES
×
CITIES

目录

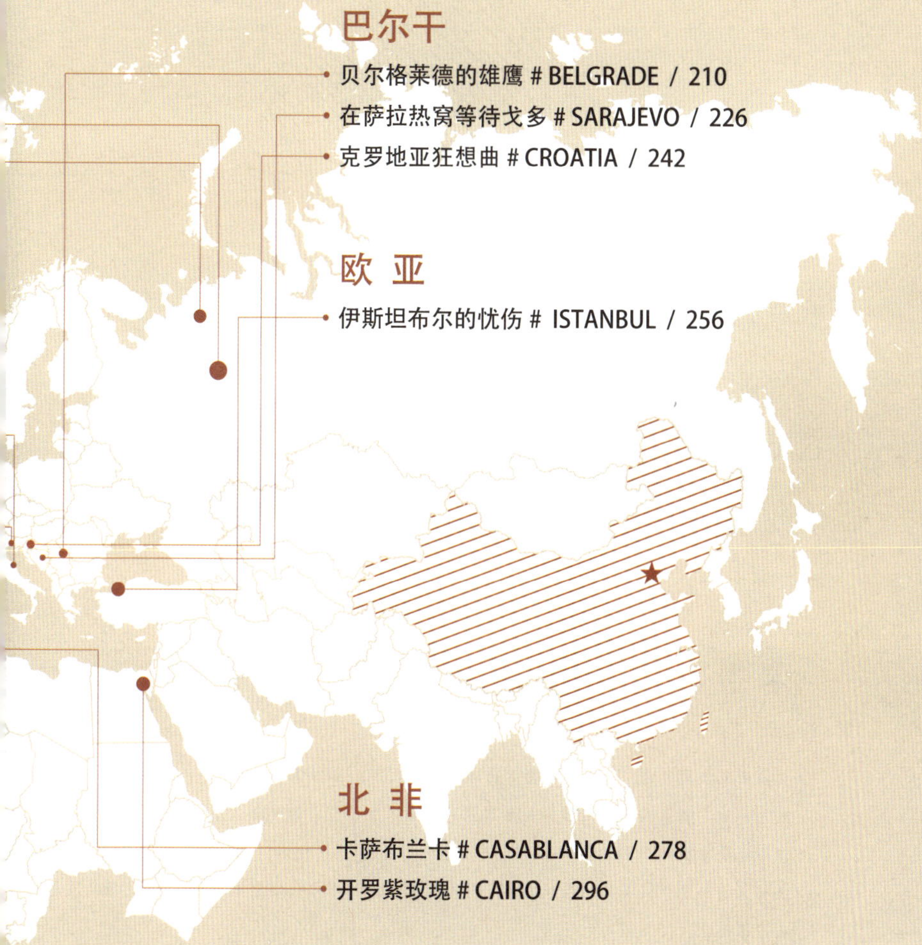

巴尔干

欧 亚

北 非

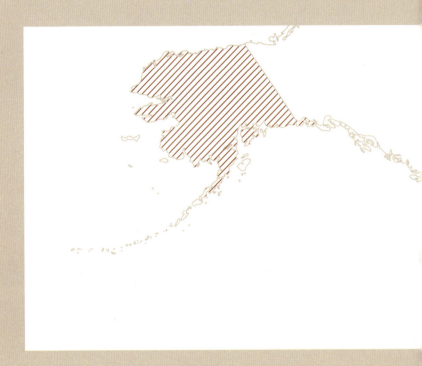

美 国

2013 年的冬天，我来到洛杉矶。

受迪士尼公司邀请，与卢卡斯影业合作《星球大战》系列节目。

史无前例，好莱坞为我们公开展示了星战机器人的原型：黑武士、克隆人、3PO，还有我最喜欢的小 R2。

洛杉矶的阳光长驱直入，最好的事是闭上眼睛，任由壮阔的阳光与响亮的宁静，彻底占据自己。

我像个孩子一样排了三次队，在环球影城的《变形金刚》3D 体验室玩得不亦乐乎。

在 STAPLES CENTER，入乡随俗地喝着可乐、吃着爆米花、伴着美少女啦啦队与观众席里的 KISS 时刻，观看了一场 NBA：洛杉矶湖人 VS 明尼苏达森林狼。

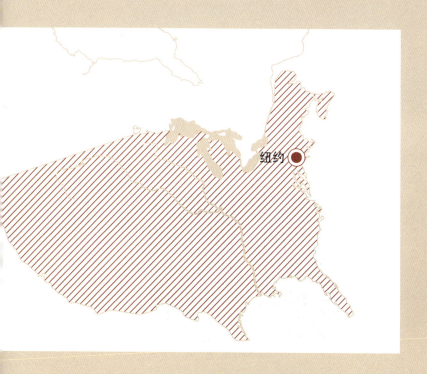

纽约 ●

住在朋友的山顶别墅，俯瞰璀璨的洛杉矶夜景。发誓要走上山，不料却迷了路，被西海岸的空旷吓一跳。好在有一号公路的晚霞与桑塔莫妮卡的海滩。还有一场迫不及待的电影：《醉乡民谣》。在尚未开张的咖啡馆，光线像生活一样斑驳，他弹着吉他，唱给一位救命稻草般的唱片老板，忽然唱落我的眼泪。

新年的第一个清晨，朋友开车送我去机场，一起喝了新年第一杯咖啡。

车里忽然响起 *Five Hundred Miles*，我喜欢的片中曲。

这份惊喜与温暖，让人湿了眼眶。

我何尝不是那个离家千里的人，像鲍勃·迪伦一样：一直在回家的路上，只是不知道家在哪里。

为了迪伦，我度过了平生第一个纽约圣诞。

而纽约，就像你生命中的 MR.BIG。

纽约提喻
NEW YORK

帝国大厦的圣诞灯光

《大都会》

《纯真年代》

《蒂凡尼的早餐》

《美国往事》

《华尔街之狼》

《曼哈顿》

《出租汽车司机》

《教父》

超级大都会

人们问：走过的城市里，最喜欢哪一个？

如果罗马以千年之城的性感雄强与巴洛克艺术征服了我，那么纽约相反，它是现代超级大都会的提喻。

而对纽约的第一印象——夜色中灯火通明的摩天大厦，激发了德国电影大师弗里兹·朗在柏林建起一座 2000 年的未来之城，拍出成为后世诸多类型原典的《大都会》*Metropolis (1927)*。1920 年代是柏林的黄金时代，鼎盛期的 UFA 片厂拥有最伟大的表现主义电影。这部动用了 37000 名群众演员、200 万米胶片的影史最贵默片，如今成为世界文献遗产，象征着人类野心的通天塔也被《银翼杀手》*blade runner (1982)* 借用。

购于波兰的波兰版《大都会》海报

当代科幻小说 *The city & The city*，被称为——如果雷蒙德·钱德勒（《长眠不醒》作者）与菲利普·迪克（《银翼杀手》作者）的爱子由卡夫卡抚养，那么诞生的写作近似本书。它描绘了地理意义上完全重合的两座城却彼此视而不见，而弗里兹·朗的这座有 18 个钢铁与玻璃的十字形高楼的大都会也有两座城：一座在地上，资本家统治的摩天大厦；一座在地下，奴隶般的工人被囚禁的工厂。

《拆弹部队》刻画了一个"危险瘾君子"——比起在超市里茫然无措的居家男人，年轻的拆弹专家在战场上要酷得多、性感得多、有力得多，他挑战极限、走向深渊，以便听到自己怦怦的心跳声！那股沉溺于肾上腺素的迷人劲头，女人会喜欢，男人会喜欢。作家 Hedges 冷静地宣称："这是一种战争色情。"

《大都会》的通天塔

我的第一眼时代广场

而在激起野心的意喻上，纽约也是"色情"的。弗朗西斯·科波拉曾将十年光华投入到一个奢侈项目《大都会》*Megalopolis*，仿若他的故事讲述一名男子想建造心中的理想乌托邦一样，这部"当代生活的史诗"比他著名的"浪费"电影《现代启示录》还要庞大，以至未竟……当我第一次步入时代广场，措手不及地被一片排山倒海、霓虹闪烁的摩天大厦压迫得倒退一步，走过半个地球，这情形从未有。

习惯了欧洲，来到纽约会刹那眩晕的——除了法兰克福，欧洲的高楼基本都屹立在这个"美茵河畔的曼哈顿"。而纽约最著名的儿子伍迪·艾伦，始终怀念那些有着朴素忧伤之美的纽约景观。在《无线电时代》*(1987)* 的开篇：镜头越过一条被雨水冲刷的街道，画外传来带着鼻腔的声音："我在这儿长大。如果我浪漫化了过去，请原谅……这里不总是暴雨倾盆的。但在我记忆中是这样的，因为这是它最美的时刻。"

今天，年轻的纽约儿子诺亚·鲍姆巴赫接过伍迪衣钵，絮絮述说着新纽约客的小欲望、小无望，《美国情人》*Mistress of America (2015)* 的片名即隐喻，住在时代广场的女郎，从广场上走下来的一幕刷新了《曼哈顿》*Manhattan (1979)* 中的恋人们坐在皇后大桥下看日出的一幕。

跨越几十年生涯，伍迪·艾伦成了一个文化形象。生于布鲁克林的红头发儿子，如今是典型的曼哈顿知识分子。自 1966 年起定期为

《曼哈顿》

《纽约客》撰稿，经常模仿伟大的西方作家，从加缪到陀思妥耶夫斯基。他的电影也承袭了俄狄浦斯、皮格马利翁的文学传统，不厌其烦地思辨人生在于偶然或必然、运气或勇气。这个热爱存在主义的电影人在欧洲比在美国更受欢迎，高傲如法国人视其为"美国电影界唯一的知识分子"。

伍迪的曼哈顿，无人可及。那是"阴影大师"戈登·威利斯带领我们享受黑白纽约的杰作，也是他带领伍迪进入电影的艺术之美的大门。从此告别低俗喜剧，转而面向受过良好教育的小众的深刻悲喜剧。还记得《教父》中油画般的黑色里马龙·白兰度轻嗅胸前一朵红玫瑰吗？伍迪与戴安在海洋馆里的约会全部采用剪影，时而只是全黑背景里光勾勒的线条——这美得令人窒息的阴影，使戈登·威利斯成为我私人榜上的摄影大师NO.1。

漫步公园大道，想象着邂逅伍迪，却意外逢着《戴珍珠耳环的少女》画展。这对耳环实际是玻璃的，珍珠是画家维梅尔想象出来的。画作拍成电影，出演少女的斯嘉丽·约翰逊成为伍迪新缪斯，一同踏

《曼哈顿》的迷人剪影

《蒂凡尼的早餐》

上性感又危险的欧洲之旅。2000 年后，为性丑闻所累的伍迪第一次离开他深爱的纽约，来到欧洲拍了一系列城市情书：《午夜巴塞罗那》《午夜巴黎》《爱在罗马》……欧洲系比纽约系明媚许多：之前，伍迪的女主角是前妻米娅·法罗式的，有一种脆弱又迷人的神经质；之后，伍迪的女主角是斯嘉丽式的，既是猎手也是猎物，天生拥有花枝招展并令人毁灭的权利。

因《不良少女莫妮卡》*(1953)*，伍迪发现了伯格曼。他模仿伟大瑞典导演的镜头构图（如《我心深处》），借用其摄影师及演员（如《汉娜姐妹》中的马克斯·冯·西多）。但这些仅仅是表面上的相似：作为伯格曼艺术基石的特写镜头几乎在伍迪电影中缺席，他偏好场景镜头；伯格曼对音乐不屑一顾，伍迪则热爱音乐，在电影里使用爵士乐，在酒吧里演奏爵士乐。然而他们处理的主题是相同的，整部《丈夫、太太和情人》谈的就是《婚姻生活》的开篇：我想我拥有困扰伯格曼人物的所有症候和问题。

也许瘦小的身体天然排斥硬汉明星，他几乎是将最多女演员送上奥斯卡的导演：《安妮·霍尔》*Annie Hall (1977)* 之黛安·基顿，《开罗紫玫瑰》*The Purple Rose of Cairo (1985)* 之米娅·法罗，《午夜巴塞罗那》*Vicky Cristina Barcelona (2008)* 之佩内洛普·克鲁兹，《蓝色茉莉》*Blue Jasmine (2013)* 之凯特·布兰切特……

布兰切特反串的鲍勃·迪伦很帅，再现的凯瑟琳·赫本神似，但

《戴珍珠耳环的少女》画展

在《蓝色茉莉》中变身的《欲望号街车》之费雯丽，堪称其最复杂的表演。不离手的马蒂尼、泪水氤氲的眼妆，遭遇丈夫背叛及破产的贵妇失去了一切，最重要的是自己。事实上，一直有批评家不满伍迪片中的生活与他实际的生活不符，住着豪华公寓、坐着配有专职司机的劳斯莱斯——他的确有一种与他喜欢刻画的一文不名的作家非常不一样的生活方式。看看1980年伍迪的新年派对，客人包括阿瑟·米勒、诺曼·梅勒、米克·贾格尔、罗伯特·德尼罗、劳伦·白考尔……

可是，"纽约想象"里怎么可以没有上流与名流？在《纯真年代》中，社会学家马丁·斯科塞斯将自己变成了一位19世纪纽约上流社会饮食习惯的历史学家和礼仪礼节的鉴赏家。作家卡波特，一边在监狱采访如他一般出身底层的年轻死囚，一边流连于声色犬马的纽约派对；一边将其熟谙的名流社交圈写进《蒂凡尼的早餐》，一边以纪实文学《冷血》换得空前的声名。"现代茶花女"的故事循环往复，更迭的不过时尚：奥黛丽·赫本的纪梵希小黑裙，换成了布兰切特的香奈儿套装。名流文化是纽约也是美国的症候，西德尼·吕美特根据布鲁克林一宗真实银行抢劫案拍出经典的《热天午后》*Dog Day Afternoon (1975)*，为绑匪送比萨的店员狂跳不止，对众大喊："我出名了！我出名了！"

安迪·沃霍尔在这座自由之城开了一座"工厂"，收容前卫与反叛。他一个镜头拍了8小时的《帝国大厦》 *(1964)*，让你看纽约的"勃起"。而我离纽约上流社会最近的时刻，恐怕是第五大道老教堂的平安夜弥撒：进进出出穿裘皮的贵妇，坐在身旁帮我点燃烛光，与我拥抱的老绅士是遍访世界的知名建筑师。

我镜头里的平安夜帝国大厦

《放任自流的鲍勃·迪伦》，1962

午夜走出教堂，头顶闪烁着帝国大厦的圣诞灯光，脚边长椅上睡着无家可归的流浪汉。想起鲍勃·迪伦的一首歌——这感觉怎么样？这感觉怎么样？无家可归，像个无名氏，像一块滚石。

我在最冷的时节来到纽约。1961 年，一个年轻人也从明尼苏达小城来到最冷时节的纽约，在一个陌生人的客厅沙发上度过了第一晚。而后，无名氏齐默曼变成了迪伦传奇，一个未来摘取诺贝尔文学奖以及无数荣耀的"神话"。专辑《放任自流的鲍勃·迪伦》，他与初恋女友在寒冷的格林威治街头甜蜜相拥的封面也成为无数乐迷的朝圣地。

在科波拉、斯科塞斯和伍迪·艾伦献给纽约的《大都会传奇》*New York Stories (1989)* 中，画家泼墨时的配乐是 *Like a Rolling Stone*——迪伦的第一首摇滚，摇滚第一次有了灵魂。美国民谣已至鼎盛，何惧迪伦移情摇滚？重点在于黑人 / 白人音乐的混合，而摇滚正如是。在肯尼迪遇刺、水门丑闻、民权运动、越战失败的迷雾中，人们问："告诉我站在哪，告诉我成为谁。"他反问："为什么谈起我就疯狂？"

我与迪伦的初遇，不是"新圣经"《答案在风中飘荡》，而是自传《像一块滚石》。独立的灵魂，沉静的文字，有生之年听了一场他的演唱会。每首歌都变了。他一直在变，唯一忠于的是自己。

哈德逊河蓝调

　　鉴赏者还之以《迪伦学家》：你希望他是来自另一个星球的孤独天才。他从不假装是。从"蓝调"偷来过门，重新组合圣经与英国诗歌，半世纪文化来来去去……半世纪来来去去，也许初到纽约的这个迪伦最动人：女孩游学意大利的日子里，男孩写下思念之苦——狗狗在等着出门，贼在等着老妇人，而我，在等着你。

　　而我，像爱上迪伦一样爱上纽约。

三一教堂

曼哈顿夜未央

船驶入港口，映入眼帘的自由女神可谓纽约提喻。

纽约是个大熔炉。冷天雪地里的裸体歌手、咆哮而过的超级跑车、都铎城、唐人街……什么样的风格都可以共存。

纽约—洛杉矶、东海岸—西海岸，可谓地理与文化双重意义上的美国两极。许多好莱坞明星住在贝弗利山庄，梅丽尔·斯特里普选择了纽约。它的多元与活力，令人战栗。如果洛杉矶是老年人的——阳光灿烂、富足宁静，老先生开着老爷车，海滩与棕榈树是它的完美想象，那么纽约是年轻人的——提供了犹如它的摩天大厦一般高耸入云的梦想。

我镜头里的洛杉矶与好莱坞

你可以像迪伦"带着老吉他、坐着地下铁、来到格林威治村"，也可以像大卫·鲍伊"住在纽约的时候，生活如国王一般，然后花光了所有钱"。苏珊·桑塔格带着 70 美元和 7 岁的儿子来到纽约——我喜欢不知要到哪里去，同时已经走了很远——她的心情，也是我的。

所以，伍迪在《曼哈顿》中列出的"让生活值得一过"的事物清单，不会有洛杉矶的 Santa Monica 与一号公路，而是——

格劳乔·马克斯

路易斯·阿姆斯特朗的《笨蛋蓝调》

瑞典电影

马龙·白兰度

塞尚的苹果和梨

特蕾西的脸……

他被这份混合了艺术与爱的灵光乍现的清单冲昏了头，从椅子上跳起来，奔向心爱的女孩。

与其说伍迪文艺，不如说纽约文艺。100 多家影院、200 多个剧场，鲍姆巴赫的主人公像呼吸空气一样呼吸着 MOMA 画展、百老汇戏剧与《纽约时报》书评。我的纽约日子，从第五大道的一杯咖啡开始，bagel+icecream cheese，慢慢抹匀，慢慢吃；望着窗外的雨滴和脚步，可以有所想，可以无所想。这份旖旎的自由，是亨利·米勒教会我的。真正的教徒在教堂之外——这个生于布鲁克林的恶棍兼圣徒，赤诚地饥饿、赤诚地放荡，游历欧洲、隐居大瑟尔。假若他还在，我会登门

百老汇之夜

时代广场的摇滚歌手

致意：有个女孩，在最无助的时刻遇到你，读了所有你的书。现在，她长大了。下午，在 AMC 看一场《她》，这部浪漫科幻片的观众构成非常有趣：情侣，老人，中年妈妈带着小儿子。晚上，与几位在纽约追逐电影梦的年轻人来到格林威治村的西班牙餐馆，而后走进每一间人声盈满的酒吧。

大都会博物馆，梵高的向日葵

当然还有"切尔西"。它的房客就像时代广场上的摩天大厦：马克·吐温、欧·亨利、尤金·奥尼尔、田纳西·威廉姆斯、纳博科夫、波伏娃、萨特、库布里克、玛丽莲·梦露与阿瑟·米勒……沃霍尔的《切尔西女郎》*Chelsea Girls (1966)* 与费拉拉的《切尔西旅馆》*Chelsea on the Rocks (2008)*，会告诉你这座建于 1884 年的建筑是一个既闪闪发光又声名狼藉的文青圣地，人们跳楼都要选择切尔西的窗口……

206 住过迪伦·托马斯。
他的诗句深奥神秘——
人类是我的隐喻
他的诗句凶猛炽烈——
我并非只想要你一天
一天是蚁虫生命的长度
我要的是如大象那样巨大疯狂的野兽的一生

鲍勃·迪伦因为他的诗人偶像而更改了姓氏并住进 211，送给女友——待在切尔西旅馆无法入睡，为你写下《眼神悲伤的苏格兰女人》；而我在 42 街邂逅巡演的莱昂纳德·科恩，为住在这里的心爱女人写下《切尔西旅馆作品 2 号》。他们与纽约，互为传奇。

古根海姆博物馆

伍迪喜欢在电影里戏谑好莱坞及其培养的观众：在这里我是废物，在那里我是天才。感谢上帝，还好有法国人！

纽约的电影作者
科恩兄弟、诺亚·鲍姆巴赫、韦斯·安德森

正是纽约城而非好莱坞，定义了美国的电影文化。对于 1930 年代的美国电影工业而言，"艺术"可能是它会想到的最后一个词，它似乎更感兴趣于创造有益的"娱乐"。而纽约，因其他庞大多元的知识界——一群富有声望的电影批评家、一批富有影响力的大众媒体、一批数量可观的多风格影院，在美国电影文化中占据独一无二的位置。纽约放映一切类型的电影，纽约人也标榜自己有丰富的影院资源：林肯中心剧院有最豪华的室内装饰，汇集主流电影、独立电影和外语片；非营利影院 Film Forum，放映第一线的独立电影、小众电影以及不同主题的经典电影；只有一块银幕的 Paris Theatre 建于 1948 年，是美国历史上坚持放映艺术电影的艺术影院。

纽约也是独立电影与作者电影的大本营。孜孜不倦于不确定原理的科恩兄弟，他们的美国是由杀戮、神话、反讽类型建构而成的另类美国，经常坐落在好莱坞雷达发射不到的落后内陆。这几张几乎统治了当代美国独立电影的面孔，让人想起这座城市早期的辉煌：1940 年代先锋的卡赞，1960 年代沃霍尔的实验电影，1990 年代米拉麦克斯发行的一系列主流艺术片，以及《穷街陋巷》与《出租汽车司机》的伟大十年。

纽约皇后区的贫民小子摇身变为好莱坞巨头。韦恩斯坦兄弟创办的 MIRAMAX（米拉麦克斯）改写了电影史：将最多的艺术电影、偏

纽约大学

门电影、独立电影、小众电影送入大众视野，留下《低俗小说》《英国病人》《血色将至》等无数经典以及 250 个奥斯卡提名、70 多座小金人，一部"低俗电影史"亦是韦恩斯坦的"登堂入室史"。然而，2017 年一场"打破沉默"的多米诺效应风卷全球，掀翻从政治人物到娱乐大亨的性骚扰丑闻，正始于好莱坞最具权势之人哈维·韦恩斯坦。这一里程碑事件，是否像超级英雄电影里开始出现女性超英雄一样，暗示了一个女性时代的到来？

纽约这一年，正值《低俗小说》20 周年。这部电影也成为我与纽约大学富有声望的 Dona Polan 教授的相识之缘。他与我分享为 *Pulp Fiction* 捷克译本所作长序，是对昆汀作品的思想演进。《低俗小说》何以成为一种现象并第一次为 cult 电影竖起门槛；作为引发狂热粉丝文化的电影人，唯奥森·威尔斯可与昆汀相提并论，兼具严肃的艺术野心与孩子般的游戏精神；反讽英雄取代了存在主义；种族术语并非出于种族政治而是对黑人美学的激赏；昆汀后期何以抛弃了早期成就他的那些热爱艺术电影的城市专业影迷……Dona 为我开启了一扇新大门——批评的距离。

弗洛伊德与荣格，曾受邀前往美国讲学。抵达纽约时，弗洛伊德指着自由女神像说："他们还没意识到，我们正给他们带来一场灾难。"也许弗洛伊德没意识到：纽约是个坏小孩，坏小孩让世界变好玩。

时代广场的摇滚餐厅 Hard Rock

纽约诞生于街头

有个纽约形象，已成图腾。

它来自一个意大利人。塞尔吉奥·莱昂内，"通心粉西部片"一代宗师，令美国偶像伊斯特伍德辗转意大利而后扬名故土。

《美国往事》*Once Upon a Time in America*，讲了几位混迹街头的童年好友长大成人：一桩抢劫案后，"麦大"成功洗白、入主政界，占有了最好朋友"面条"最爱的女人并帮助她成就了明星梦。"面条"却经历牢狱之灾，为了拯救好友不惜背负"背叛"之名，不料被背叛的是自己。这个踽踽独行、一无所有的人，为什么我们觉得高贵？因为他有原则，并忠诚到底。垂暮之年重逢，他对麦大说："也许我们穷困潦倒，但是成就了一段伟大的友谊。"从《西部往事》*(1968)*、《革命往事》*(1971)* 到《美国往事》*(1984)*，莱昂内的怅惘一直在。首尾响起 Beatles 的 *Yesterday*，也许里面藏着他对美国的全部想象以及对现代的全部乡愁。

《西部往事》中的人物出场，堪称导演教科书；凄厉的口琴不是配乐，是西部生存。而令《美国往事》有别于美国黑帮片的，在于它的美国梦其实是反美国梦的，还在于主角的犹太人身份。正是犹太移民，于 20 世纪初在纽约经营电影院、投资拍电影，勾勒出美国电影工业的雏形。后来他们移居加州，建立了第一个规模巨大的"环球

《西部往事》

《美国往事》的布鲁克林大桥

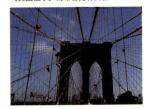

我镜头里的布鲁克林大桥

《水牛城 66》

影城"，也创立了好莱坞八大电影公司。尽管好莱坞的犹太大老板是最有权势的人，但二战的反犹梦魇让他们小心翼翼，希望弱化身份、融入美国，以至关于犹太人的电影都是非犹太人拍的，如卓别林的《大独裁者》。而今，全世界 1/3 的犹太人在美国，2/3 的美国财富在犹太人手里。是犹太墓地而非摩天大厦，为这座昂贵的大都会标出了城际线。纽约有最恢宏的犹太教堂，犹太巨头洛克菲勒在城中留下全世界最大的私人建筑群以及全纽约最大最漂亮的圣诞树。从曼哈顿到华尔街，从娱乐到金融，犹太人是纽约王。

阿尔贝·费拉拉，这个将摇滚爵士放进黑帮火拼的"坏孩子"，是独立电影的旗手。资深黑手党审美者也会被他的《纽约王》*King of New York (1990)* 震惊：电影里的黑帮最终会败给体制，这是体制所需要的。费拉拉，他甚至不屑于让外物裁决他的黑帮人物——他们自行裁决。

> 女人：像你这样的人不会相信法律。

> 纽约王：像我这样的人就是法律。我从没杀过不该杀的人。

> 警察：谁给了你裁决和评判的权力？

> 纽约王：这的确是个艰难的事。但总得有人做。

当你看到费拉拉在《坏中尉》*Bad Lieutenant (1992)* 里塑造了一个吸毒、赌球、嫖妓的纽约警察并拍了电影界真正的绝对的异类帕索里尼时，也就不足为奇了。出生于纽约皇后区的克里斯托弗·沃肯，自《猎鹿人》*The Deer Hunter (1978)* 后，几乎将越战老兵这一"饱受战争创伤的美国青年一代化身"还魂给所有角色，"纽约王"亦如是。

纽约街景

费拉拉的纽约阵容里还有一个"坏孩子"文森特·加洛。有了这张面孔，就天然有了特立独行的气质。出生于纽约水牛城的加洛，自编自导自演了《水牛城 66》*Buffalo '66(1998)*，科波拉在《泰特罗》中更将他的忧郁和桀骜挖掘至深。与加洛一样，马丁·斯科塞斯的父母也是西西里移民，父亲来自波利齐，母亲来自奇明纳——在西西里，这两个村子的人结婚是无法想象的；在纽约，就可能。小马丁遭受严重的哮喘之苦，躺在床上，通过卧室的窗户观看街头生活。

你穿过今天的曼哈顿下城，置身于昂贵的画廊与时装店，几乎无法想象小意大利区以前的样子；必须把马丁的《穷街陋巷》*Mean Streets (1973)* 看个一两遍，才能领略这个贫民区变成时髦社区之前的样子。在《好家伙》*Good fellas (1990)* 中，他用风一般的长镜头跟随春风得意的主人公带着女伴穿过厨房进入夜总会，给予特权般的街头生活一种狂野致敬。疯子乔·佩西，因为一个年轻人没给自己倒酒就一枪毙了他，这一枪为他带来一尊奥斯卡小金人。但是马丁的暴力咏叹调充满未竟之憾，做梦都想成为意大利黑帮的爱尔兰裔美国小子，从未能进入那个被他理想化的世界。归属感，对被排除在外的恐惧——几乎是意裔美国人的宿命主题。

《出租汽车司机》*Taxi Driver (1976)*，是斯科塞斯触碰黑色电影与存在主义的开端。关于黑色电影与电气文化的关系，有一个奇特的事实——即使在 1930 年代大萧条与 1940 年代二战经济不景气期间，美国电力工业仍然发展壮大。然而就在人工照明进入美国这一历史时

期，出现了一批因黑暗而闻名的电影：黑色电影，如《大钟》*(1948)* 的开场一幕：摄影机掠过纽约天际线，落在恢宏的现代写字楼。有些地板黑，有些地板亮。随着摄影机向大楼移动，另外的地板也被照亮。很快，摄影机进入大楼，将主人公置于阴影之中。乍看，这一幕似乎满足了我们对于黑色风格的视觉期待：一个夜间的城市景观，一摊阴影，一个处境艰难的英雄遁入黑暗。但是换一种观看之道，我们的视觉期待就会被颠覆：威胁着主人公的，不是阴影，是光。这是关于一个无处躲藏的男人的故事，他的被围困感，是通过照亮庞大的现代写字楼来表达的。

尽管战时停电与削减预算是黑色风格的直接缘由，但是这些因素应被置于一个更大的照明文化之内考量——哪些空间被照亮以及如何被照亮？没有哪个公司像通用电气那样，投入各种公关努力，通过战略性地使用话语与影像学，赋予照明技术以进步、科学和迷人的文化意义。黑色电影正是照明技术出现在大银幕上的重要代表，是使用人工光来品评现代性的电影——特别是工业化进入日常生活的现代性；它大规模使用人工照明影像，将电气工业的技术进步转化为变动、疏离的电影叙事。

那么，这一电影叙事背后的文化意味是什么？尽管通用电气庆祝着世界变得越来越亮，但是公司的经济战略却创造了一种不均等发展的景象。比如改造街灯的战略，使其成为整个经济不景气时期少有的获利市场——Plan A：商业区街道获得 100% 的照明升级换代，住宅区街道获得 75% 的照明升级换代；Plan B：住宅区被排除在外，全部照明预算投入商业地带与繁华街道。无论哪个方案，最终都形成一种令人眼花缭乱的灯光展示（创造更多的灯光需求）。正是这一战略，造就了城市空间的照明不均等；而城市空间的照明不均等，被转化为黑色电影所探索的视觉不均等：用小巷的幽暗灯光，反衬主街的明亮灯光。事实上，资本主义语境下现代化所造就的不均等，被视为黑色电影最持久的主题之一。

出租汽车司机 Travis 逡巡于潮湿的纽约街头，他就像大都会的幽暗小巷，总是出现在夜晚；而他爱上的为政客做竞选的漂亮女郎，就像大都会的繁华主街，总是出现在白天。最终他无法忍受纽约藏匿的污垢和冷漠，买了一把枪清洁它。首映之夜马丁在剧院，枪战时刻每个人都大喊与尖叫。他未曾想过观众会有如此反应，也许他准确捕捉到了那个时代里异常活跃的一种情绪——抑郁。美国在越战中失败，里根保守主义萌芽，观众沉浸在暴力宣泄中：是的，让我们出去大开杀戒！

《出租汽车司机》里的纽约城不再是一个自然环境，而是一个男人幻想与恐惧的主观投射。有些演员被他们所扮演的角色填满，罗伯特·德尼罗不是。他利用他的空——去触探自身的反常与混乱，只有白兰度做过这样的深潜。德尼罗也以自己的方式营造了一种"色情"气息，实际上没有任何性在里面，但是无性如同性一样令人不安。这

《出租汽车司机》

就是它要诉求的——缺席的性压抑，受冲击的能量与情感。我们感受到 Travis 需要一种发自肺腑、血花四溅的爆发，这爆发本身即为圆满，因此，《出租汽车司机》成为少有的真正的现代恐怖电影之一。

随后，《穷街陋巷》和《好家伙》的几近人种学的方法让位于史诗。小马丁发现了一件奇怪的事，老马丁将它写进《纽约黑帮》*Gangs of New York (2002)*：意大利贫民区的主教堂被供奉给一个爱尔兰圣人，直到他意识到从西西里来的移民在与爱尔兰的暴力战争中赢得了曼哈顿下城街道的控制权，一如 50 年前爱尔兰人从土著手里赢得了他们的地盘。在这部梦想了 30 年的电影中，他开门见山地说——纽约诞生于街头。追溯的既是一座城市的诞生，亦是一个国家的诞生，为构成马丁电影的所有焦虑、所有政治问题提供一种历史形成：谁是真正的美国人？这个统一的国家基于怎样的价值观？

美国精神的一种本质是反美国精神。"从《教父》到《疤面煞星》，那个有组织犯罪的地下世界长久以来吸引着美国的大众文化。因为在某种程度上，我们都想成为他。他们不必遵守规则，去他们想去的地方，做他们想做的事，拿他们想拿的东西，甚至于，对这样一种人生的参与都是激动人心的。"1930 年代，一纸禁酒令使美国黑帮崛起，胡佛忙于冷战反共，有组织犯罪未被重视。当资本主义世界遭遇经济危机、人民失业、社会动荡、国家机器无所作为，初期黑帮片里反社会的歹徒就成为人们发泄对政府不满的替身。1960 年代，世界上诞生了最早的全球化：西西里黑帮与美国黑帮联手跨国毒品交易。美国深陷越战泥潭，政府信任危机空前，黑帮片里的黑道人物替美国大众说话，建立了另一个无所不能的"自由世界"。他们住在城里，提供了关于危险而悲哀的城市的想象——毋宁说是关于现代世界的想象。

《教父》

　　《教父》即是关于纽约五大黑帮家族之首的柯里昂家族。科波拉
与斯科塞斯一样，幼时因患小儿麻痹症被隔离在家，经历过孤独与恐
惧的时刻。科波拉的哥哥曾是黑帮成员，《斗鱼》*Rumble Fish* 讲述
了对哥哥的迷恋——他的皮夹克在电影里被儿子尼古拉斯·凯奇穿烂
了；他只有 21 岁，却充满活了一千年的厌世感。科波拉在 1970 年代
的四部电影中刻画了四个被忧郁吞噬的男人：与其说他拍的是黑帮
片，不如说他拍的是孤独的男人；与其说《教父》三部曲是对于历史
的批判性处理，不如说是关于一个男人的权力、欲望和压力的浪漫全
景，包括失去爱与家庭的终极冒险，一个古老神话的伟大复活。《教
父Ⅱ》*(1974)* 结束于沉思中的迈克，他从古巴返回纽约时突然下起大
雪，如同一个内心虚无的囚徒。

　　今天，黑帮不再是住在城里的犯罪分子，不再注定因反美国精神

而死。后现代消费社会的情势变了，美国文化的神话机制变了，反社会的英雄不见了。新一代纽约客鲍姆巴赫在《美国情人》里讽喻：美国人白天在政府机构上班，晚上做超级英雄，就像美国精神的本质——自己是自己的神话。

2013 年的纽约冬日，我独自坐在影院，看《醉乡民谣》*Inside Llewyn Davis*。胶片上氤氲着1960 年代纽约冬日的雾气、尘微与感伤。潦倒的民谣歌手不断追逐一只猫，它的淘气如名字一样抢镜：尤利西斯。它的意喻如荷马史诗一样悲壮：民谣理想。在尚未开张的咖啡馆，光线像生活一样斑驳，他弹着吉他唱给一位救命稻草般的唱片老板，也唱落我的眼泪。

科恩兄弟消解了这个神话。

华尔街之狼

伍迪深情告白："我爱纽约……这里有最美丽的女人和最聪明的头脑。"而新一代纽约客鲍姆巴赫则宣称："我想拍看起来不那么聪明的电影。"

莫顿街44号，曾住着诗人布罗茨基。他的诗像他的流亡一样，《几乎是一首悲歌》：

> *昔日，我站在交易所的圆柱下面*
>
> *等到冰凉的雨丝飘拂结束*
>
> *我曾经幸福*
>
> *过得像一名天使的俘虏*
>
> *踏着妖魔鬼怪走来走去*
>
> *在前厅等候沿着梯子跑下来的美女*
>
> *全都一去不复返，消失得无影无踪*

纽约很酷，好像要穿机车夹克和黑色才配它。纽约也残酷，超市影院的服务员，除了华裔印度裔，多是黑人。《黑色乌托邦》讲的正是布洛茨基的纽约，美国历史上最年轻的市长为"黑白之战"奔波：在1960年代的民权运动浪潮下，美国联邦法院下令，白人居住区必须建造低收入住宅，然而白人不愿接纳黑人、黑人也不愿与白人为邻。

即使《被解放的姜戈》走进美国历史中最荒凉的时期，这个国家犯下的最大罪恶——直到今天仍在偿付、尚未超度的罪恶，昆汀也被斯派克·李批判。身为黑人，

我镜头中的纽约证券交易所

他既在《为所应为》*Do the Right Thing (1989)* 中反思黑人的不思进取、文化自卑，也在《圣安娜奇迹》*Miracle at St. Anna (2008)* 中为电影所忽略的黑人士兵正名。意大利人开的比萨店挂着阿尔·帕西诺和罗伯特·德尼罗的照片，黑人不满：为什么不挂黑人明星的照片？最终升级为混战，黑人被白人警察打死，比萨店被黑人烧成废墟，马丁·路德·金终于被挂上去。一座布鲁克林大桥，隔开的不只是布鲁克林与曼哈顿。今天的黑白之战，愈演愈烈。

大都会博物馆，1939 年的华尔街

而我心中的纽约，像一曲蓝调。入夜时分的哈德逊河，蓝得忧伤诗意。店员推荐了 *Muddy Waters* 的经典唱片 Folk Singer。生于密西西比棉花种植园的土地，蓝调唱的是生命的灼热与痛苦。这位芝加哥蓝调之父，唱出沉静中的狂野。

华尔街的崛起亦是一部纽约城市史。1626 年，荷兰祖先用 24 美元物品从印第安人手中买下曼哈顿岛，取名"新阿姆斯特丹"。英荷大战之后，尽管被英国人改称"新约克郡"（New York），但荷兰人的商业精神被继承，其开创的首个金融泡沫"郁金香狂热"日后也成为华尔街戏剧。

今日华尔街

放任的杰斐逊主义与节制的汉密尔顿主义，将在这里旷久博弈。南北战争时，华尔街创新了战争融资的方式，发行战争债券，帮助北方战胜南方。股票经纪商忙得无暇回家吃午饭，于是造就了现代美国社会最重要的文化之一：快餐文化。一百年后也是在华尔街，这些快餐小作坊通过上市成为全国性连锁店。当士兵命失前线，华尔街却迎来牛市，纽约纸醉金迷。

曼哈顿

在《影子大亨》*The Hudsucker Proxy (1994)* 中，科恩兄弟反资本主义的主题从未如此昭然若揭、野心从未如此铺张，为了讲述 1950 年代闪烁着空想与童话之光的纽约故事，这对不喜出风头的"严肃的男人"却用多种特效和巨大的装饰艺术创造了大企业的庞然建筑物，可记得那张光可鉴人、大可滑翔的会议桌？

而迈克尔·道格拉斯的《华尔街》*Wall Street (1987)* 奠定了经典华尔街叙事：精明世故的导师带着初出茅庐的年轻人，见识这座超级大都会的疯狂。年轻人问："钱，多少是够？"导师答："在华尔街，要么是买飞机的大玩家，要么什么也不是。""贪婪"是对的、好的，是人类向前的动力。

但是在华尔街看到《华尔街之狼》的广告牌，我还是小小震惊了。华尔街怎么会喜欢这部电影呢？莱昂纳多·迪卡普里奥自从遇上导师马丁·斯科塞斯，也在疯狂的路上一去不返，我在纽约的第一个圣诞节崩溃在《华尔街之狼》中——众人观瞻一位股票经纪人在观光电梯里接受妓女口交，里奥吞下迷幻药物像狗一样在地上爬……

世界上最聪明的脑袋发明了次贷，也制造了金融危机。2011 年，示威者占领华尔街，反对金融贪婪、贫富不均，要革命。随后，"占领华尔街运动"升级为全美社会运动。在《黑暗骑士》*The Dark Knight (2008)* 中，诺兰以小丑呼应了发端于"9·11"的恐怖主义；在《黑暗骑士崛起》*The Dark Knight*

中央车站

UFA 片厂的黄金时代：《大都会》

Rises (2012) 中，诺兰以屠戮证券交易所的哥谭暴动呼应了"占领华尔街运动"，更遥远地呼应了狄更斯的《双城记》与弗里兹·朗的《大都会》——上层精英与底层民众的对立。

之后，好莱坞占领华尔街。从《监守自盗》的专业图解到《大空头》的金融伦理，几个投资天才做空市场又良知犹存：我们必须等，直到他们感到疼。华尔街会感到疼吗？城市是残酷的、生活是残酷的——弗里兹·朗在近百年前的《大都会》中并置了这一概念与纽约的二元景观，做出摩天大厦与城市峡谷的模型。

朗的现场示范：手与脑与心

二战时苏联红军占领柏林，带走许多胶片包括《大都会》，后来德国用爱森斯坦、普多夫金与苏联交换茂瑙、弗里兹·朗。1980 年代，《大都会》被皇后乐队配上歌曲成为美国的 cult 经典，朗也成为流行文化英雄。麦当娜不仅借用了机器人的钢铁胸罩，由大卫·芬奇操刀的 MV 还向《大都会》致敬——蒸汽机与机器人般的工人，成为这位新女性反抗父权与资本主义的意象，女人也应该像男人一样表达自己想要什么。

有趣的是，弗里兹·朗拍完《大都会》并不喜欢。他不认为"手与脑的调停、资本家与工人的调停"是解决社会问题的答案。一杯脱掉咖啡因的咖啡虽然闻起来和喝起来跟真咖啡没有两样，它是无害的，但它不是真的。

　　《大都会》描绘了一个禁忌爱情——地下世界的女孩与地上大都会的主人之子。而《欲望都市》中的四位纽约摩登女郎，拥有友谊、鸡尾酒派对以及生活选择权。将帝国大厦穿在身上的凯莉，爱上了 Mr. BIG：一个风度翩翩、衣着考究、住在曼哈顿豪华公寓、有司机驾驶豪车的华尔街金融巨头。她为这个令自己反反复复痛苦不堪的男人，说出最动人的话："我是个寻觅爱情的人，疯狂的、艰难的、耗尽心力的、少了对方就活不下去的真爱。"

　　纽约，就像你生命中的 Mr. BIG。

麦当娜致敬《大都会》

《欲望都市》把帝国大厦穿上身

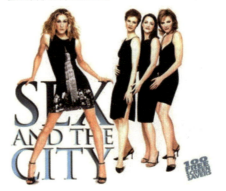

纽约与电影的简史

1896：在威廉·海斯的先驱广场，纽约拍了它的第一部电影。两年后，一个名叫威廉·莫里斯的年轻德国犹太移民，作为杂耍经纪人进入电影业。

1906：维塔格拉夫制片厂在布鲁克林开业。

1914：好莱坞拍摄了史上第一部长片，塞西尔·B.戴米尔的《异种婚姻》。

1927：《爵士歌王》大获成功后，纽约电影制作被废弃。对于有声片的制作而言，这座城市太喧闹了——接下来的20年里，背景设置在此的电影几乎无一例外都在好莱坞的露天片场拍摄。

1948：随着《不夜城》，电影制作重返纽约。

1953—1954：伊利亚·卡赞与巴德·舒尔伯格在纽约拍了《码头风云》，称为"东部"。一位来自布朗克斯的名叫斯坦利·库布里克的年轻摄影师，拍了其处女作《恐惧与欲望》。

1957：西德尼·吕美特的第一部电影问世：《十二怒汉》。

1960—1969：随着片厂体系的瓦解，好莱坞开始走向衰落，艺术电影时代开启。1962年，纽约电影节初试啼声。1964年，沃霍尔发行了长达8小时的《帝国大厦》。1965年，纽约大学艺术学院成立。它的第一批学员有马丁·斯科塞斯。

1966：伍迪·艾伦拍了第一部长片《出了什么事，老虎百合？》，一部重新配音的日本犯罪惊悚片。

1970：限制级的《午夜牛郎》获得奥斯卡最佳影片。纽约电影论坛向公众开放。

1973：科波拉的《教父Ⅱ》获得奥斯卡最佳影片。《穷街陋巷》在纽约电影节大获成功。

1976：《出租汽车司机》诞生。

1978： 伍迪·艾伦的《安妮·霍尔》击败《星球大战》，赢得奥斯卡最佳影片。

1979： 韦恩斯坦兄弟成立米拉麦克斯影业。

1981： 奥斯卡颁奖典礼因故延迟——约翰·欣克利受《出租汽车司机》影响而试图刺杀罗纳德·里根。斯科塞斯《愤怒的公牛》也败给了罗伯特·雷德福的《普通人》——这也许象征着纽约黄金时代宣告终结。

1984： 吉姆·贾木许拍摄《天堂陌影》。接下来的十年里，独立电影重塑了这座城市，纽约客接管了好莱坞（迈克尔·艾斯纳-迪斯尼、杰弗瑞·卡森伯格-梦工厂、丹恩·斯蒂尔-哥伦比亚）。

1989： 黑人导演斯派克·李拍了《为所应为》。

1990： 詹姆士·沙姆斯与泰德·霍珀成立制片公司 Good Machine。与 Killer Films、the Shooting Gallery 一道，他们帮助纽约成为独立制片人与电影人的乐土。

1993： 迪士尼收购米拉麦克斯。1997 年，《英国病人》获得奥斯卡大奖，独立电影登堂入室进入主流。

2001："9·11"恐怖袭击使许多人怀疑纽约电影制作能否恢复。纽约电影节首映《特伦鲍姆一家》。

2002： 伍迪·艾伦第一次也是唯一一次出席奥斯卡，呼吁影人"9·11"之后继续在纽约拍片。翠贝卡电影节诞生。环球片厂收购了 Good Machine，将其重塑为焦点影业。

2005： 艾斯纳辞去迪士尼 CEO——被另一位纽约客罗伯特·艾格取代，出生于布朗克斯的布拉德·格雷成为派拉蒙总裁。IFC Center 开业。

2006： 纽约创下电影与电视制作新高。

2007： 位于布鲁克林海军工厂的斯坦纳工作室宣布扩张计划。斯科塞斯终于获得奥斯卡。韦斯·安德森、诺亚·保姆巴赫、科恩兄弟统治了纽约电影节。

私享 List

大都会博物馆　布鲁克林大桥　时代广场　中央公园　百老汇的音乐剧

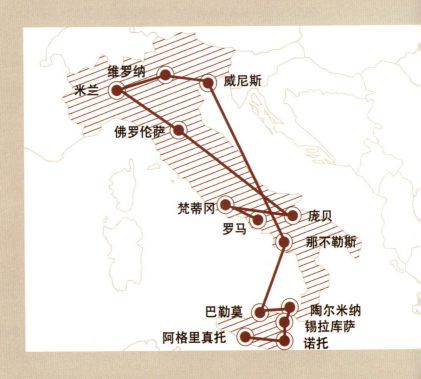

意大利

意大利独立成章，足见我情有独钟。

它是我最喜欢的国家，也是我走过城市最多的国家。反反复复，难以穷尽。

爱琴海的文明、地中海的夜色、伟大的文艺复兴、巴洛克艺术、时尚、美食……皆为诱惑。而千年帝国岿然不动的派头，格外令人着迷。永恒之城亦是绝美之城，意大利就像我所爱的那个男人：性感，雄强，老派，享乐。

"诱惑"清单上还有《教父》。为了它，我来到西西里。

阿格里真托诞生了戏剧大师皮兰德娄。而巴洛克就是世界上最大的戏剧舞台，巴洛克三角之一的诺托，美极了。终有一天，我会在这里拍一场戏中戏。

诺瓦利斯说："英雄是抒情的，人是叙事的，天才是戏剧的。"

在我眼中，意大利这三者皆有。

罗马风情画
ROMA

许愿池

《罗马假日》

《甜蜜的生活》

《大牌明星》

《绝美之城》

当古老遭遇现代

关于罗马，还没见到它的时候，就已经认识它了。太多的影像宣告了它的复杂魅力，真正来到这儿，大脑里的存储全都哑然不作声了。浩瀚、古老、豪迈，它拥有真正的伟大。

先是好莱坞电影《罗马假日》*Roman Holiday (1953)*，用一个甜美又略带伤感的童话一炮打响了罗马，让许愿池、西班牙广场和冰激凌，成了烂熟于世的"朝圣标的"。后有费里尼 *(Federico Fellini)* 这样的"土著"，大门不出二门不入，在罗马城的摄影棚里一部接一部地拍电影，《甜蜜的生活》*La Dolce Vita (1960)* 让狗仔队从此成为一种现象，让罗马从此成为令人蠢动的享乐天堂。尤物般的大明星，凌晨为了逃离记者的追踪，穿着一身曳地礼服跳进许愿池，把一点酒意、慵懒和泉水，撩拨在妖娆长发上，撩拨在男主角头上，溅起的是我们心中的水花。以至扮演者安妮塔·艾克伯格自负地说："是我让费里尼成名，而不是相反。""王子那桌点了什么？""蜗牛"——在餐厅买通经理、专访名流八卦的男主角；父亲

《甜蜜的生活》里的许愿池

我镜头里的许愿池

堪比奥纳西斯、开着敞篷车载着男主角在一个老鸨的地下室里销魂的富家女；高旷古堡里，圆形纱幕罩着烛光餐桌，踢掉鞋子光脚起舞并被举过头顶飞翔的大明星；恰恰夜总会里高抬大腿的艳舞女郎、吹萨克斯的小丑、威士忌，统统把罗马的狂欢推向荼蘼……

圆形竞技场

不。寻欢作乐，要从尼禄讲起——罗马历史上最著名的暴君。公元前80年，他一声令下，修建了圆形竞技场。默默环视，内部多已残缺，石块的横断面露出时光的厚度。很快下起小雨，雨丝很细，扬在发梢上，忽然间我就与2000年前的空气相触，历史的血腥顿时穿越静谧的时空：闸门打开，角斗士与角斗兽涌入中央，厮杀！血肉横飞！5万人的沸腾！这就是尼禄的欢乐……尼禄的欢乐是任性的，高兴了，来一场人兽大战；不高兴了，直接把人喂了兽。《暴君焚城录》*Quo Vadis (1951)* 讲过这个故事，罗马信仰天主教，但尼禄手下的将军爱上了信仰基督教的人质公主，他就把他们送给狮子当了点心。民众愤怒了，群起反抗，尼禄放火烧了整座罗马城。

不过在另一个意义上，圆形竞技场又是尼禄的创举。采用了古罗马建筑最基本亦最经典的拱圈结构，至今都是罗马的象征、国家的名片。米其林畅销全球的LP旅游指南，意大利的封面便是它。所以这

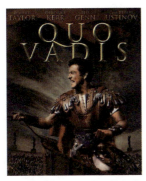

《暴君焚城录》

又是一个复杂胜于简单的暴君，在《尼禄大帝》*Imperium: Nerone (2004)* 里，一个眼神迷茫、孤独忧郁的小男孩如何被推上王权之座，又如何成为宫廷斗争牺牲品的故事，让人怀疑这是那个曾经暗杀了兄弟、妻子、母亲、老师并一把火烧了罗马城的魔鬼吗？屋大维，在我的小学课本里是个身穿战服的英俊执政官，看上去正直、坚毅、果敢。我心里的这个男子汉形象一直保留到

罗马"凯旋门"

《罗马》*Rome (2007)*，一个从小目睹着母亲与别的男人乱搞、目睹着宫廷里的人都在乱搞的小男孩，长大后异常冷漠，靠着过人的聪慧很早为恺撒谏策，直到自己夺取权柄，还把冶艳、不可一世的克利奥帕特拉带回来示众的屋大维动摇了。历史就是罗生门，全看你的角度。

圆形竞技场旁边，有一座纪念康斯坦丁皇帝战胜另一位暴君而建的拱门，比拿破仑的巴黎凯旋门还要早 1500 年，公元 300 年左右建成，至今雄伟、完好。旁边的帕拉蒂诺山，残址空旷沧桑，松树在顶端连成一脉，苍郁浑厚。这里藏着罗马城的祖先。一匹母狼在这座山上喂养了两个被遗弃的男孩，名叫 Romulus 和 Remus，这两个男孩就是后来罗马城的创始人。

当古老遭遇现代

环绕整整一条石板街的是古罗马遗址，帝国广场、恺撒广场……经过四幅地图的演化，意大利变成一只高跟靴。在静穆的帝国广场里漫步，拍残缺的石雕、柱廊、神庙、会堂、群落，令人飞向罗马的旷世辉煌。忽闻一片欢呼，循声而去，一个教堂正在举办婚礼，随后从林荫山路穿行时，撞上新人与客人从教堂正门出来，那个时刻非常超现实。在千年帝国的遗址处举办婚礼，是多么刺激多么带劲的一件事！出来时，又看到千年竞技场前停着一辆漂亮跑车。这种组合对于罗马人或许司空见惯了，但是对于我这个来自现代化大步流星地从历史上踏过去的国家的人来说，不惊不诧是不可能的。

罗马很吵，很乱，夏天很热。这里有我见过的最老最旧也最疯狂的地铁，上面涂满了涂鸦，列车载着不知跨越了多少世代的涂鸦呼啸而来、呼啸而去。北京也吵，也乱，夏天也很热，但是北京缺乏一种粗野而迷人的劲头。北京的地铁很新，没有一处涂鸦，只有大幅的商业广告。罗马是个豪情万丈的"老爷"，天成一副享乐、大气、岿然

埃马努埃莱二世纪念堂

纪念堂前的罗马士兵

不动的派头。它知道自己，街头随意伫立着千年雕塑，百年老店的比萨和洒着橄榄油的 spaghetti、卡普奇诺与提拉米苏十分诱人，范思哲、阿玛尼垄断着从奢华性感到简约清淡的世界时装风尚。所以它不怕"现代"这只怪兽的冲撞，骄傲地拒绝着"麦当劳""星巴克"这些跨国公司的入侵。在法兰克福，三步五步就会见到一家星巴克；但是在罗马，你不会见到哪怕一家星巴克。至于麦当劳，零星点缀在不起眼的街角小店，看上去有些寄人篱下的落寞。而北京：红色 M 到处招摇，在闹市，在社区，在火车站，在机场，在随便哪个风中。我一直不明白费里尼为何那么爱他的罗马，对于他，离开罗马城不啻为一种痛苦，除非不得不去领奥斯卡终身成就奖。现在我知道了，我也爱罗马。

　　不过另一方面，意大利也因现代化程度不够而被诟病。两年后，在反身扔向许愿池的一枚硬币的召唤下，我再次来到罗马。火车站突然如此敞亮，配备了许多自动售票机，手指轻触就能吐出一张火车票，堪比法国卢浮的博物馆门票自助系统。一座轮船样子的 CAFE 吧旁是一个通体玻璃的大书店，上下两层，我兴奋地买到了 *INTO THE HEART OF THE MAFIA*，在黑手党的家乡买黑手党的书，应当比较地道吧。在去往庞贝的火车上翻阅时，才从书里得知，原来这两年罗马已成意大利城市改革的典范，因为不能躺在历史上睡大觉，于是规划市容、改善交通、引进现代事物、力争申办奥运会。新近还推出一个"千年计划"，其中之一是清洗城市涂鸦。一天早晨，我洒上香水、穿戴漂亮地去搭地铁，站在来来往往的人群中，等候了好多趟列车驶入、停靠、离开，但是再也没有等来那种疯狂的涂满涂鸦的"老爷"地铁。热闹的特尔米尼火车站周围依然热闹，但是干净整洁了。那个又吵又乱、岿然不动的罗马哪儿去了？我多少为这位千岁"老爷"的一点点"失守"而怅惘……

罗马警察，各景点加强了警力

像德国这样的发达资本主义国家，英语普及程度非常高，几乎人人双语。意大利不是，到了南部自成一体的西西里，更是遇不到几个英语好的人。它的一些小镇比较脏乱差，不像途经奥地利的城镇时那些绿草红花小白别墅的童话。但是有一小故事，是典型的意大利式的。我从巴洛克三角之一的诺托前往阿格里真托，火车晚点了——在意大利，火车晚点是常态，就像印度。由于要转乘，因此一趟延误可能演变成滞留，正在着急，我们的火车司机非常镇定地过来了："Don't worry, don't worry。"他已经与我们要转乘的那趟火车的司机通了电话，让对方等着我们。到站后，他不仅帮我这位女士拿行李下车，还亲自把我们带到下趟车的司机那里，确保一切稳妥……好吧，它晚点，它不先进，So what？！

当历史遭遇好莱坞

人民门

过了人民门，就算来到了罗马城。我刻意出了人民门，看看罗马城外……商业的打烊时分，也是艺术的开张时分。傍晚，人民广场中央设了钢琴、麦克风，有艺术家献唱。白衬衫牛仔裤，自然而然地唱；观众站着或坐在地上，安静地听、真心地鼓掌。这样亲切的方式，使艺术存在于生活的毛孔里而不是表皮上。

西班牙广场的圣三一教堂，是以 138 级的圣三一台阶而著名；圣三一台阶，是因为《罗马假日》里吃着冰激凌的奥黛丽·赫本站在这里而著名。傍晚有免费的露天音乐会，台阶上蔓延起浩荡人群，坐在那里歇息、看风景、发呆、等待歌剧开幕……脚下是破船喷泉，人们纷纷用瓶接水，山泉一般清凉。罗马所有的喷泉都能喝、都好喝！传说罗马皇帝想修一条运河，经一位少女指引，士兵们找到了源头，于是在运河末端筑了城中最后一件巴洛克杰作。

圣三一台阶，赫本曾在这儿吃冰激凌

文艺复兴艺术的发源地意大利，同时也是华丽巴洛克艺术的发源地。不过在当时，人们认为巴洛克风格是对文艺复兴风格的贬低。它与比较相近而后取代它的洛可可，都是贵族社会的趣味，也确实曾经走火入

破船喷泉

人鱼海神喷泉　　　　　　　　　　方尖碑

魔，繁复到歇斯底里。但是在今天，人们已经公认巴洛克是一种伟大的艺术风格。罗马街头就是一座巴洛克，或者说，贝尼尼 *(G.L. Bernini)* 把罗马装点成了一座巴洛克。当我急着在晚上 8 点以前赶到一家书店 (8 点打烊)，奔跑中，经过了他的人鱼海神喷泉，走着走着，又见方尖碑!

完美的奇迹、天使的设计，是万神殿的别称。殿外柱廊为希腊庙宇风格，殿内圆形大厅为罗马风格，历经 1800 年完整如初。高等于宽的球体，没有任何柱子支撑，唯一的采光点置身于世界最大的穹顶上，宇宙之光，夺孔而入，所以叫天堂之眼。那么雨水会不会同时也倾泻而下? 地上有许多不易觉察的小洞，可以排水。这座最古老的教堂，内有拉斐尔墓，在罗马大量取景的《天使与魔鬼》，自然不会错过它。

罗马帝国攻占了希腊，在肉体上是征服者，在精神上是被征服者。但是吸收了希腊文明与文化、曾是全世界最强大的罗马，何以没落? 历史上令人费解的两件事正是: 罗马的兴与衰。希腊宁静、无邪的优美，逐渐被罗马的宏丽奢华取代，有夸耀而无真纯，有占取而无静观。若巴洛克象征的终极华丽是使罗马趋于荒淫腐败的部分原因，那么贝尼尼会吃惊吗? 会痛惜吗? 当然，不止于我，早在殖民地时期美国就

立体感的浮雕画

感性的艺术

对古罗马产生了兴趣。古罗马对于美国的吸引力，可能超过了世界上的其他国家，美国人其实是借用罗马在不同的时代说不同的事情，或曰揽镜自照。1907 年，好莱坞出现第一部罗马题材电影。sword-and-sandal 是古罗马的着装风格，指代以角斗士和神话传说为主题的古装剧，后来此类电影高涨。1930 年代好莱坞拍了《罗宫春色》**The Sign of the Cross**，以希振奋遭受经济大萧条重创的美国人，传递的信息是：回头看看我们的祖先吧，我们要尝试在困境中取得胜利。而另一方面，古罗马对于基督教美国人的另一种诱惑是——放荡的生活，所以电影里会有角斗士和纵酒狂欢的戏，来补充美国人的想象与缺失。

我镜头里的万神殿　　　　《天使与魔鬼》中万神殿俯瞰图　　　　天堂之眼

1950 年代，《宾虚》**Ben-Hur** 借罗马表达了美国冷战时期对危险帝国苏联、法西斯主义和国内麦卡锡主义的恐惧。1960 年代，鸿篇巨制《罗马帝国沦亡录》**The Fall Of The Roman Empire** 更是为美国政府承担起某种隐喻的功能：恺撒不打算权力世袭，意欲提拔指挥官，不料被儿子毒死。骄奢王子治国无方，征税无度，令困苦的外族群起反叛。恐慌中他倾出国库黄金漫天散发，皇帝疯了，士兵疯了，人民疯了，元老院也疯了，100 万，200 万，300 万，谁想做恺撒？罗马的良心坏了，一个帝国的衰落就是这样开始的。所以，罗马的政治结构和对腐蚀民主进程的应对，也会出现在美国，比如美国人认同一个正直道德的共和体制，同时又担心会滑向罗马式的堕落、腐败、物质主义和帝国体制。晚期，好莱坞放弃资助罗马题材，多半因为制作费太贵，《埃及艳后》*Cleopatra (1963)* 险些让制片厂破产。进入21世纪特别是在"9·11"后，古罗马又成热点题材：如《角斗士》*Gladiator (2000)*、《亚历山大》*Aleksandra (2007)*。现代美国人被一种反恐时代的集体焦虑所笼罩，他们希望回到过去，向历史寻找文明或文化之间的冲突范例。在这个意义上，也许亚历山大的故事充满启示，因为他征服了东方，并为被波斯人火烧雅典的希腊复了仇。

2007 年的美剧《罗马》*Rome* 是个新的里程碑。不仅因为创下单季成本一亿美元的投资新高，更在 HBO 这种不依赖广告因而敢于突破的有线电视网的大胆征战下，暴力和性几乎成为该剧的大字标题！内战血洗了元老院，贵族荒淫了生活。《罗马》以足本和洁本卖到全世界，当它来到意大利，引起了是否删除正面全裸的激辩，最终登上罗马电视屏幕的是——无裸体，无暴力。但罗马人还是给了《罗马》一个拇指朝下的手势，因为他们不想看到自己的历史被盎格鲁—撒克逊们描述，并对起用英国演员出演《罗马》甚不买账，虽然事实是缺乏讲英语的意大利演员。

美国人再次反省：古罗马人是一群完全不受束缚的人，他们缺乏一个世俗化的上帝来敬畏，不知道什么该做、什么不该做。言外之意，信仰上帝的美国人不会落得如此下场……罗马可能曾是一个残忍放肆的城市，HBO 通过——剑喉、砍头、剁手，两点裸露、背面全裸、正面全裸——演练了一把历史执照，罗马人也许不应感到震惊，毕

安东尼与妖后情人克利奥帕特拉的娱乐：箭射真人

HBO 的暴力与情色的古罗马

《八又二分之一》的大乳巨型女

竟观众可以"条条道路通罗马"。至于我这个观众,不得不承认:《罗马》还是很好看的。

　　罗马当然有自己的"上帝",圣母玛利亚是天主教的神。但是被费里尼在《甜蜜的生活》里好好讽刺了一回——第一个镜头就说明来意,直升机吊着耶稣像在城市上空盘旋,几个比基尼女郎对着飞机上的男人们搔首弄姿。费里尼和布努埃尔有些同病相怜,都生在一个信奉天主教的国家,从小都受天主教禁欲之苦。可我不明白的是,怎么意大利和西班牙反而比别国更 Sexy 呢?有一年北京皇城艺术馆展出毕加索的版画,小尺幅上的女郎"毫无廉耻"地张开

庞贝古城春宫壁画

腿,有人悄悄说:"他怎么画这个呢?"罗马亦有庞贝古城残留的妓院春宫壁画做证,各种体位包括男与男。也许物极必反,越禁止,越反叛;越是对宗教狂热,越会惹来费里尼的戏谑。比如《甜蜜的生活》里圣母显灵一段:罗马郊外的小村庄,一对小兄妹说是看到圣母了,大批记者涌来,还有生病的人、残疾的人、困苦的人,要在当晚 7 点迎接圣母。小兄妹一会儿指东、一会儿打西、一会儿又向南北跑去,天公作美地泼下大雨,整个场面乱成一团,闪光灯爆了,被警察围挡的人们疯了,跟着小兄妹乱跑,撕扯着那棵圣母显灵的树似乎扯下的是圣母的衣襟。最后,想来一定是这场闹剧的策划者,向大家转述圣母通过小兄妹传达的话,如果不在村子里建一座教堂,她再也不会来了。比起圣母,费里尼要的是大乳房巨型女,这个看似古怪的情结通过《八又二分之一》*8½ (1963)* 彻底清算了一下。他的罗马是肉感的、享乐的,尽管他的男主角常常眉头深锁在矛盾里:放浪还是不?恐怕这个问题困扰了费里尼一辈子。

当政治遭遇艺术

西贡是摩托车上的城市，罗马也是摩托车的天下。不知是摩托车的风驰电掣契合了罗马人的热情，还是这座多山的七丘之城适合摩托车。50年前的《罗马假日》里，赫本骑着摩托车; 50年后的《口是心非》里，茱莉亚·罗伯茨也骑摩托车。

罗马的摩托车

1950年代末，二战结束，百废重兴，意大利的经济奇迹使罗马蒸蒸日上。但是帕索里尼 *(Pier Paolo Pasolini)* 这位离经叛道者，在费里尼沉浸在"甜蜜生活"里的时候，拍了一部"极不甜蜜"的《罗马妈妈》*Mamma Roma (1961)*。这是一封写给妓女妈妈的"情书"，可能因为他本人就来自底层，母亲曾是妓女。电影里的这位妓女妈妈，人们都叫她"罗马妈妈"。她在罗马的集市卖菜过活，攒够了钱就把住在乡下的16岁儿子接来。儿子在新环境里认识了坏朋友，妈妈很担忧，煞费苦心给儿子找了一份在餐厅端盘子的工作，看着儿子忙碌有为的样子，妈妈喜极而泣，给他买了一辆崭新的摩托车做礼物（又是摩托车）。但好景不长，皮条客来找妈妈，要她重操旧业，为了不让儿子知道自己的身份，妈妈被迫走上老路。儿子还是知道了，对妈妈十分厌弃，他与狐朋狗友偷窃，被抓进看守所毒打，昏迷中呼唤着妈妈，最终孤独地死去……

前两年我看过一则新闻，大意是如今30多岁的意大利男人不缺事业不缺钱，却仍和父母住在一起，不肯长大。这位"罗马妈妈"很像一位象征意义上的整个罗马的

风情的罗马妈妈

妈妈、整个意大利的妈妈,一位大地母亲。《罗马妈妈》这部新现实主义电影是帕索里尼最传统的一部作品,主演是杰出的安娜·玛格娜妮 *(Anna Magnani)*。也许你更熟悉索菲亚·罗兰,但罗兰是那不勒斯的女儿,安娜才是罗马的女儿,她出生在罗马贫民窟,所以拿捏起底层女性来出神入化。比起帕索里尼旁门左道地抨击政治,新近一部《墨索里尼的情人》*Vincere (2009)* 直视政治人物。在帕索里尼的一生中,有一个始终不肯承认的秘密——他的第一次婚姻、第一位妻子、第一个孩子。为了防止对自己蒸蒸日上的政治生涯造成威胁,他动用权力让政府彻底掩盖了这个事实。所以,原本一个郎才女貌、心心相印的爱情故事,沦为一个疯人院里的悲剧。就像《罗丹的情人》,也是原本一个郎才女貌、心心相印的爱情故事,却以一张独自呆坐在疯人院里终老的卡米耶·克洛岱尔的照片结束。不同的是,墨索里尼的这位情人伊达,并没有疯。

伊达初遇墨索里尼时,他还只是一家报社的小记者,所以她爱上他并不是因为权力和财富,而是他的性格和思考问题的方法,以及他的激情!年轻的墨索里尼充满慑人的魅力,开篇以 3 分钟的哲学雄辩征服了大家还有伊达——女人大概都会被他征服吧。野心勃勃,野兽一般的精力,即使在与伊达做爱时,他的眼睛都灼热地盯着前方而不是温柔地低头看情人,仿佛他撞击的不是她,而是意大利的未来;征服的也不是她,而是令人肾上腺涌动的权力巅峰。伊达倾囊资助墨索里尼创办了法西斯报纸,但一战爆发后,墨索里尼参军入伍,从此与伊达

《墨索里尼的情人》

安德烈奥蒂寂寞地走在罗马街头，墙上的涂鸦写着：
老狐狸，杀人犯

和她的孩子断了联系。伊达后来惊讶地发现他与另一个女人结了婚，她便开始了漫长而绝望的讨回名分的战斗。

导演贝罗奇奥（*Marco Bellocchio*），与贝托鲁奇并列为伟大的意大利导演双子座，贝托鲁奇浪漫、奇异；贝罗奇奥雄浑、悲怆。影片很巧妙地设计了一个分水岭，上半部与伊达激情爱恋的墨索里尼由演员扮演；后半部当墨索里尼再也不肯见伊达后，那个英俊雄性的男演员也从此消失了，换上了文献纪录片中真实的秃头独裁者墨索里尼。以前，观众从电视中看到的墨索里尼是一个热爱家庭的男人，就像《教父》教导大家的那样——不懂得照顾家庭的男人不是好男人；现在，观众从这部影片里看到的是一个冷酷无情的负心汉。

意大利一直有政治电影的传统，政治惊险片曾是很受欢迎的意大利电影类型，然而有很多年不再拍了，后期最重要的政治电影导演弗朗切斯科·罗西和埃利奥·贝多利之后是一大片空白期。但是近年又出现了，如果《墨索里尼的情人》是一部华丽歌剧，那么《大牌明星》*Il Divo（2008）*就是一部摇滚歌剧。导演保罗·索伦蒂诺，这个标新立异的意大利新生代导演终于遇到一个配得上他强大天分的题材。他执导的这部时髦政治电影，开始于一种大胆炫技的风格：长期遭受偏头疼的安德烈奥蒂以讽刺性形象出场，素黑全景中，灯光下的亮点由远及近推为特写——他从文件里抬起扎满针的头，画外音独白着他的幸存。影片亦终结于安德烈奥蒂的脸，由远及近推为特写——脸的肌肉的颜色渐渐枯竭，直到变成一个灰色面具，像要预测他的未来也在慢慢衰弱、隐退。

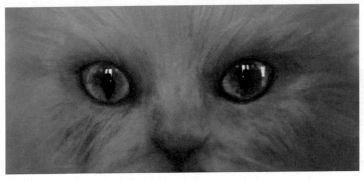

表现主义

　　安德烈奥蒂是谁？有人说，他要么是最狡猾的罪犯，要么是意大利历史上最大的冤案。对于中国观众，或者对于许多国家的观众而言，他可能有些陌生。美国记者就直截了当地问导演："你希望从美国观众那里获得什么样的反应？毕竟他们对片中的人物和事件只有少得可怜的知识甚至一点没有。"索伦蒂诺不认为观众需要了解意大利政治历史的所有事情，而是希望观众对电影中政治权力的隐喻有所反应。这个人在意大利家喻户晓，他是意大利政坛最著名的人物，朱利奥·安德烈奥蒂。假如你去见他，最好学会读他的"手指文"：如果他玩拇指，恭喜你，说明他觉得你聪明；如果他拨弄戒指，你要小心了，说明他不赞同你的话；如果他有节奏地轻扣指尖，你完蛋了，意味着 5 分钟内你会被炒鱿鱼。

　　这是一部新型政治电影。那种充满公民良心的电影同时又在商业上有观众的日子已经很久不见了，导演索伦蒂诺希望年轻人参与到意大利的政治议题中，但今天的意大利观众没有了看政治电影的习惯。在一种高度竞争的媒体和娱乐环境中，主流的年轻观众是被引诱着去看电影，因此必须找到一种不同于前辈的"新方法"，做出更现代的政治电影，把政治历史包装在一个引人入胜的视觉样式里，辅之以大量流行音乐。比如开篇的谋杀系列，就采用沙哑的摇滚乐 toop toop 伴随着快速剪辑的被枪击、被吊死、被毒死、被炸死之种种，尸体与字幕眩晕式摆动，红色字幕为影片冷感的黑白色调注入了激情、不安与躁动。索伦蒂诺的目标就是拍一部关于安德烈奥蒂的摇滚歌剧，以至影片初剪时包含更多的摇滚乐，太像 DJ 出风头的表演，于是删掉一些。而索伦蒂诺的视觉风格是古罗马的华丽巴洛克式，比如对称美学在安德烈奥蒂第七次就任总理当天被表现主义化了——他穿越大厅走廊时遇到了一只猫，一双鸳鸯眼（一只蓝、一只黄）的猫。这是想说，即使在一只猫的眼里，安德烈奥蒂也是不同颜色的？片中只有一个角色比安德烈奥蒂更有意志力，就是这只猫。音乐戛然而止，安德烈奥蒂击掌要它走开，小猫瞪着他。安德烈奥蒂是所有人的 Boss，可居然不是它的！小猫走开后，快板再次响起，这是片中最滑稽有趣的场面。安德烈奥蒂的黑框眼镜、蝙蝠耳、端肩驼背、刻板表情，使场面有一种漫画感十足的欢快华丽。

索伦蒂诺做了大量研究，片中对话大部分引自安德烈奥蒂的真实言论和他的著作，而所有私人生活场景中的对话都是虚构的，因此这部电影有着与《墨索里尼的情人》相似的功能：描画政治家的另一半面孔。人们可能了解安德烈奥蒂的公共面向，但是不知道他私生活的面向，他是一个非常有保留、不吐露内心的人，因此这些私人化的时刻是索伦蒂诺所重视的，他试着写出他认为安德烈奥蒂可能会说的话。于是两个非常长的对话段落全部是幻想式呈现：最具爆炸性的当然是安德烈奥蒂的忏悔了。他喃喃自语："莫罗被谋杀，就像另一个偏头痛，深深折磨着我。"冷战时期，意大利是美国反共产主义斗争的盟友，虽然安德烈奥蒂和莫罗都是基民党领袖，但前者亲美、后者亲共。莫罗建议把共产党引入政权核心，不但在国内激怒了基民党，在国际上也惹怒两个超级大国——美国和苏联。所以很有可能，莫罗之死是安德烈奥蒂策划的。另一个虚构对话是意大利共和国报的记者对安德烈奥蒂的采访，它其实综合了许多记者的疑问，让一个人问了所有意大利人想问安德烈奥蒂的问题。

　　健在的安德烈奥蒂，曾阻止《大牌明星》上映，但失败。老人家悄悄去影院，看到"自我忏悔"的场景时很生气，但是对"与记者智斗"的场景很喜欢。时逢他刚过完 90 岁生日，所有报纸都登出他的采访——我有很多秘密，但永远不会透露。所以有人说，在意大利秘密将永远是秘密。美国电影《对话尼克松》*Frost/Nixon (2008)* 中，记者就水门事件追问尼克松时，有一刹那，尼克松说："好吧，我有罪。"但是在《大牌明星》里，安德烈奥蒂没有承认过任何事情，他只是说："除了迦太基战争，意大利所有的事情都归咎于我。"真是罗马式的俏皮话。

罗马街头的招贴画

　　2011 年春节，我在武汉进行艺术类本科招生面试。在千篇一律令人沉闷的《钢铁是怎样炼成的》《羊脂球》《红楼梦》中，一个学生说到她正在读的书时引起我的注意。"你怎么想起读这本书呢？""温总理倡导大家读这本书，我好奇，就买来了。"温总理说的这本书是《君主论》。"一个十几岁的孩子，看得懂吗？""选我懂的看吧。"《君主论》的作者是意大利的马基雅维利，而老狐狸安德烈奥蒂正是马基雅维利的信徒。安德烈奥蒂七次担任总理，驰骋政坛 50 年，躲过 26 次各种名目的谋杀以及与黑手党勾结的指控。这位深谙政治幸存术的铁腕政客，长期在黑手党和罗马教廷间从容周旋，显然他是务实的，就像神父质疑他："别人在教堂跟上帝交谈，安德烈奥蒂跟神父交谈。"他再次回应了一句俏皮话："神父会投票，上帝却不。"《君主论》鼓舞了很多政治家，安德烈奥迪选择了其中一种信条：哪怕以邪恶来确保社会的福祉。大概那位学生没有读懂的部分是这个。

经历了半个世纪的经济不景气后，这部把政治历史包装在一个巴洛克视觉和摇滚乐风格里的电影，标志着意大利新现实主义的突然复兴。索伦蒂诺执导的《大牌明星》与马提欧·加洛尼执导的《格莫拉》*Gomorra (2008)*，都以不同方式涉及了腐败和黑手党，都在欧洲乃至世界获得成功，两人都在 40 岁以下。评论家欢呼这是向 1940—1950 年代意大利电影辉煌时期的回归，称赞新一代导演不怕将意大利描述为充满犯罪、腐败和丑闻的"反动"国家，让人想起罗西里尼、费里尼和维斯康蒂。意大利政治实为西欧国家中极其特殊的一例，二战后至今 60 余年里经历了 60 多届政府，解散议会、更换总理，频率之高全球罕见。如此动荡的政坛，一方面源于意大利的文化积淀：不断遭受外族入侵，当欧陆许多国家建成强大的中央集权时，意大利仍是一个地理上的概念；另一方面归于其政治制度，二战后意大利实行多党制，众多不同意识形态和政治倾向的政党并存，形成纷争局面。不仅政坛，许多意大利家族企业亦由近 10 人组成的委员会管理，每个人的权责并不清晰，复杂的股权结构就像复杂的多党制，就像政坛与黑手党因选票交易而长期纠缠不清，就像罗马的交通一样，乱！

不难想象，这些电影让总理贝卢斯科尼很难消化，他承认《大牌明星》是好电影，但是为了一部"好"电影，意大利需要另外再拍 10 部正面表现国家的电影才能纠偏，才不至于让世界认为意大利只擅长输出自己黑暗的一面。有趣的是，他自己也未能幸免，南尼·莫莱蒂自导自演了一部《凯门鳄》*Caimano,I (2006)*，就影射贝卢斯科尼通过电视和他的行为方式改变了意大利宪政，他走进政界是因为不想进监狱……你可以说意大利人懒，风流，但是他们够血性。索伦蒂诺拍《大牌明星》遇到许多阻力，虽然剧本优质，但因为是政治电影，很多投资人撤出，也吓跑了一些政府资助，最后由一个独立组织和其他一些边缘组织提供了资金。加洛尼拍《格莫拉》也遇到阻力，小说作者更是被黑手党追杀到后悔写了这本书。但是他们写了，他们拍了，影片也公映了……

　　感谢这些政治电影，让我再来罗马时，多了一种观看之道。

当美食遭遇爱情

比起其他欧洲城市，在罗马大街上，会更多地看到就像《甜蜜的生活》里的漂亮敞篷跑车里坐着戴墨镜的性感男人，嗖一下从你眼前飞过，来不及回眸便已不见，偶怅得要命。

我们住在特尔米尼火车站附近。老式旅馆，电梯小得行李都进不来。房间也小，电视吊得高高的，也小，欧洲旅馆的电视都小，不似国内，又大又新。在欧洲，新——大概是一件不怎么荣耀的事。半夜，楼下有游客拖着皮箱在走动，然后是意大利文说话声，然后是英文，然后是法文……

对女生来说，不吃冰激凌和提拉米苏，你的罗马行几乎是残缺的。出了纳沃纳广场，一个不起眼的小巷里，坐落着最著名的 Giolitti，客人多多，2 欧 3 个球，大哦，在当地的物价中很划算了。意大利的餐馆都不大，有一家指南上推荐的，石头拱顶与壁画果然不错，提拉米苏超美味，盛在杯子里，我可以在餐后干掉一大杯！

如果你来罗马，一定要去百年老店 Est！Est！Est！，很悠久很地道，只是通常要等位。餐馆前身是葡萄酒店，后来成为城中最早的披萨店。欧洲人吃饭讲究流程，开胃酒、餐前小面包＋黄油、主菜、沙拉、比萨、饭后甜点，一个都不能少。这么多名堂不说，还是每人一大盘比萨！是习惯了分餐，还是的确需要这个分量？这里家酿的白葡萄酒口感清淡，但后劲儿足。由于比萨精工烤制，要等久一点，于是我们空腹喝着 Est！Est！Est！家酿白葡萄酒，不一会儿，我的头开始晕、心开始跳、身体开始飘……侍者一律黑衣，像极了《教父》里的黑手党，他们的发音令我觉得，这里是家。《教父》曾在某些暗

纳沃纳广场，我镜头里的四河喷泉

《天使与魔鬼》里的谋杀背景：四河喷泉

夜的孤独里，无限慰藉了我；只是它对于我的特殊意义，这个"家"不会知道。

在我来到罗马的一个月后，意大利的儿子、扮演教父的阿尔·帕西诺 (Al Pacino)，出席罗马电影节领取了终身成就奖。另一位意大利裔，《教父》的导演科波拉把自己的个人化电影处女作《没有青春的青春》的首映，献给了罗马电影节。罗马电影节就在纳沃纳广场举行，这里有贝尼尼的惊世之作"四河喷泉"。我们前去瞻仰的时候，恰好碰上市民在游行示威，这在欧洲城市是常见的。萨科奇不过把退休年龄从 60 岁延迟到 62 岁，实际影响不大，但法国人就是嫌他不跟自己商量，于是大罢工，整个巴黎近乎瘫痪，在我走后的第二天机场停运，若晚一天回京，恐怕就不知要晚多少天了。警察封锁了街区，我们索性在附近的露天 BAR 用午餐。晒极了，可偏有一些金发老外用裸肤挑战紫外线。北京的夏天，女孩子都打太阳伞，欧洲人不。但为什么中世纪欧洲，有那么多贵妇一旦出门就要撑起小洋伞呢？

午餐后去往许愿池，中途才发现把太阳镜忘在了餐馆，便掉头回去找。身着白西装黑西裤打着黑领结的高大领班，听我讲了情况，说带我去询问负责那一桌的侍应生。走着走着，他忽然停下，手臂弯成标准半圆，然后等在那里……我错愕了一下，旋即领悟，于是乖乖把手放进他的臂弯，他的一只手一直轻抚在我的手上，很温暖、很体贴地说："Follow me, don't worry……"就这样，他把我带给了侍者……女人被男人这样子礼遇，是好温柔的一件事，这是我的罗马行里最甜蜜的一段回忆。

两年后再来纳沃纳广场，四河喷泉的脚手架已经拆除，巨大的人体雕像容光焕发地裸露出来。从中流出泉水，间隙中佐以马和狮。360度的气势磅礴，要从东西南北四个角度方能完整欣赏。有点像佛罗伦萨的雕塑，通常不是单面的，繁复、立体，需要绕行一周才看得全面。泉水衬在青色石头里，增加了许多凉意，我真想跳进去好好凉快一下，夏日正午的罗马快把人烤焦了。一样的晒，一样的热。我也许是个怀旧的人，又选择了上次来过的一样的餐厅。四下里逡巡，雅致还是那个雅致，兴旺还是那个兴旺，只是那位绅士领班，就像"涂鸦"的老爷地铁一样，不见了。他不会知道，有一个中国女孩因为他当年一个也许不经意的举动而对这个广场、这家餐厅、这座城市难以忘怀。

力道遒劲的四河喷泉局部

新侍者总是笑嘻嘻的，牙齿中间有个缝，笑起来很孩子气。"Japanese？""No, Chinese."他立即献上意大利版的"你好"。侍者的服务让人感到很荣幸，吃鱼都不用自己来的，他将鱼头鱼尾等无用物全部剔除，只剩下干净完整的鱼身，周围点缀上黄色的胡萝卜、青色的笋、红色的西红柿和白色的洋葱，又清新又斯文，在这酷热里绝不会败了胃口。

罗马永远是理想的爱情上演地，好莱坞拍了《罗马假日》不过瘾，又将《口是心非》*Duplicity (2009)* 的外景地选在这里，专门拍摄男女主角坠入爱河的戏份——茱莉亚·罗伯茨和克里夫·欧文，两个狡猾的商业间谍，在罗马相遇相爱。这是两人继《偷心》之后再次演绎钢丝上的博弈，在《偷心》里，你永远不知道他/她是否真的爱她/他；

《口是心非》延续了这一传统，男女主人公长期浸泡在一个由谎言编织的间谍世界里，唯一信任的人是自己，他们从不说实话，每个人都想耍其他人，所以整部影片讲的就是他们到底是不是真正相爱，是不是能够信任彼此，最后能不能成功。罗伯茨对欧文说的一句话挺有意思："是因为我们是间谍所以这么想，还是因为我们都这么想所以我们擅长做间谍？""人人都这么想，只不过不说出来。"经济学假设人是理性的，理性人追求利益最大化，罗伯茨和欧文都是坚壁清野的玩家，永远保留一张底牌：罗伯茨没去成日内瓦，她怀疑欧文取消了她的叫早服务；欧文则怀疑罗伯茨是为了执行任务才跟他上床，从而使他没去成开罗；两人将各自的护照放在一起以备完事后一起离开，但欧文拿走了护照，因为罗伯茨答应一起辞职却没有。

累啊。从爱情的口是心非到商业的尔虞我诈，最终是整个社会的信任危机。编剧曾对商业间谍做过大量调查，结论是，几乎每家大型企业都有自己的情报部门。片中设计了"骗中骗"的情节：一位总裁和孙女看动画片，电视广告中出现的双层比萨是他花了5年时间投入5000万美元开发的新产品，却被一家公司盗用了理念和配方，总裁决定报复，招聘情报人员。所有人都在骗别人，结果是所有人都被骗：罗伯茨和欧文联手耍公司，却被公司耍了，历尽惊险拿到的可以带来巨额利润的让秃头长青丝的产品配方不过是普通护肤品；而两家公司拼命抢夺的东西根本子虚乌有，"我们真有那种产品就好了"。如果这些是上帝的安排，那么上帝的意思可能是，不要让博弈主义把人弄得走了样。要做第一和最大——这是美国梦的魔鬼一面，在经历了两次世界大战和全球化之后，"零和"博弈需要被"双赢"取代，否则即使世界上最聪明的脑袋——华尔街金融家们——也会因无法穷尽的私人飞机、豪华别墅、召妓、美酒而使全球金融崩溃。

《意大利式离婚》的最后一幕

两个超级聪明的纽约间谍，退出江湖后，相约再次来到罗马。他们曾在罗马度过了极其浪漫的三天——哪儿也不去，什么也不做，关在房间里做爱。由畅销小说《一辈子做女孩》改编的《美食、祈祷和爱》*Eat Pray Love (2010)*，再次表白了美国人对罗马的遥远的爱慕，而不仅仅是对古罗马的政治借喻。一个某晚在浴室里痛哭流涕的美国女孩，反省了自己的人生后毅然离婚，重新寻找自我与爱情。又一次！茱莉亚·罗伯茨来到了罗马，学意大利语，吃意大利美食。起初很内疚，到罗马三星期都在吃东西，意大利男人说："你感到内疚是因为你是美国人，美国人太辛苦了，欲望无限但是不知道怎么享受生活。意大利不是这样，走在阳光下，他会对自己说：'今天该休息了。'"竞争最激烈的国度当属美国、中国、印度，绝不包括意大利。纽约的人格是财富和理想，而罗马是纽约的反面，善于平衡、兼顾精神与肉体，享受生活是意大利人最好的风俗。于是罗伯茨跟罗马朋友一起看足球，吃美食，她与比萨拍拖的结果是——重了10磅，裤子拉不上拉链。

但是，生活在罗马的费里尼先生没有把罗马拍成天堂，好像一到罗马，一切就会不同。"生活在别处"，总是人们的一厢情愿。《甜蜜的生活》真的那么甜蜜吗——这位是喜欢勾搭年轻小伙子的女色狼，那位拥有罗马的大部分妓院，有8万亩土地的伊莲娜两次自杀，家庭美满、喜欢用唱片机录下风雨和鸟鸣的神父却在杀了两个孩子后自杀。古堡大得像宫殿，满屋巨幅油画，儿子想把这座诞生过教宗的 1500 年的古堡改造成妓院，父亲不同意。撰写八卦专栏的马斯楚安尼和这些稀奇古怪的名流富贾一起，在古堡里秉烛夜游，观看荒唐的通灵仪式。他们喝得烂醉，砸碎一个别墅的窗户闯进去，为一个刚刚离婚的贵妇开 PARTY 庆祝，滥赌之一是贵妇表演脱衣舞，胸罩被一个秃头戴在头上，脱得只剩一条内裤时主人回来了。马斯楚安尼骑在不知哪个醉妞身上，撕破垫子把羽毛撒在她身上扮小鸡，他们和他们的颓废一起摇摆到夜的尽头。饶有意味的是，费里尼的每一场狂欢与宿醉之后，都会伴着一个无声、清冷的黎明。第二天，渔夫捕到一条巨大的怪鱼，一直瞪着眼睛，是被他们的歇斯底里的虚无震惊了吗？

　　扮演费里尼自己的意大利最著名的一张脸——马斯楚安尼 *(Marcello Mastroianni)*，遇到过良家妇女、遇到过性感炸弹、遇到过豪门贵妇和纯真少女，遇到谁都没有用，谁也拯救不了这个想当作家却沦为三流记者的罗马男人，有人问马斯楚安尼："如果给你 30 万里拉，你会怎么写我？"他会玩世不恭地承诺："把你写成马龙·白兰度。"良家妇女让他窒息："你最后会像狗一样孤独终老，谁还会像我这么爱你？""我不可能一生只爱你一个人。"豪门贵妇让他迷惑，她赤脚走在古堡里对他说着密语："我会为你做一切，既做你的妻子，也做放荡的妓女。但人不可能两者兼得。我永远是一个妓女。"因此当马斯楚安尼苦苦寻觅她时，她正与另一个男人接吻。这像极了《意大利式离婚》*Divorzio all'italiana (1961)* 经典的最后一幕：同样是马斯

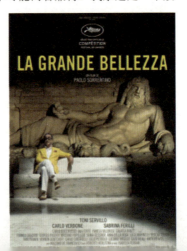

楚安尼扮演的男主角，厌倦了妻子并移情于妻子的漂亮表妹，但彼时的意大利法律不允许离婚——天主教的威力显现了，他使用计谋杀了妻子并躲过重刑，终于和表妹结婚了。在船上，他们的头抵在一起接吻，而表妹的脚，却与年轻威猛的船员的脚缠绵在一起……所有做着罗马梦的女人和男人们，你还眷恋罗马吗？不过，可以告慰的是——这个关于爱情的谜题、关于存在的谜题，不仅仅是罗马的，也是全世界的。

如今，人们谈论罗马，已不止于《罗马假日》《甜蜜的生活》或者"台伯河上的好莱坞"了。一个新的城市观光项目，伴随这部电影的诞生而被命名。它标志着失语 20 年的意大利电影的再次复兴，最令人瞩目的当代意大利导演保罗·索伦蒂诺在奥斯卡上演的"罗马人的征服"——《绝美之城》*The Great Beauty（2013*）。

这是一场美轮美奂的历程。主人公带领我们进入欧洲最大的露天博物馆——由米开朗基罗规划、耗时 400 年竣工的卡比托利欧；巨大的海神雕塑之后是一幅《弗娜里娜的画像》，女子手臂的环带上签着拉斐尔的名字。转瞬间，我们邂逅了"文艺复兴后三杰"之两杰。这就是罗马。一如漫步城中，三步五步逢着贝尼尼的雕塑：人鱼喷泉、四河喷泉……

"你知道为什么我吃菜根？因为根很重要。"——《绝美之城》中的圣徒玛丽亚如是说。一如索伦蒂诺称自己欠费里尼很多，也欠弗朗西斯·罗西很多。在《年轻气盛》*（2015）* 的结尾，索伦蒂诺特别致敬了罗西。这一年，罗西去世。

如果弗朗西斯·罗西发明了"政治惊悚片"——以《龙头之死》*（1962）*、《城市上空的魔掌》*（1963）* 开启了一种新类型，那么索伦蒂诺则以"新方法"复兴了这一曾经非常成功而后空白多年的意大利政治电影。

如果费里尼发明了"罗马电影",那么索伦蒂诺创造了一个罗马形象。他闻到了这座城市芳香的矛盾——奇迹般地融合了神圣与世俗,并将这一特质回荡在《绝美之城》的视觉与听觉中,并置了古老的圆形竞技场与现代的马提尼广告、狂欢派对的电子舞曲与安静时刻的克罗诺斯弦乐四重奏。

1960 年,费里尼在《甜蜜的生活》里以一双神秘而惊恐的鱼眼结束了罗马的醉生梦死;1971 年,费里尼在《罗马风情画》里邀来女演员安娜·玛格妮为罗马的象征——贵妇的与泼妇的、忧郁的与快乐的。费里尼《甜蜜的生活》聚焦于战后意大利经济腾飞时期罗马的纸醉金迷,《绝美之城》设置在过度享乐主义之下的现代罗马。尽管侏儒、魔术、创作障碍都是费里尼电影的惯常元素,尽管其幻觉主义及创造性把戏也存于索伦蒂诺电影中,但是索伦蒂诺不同于费里尼。如果急于声称《绝美之城》是对《甜蜜的生活》的现代化或参照或抄袭,就妨碍了欣赏它的原创品质、独特风格与重大主题。这是对贝卢斯科尼时代罗马社会文化萎靡的一幅印象派肖像:撞墙的行为艺术家,沦为摇钱树的神童画家,注射肉毒杆菌的富人名流,关切美食而非精神的神父,以及用一种伪装方式纸醉金迷的圈子——恰是贝卢斯科尼价值观糟糕的体现,这一价值观基于将人们从那些真正严肃的事情上分神。不如说,也是当前时代的症候。

在美学上,索伦蒂诺回归了意大利的巴洛克传统,影片缓缓始于歌剧与 17 世纪大喷泉,片名隐隐浮现于后现代派对与古老斗兽场交映的罗马夜空,等待你的是一场华丽而炫目的视听盛宴。在哲学上,

《绝美之城》罗马引水渠

《绝美之城》浮华万象

索伦蒂诺付之于浮华世代的武器是"怯魅"和"反讽"——当代艺术与文化中的那些虚张声势，被一一揭穿。然而，即使在吹毛求疵、讽刺挖苦时，主人公都准备好连带自己。时光流逝的残酷本性、对必死命运的沮丧感，令他不把自己的存在看得高于他人。正是这一悲悯、自省的品质，为电影提供了一种救赎，避免了某种优越感或傲慢。你可以理解为：对罗马的新现实主义批评。

"你不能谈论贫穷，你得生活于贫穷。"——《绝美之城》中的圣徒玛丽亚践行着自己的信条：睡地板、吃根茎、以 103 岁的双膝爬上圣彼得教堂的台阶。索伦蒂诺也践行了自己的信条：拍不背叛电影的电影。

私享 List

万神殿　竞技场　纳沃纳广场的四河喷泉

埃马努埃莱二世纪念堂　卡比托利欧露天博物馆　庞贝古城

泪洒佛罗伦萨
FIRENZE

埃马努埃莱二世长廊

《看得见风景的房间》

《但丁密码》

《洛克兄弟》

《情迷翡冷翠》

《我是爱》

《卡拉瓦齐》

文艺复兴之城

让我情迷翡冷翠的，并非徐志摩的旖旎译法。这译法，美，也浑然天成：英语为 Florence，意大利语为 Firenze。

一切，源于偶然看到的一部电影。年少懵懂中只留下一阵风：男孩女孩坐在佛罗伦萨的街头长椅上，萧瑟的风，将他们的爱情吹得凄美如片名：《泪洒佛罗伦萨》*Tranen in Florenz（1986）*。

圣母百花大教堂

推开房间的窗，是圣母百花大教堂的穹顶。《看得见风景的房间》*A Room with a View（1985）*，是否就在我的窗口？英国的"浪漫旅行电影"，就像他们的很多电影一样，充满阶级意识。意大利的明媚气候与拉丁风情似乎与英国截然相反，他们很难爱上超越他们自身身份的人或意大利本身。但是英国似乎对托斯卡纳地区有一种本能的冲动，也催生了他们对浪漫爱情的冲动。在《看得见风景的房间》里，贵族女孩露西来到佛罗伦萨度假，与一对平民父子交换房间，一来二去，两个年轻人互生情愫。这群爱德华七世时代的英国人保持着喝下午茶的习惯，扮演露西的海伦娜·伯翰·卡特至少三次出现在逗留意大利寻求罗曼史的电影里。只是一旦想起蒂姆·伯顿的卡通哥特风，就很难把海伦娜当作英伦淑女。

在热情如火的托斯卡纳人中，露西如同一个正直与决断力的隐喻。让这样一个女孩与一个当地人艳遇也许期待过高，但是这座群山环抱

韦奇奥宫

的伟大城市为她提供了充分的"文艺复兴"气息——被乔治的鲁莽一吻惹恼,她重新考虑回家嫁给一个错误的男人……制片人发现 E.M. 福斯特的小说是一座富矿,又拍了《伦敦落雾》*(1991)*:性压抑的英国寡妇"海伦·米勒",在托斯卡纳找到了爱情,但似乎又被她的上流出身惩罚,死于难产。

漂亮的圣母百花大教堂是欧洲最大的天主教堂之一。紧邻的乔托钟楼,上至最高,可以俯瞰佛罗伦萨全景。红色屋顶蔓延在蓝天白云中,一派优美祥和。公元前 59 年,佛罗伦萨成为罗马殖民地,城中留下一些罗马式的神殿和露天剧场。12 世纪初佛罗伦萨取得独立。13 世纪,羊毛与纺织业崛起,行会控制了政权。建立共和国后,政权移至贵族手中。15 世纪,美第奇家族将佛罗伦萨带入最辉煌的时期。1860 年意大利统一后,佛罗伦萨做过几年首都,而后迁至罗马。

皮蒂宫

欧洲的古老家族,经济雄厚、政治强势、文化繁盛。也许可以说,没有美第奇,就没有佛罗伦萨,也没有文艺复兴。守护佛罗伦萨 300 年的美第奇,诞生了三位教皇、两位法兰西王后及数位英国王室成员,但最大成就莫过于资助了佛罗伦萨的文艺复兴运动。不劳而获——被基督教义视为罪,这位依靠金融业发家的"文艺复兴教父",大力资助艺术亦有赎罪之意。

佛罗伦萨是一座文艺复兴之城,也是一座美第奇之城,三步五步就会邂逅。除了圣母百花大教堂,漂亮的深蓝穹顶上有蛇、狮、蝎、狗和维纳斯的洛伦佐教堂,是这个家族的专用教堂,几乎所有家族成员都

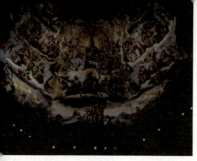

韦奇奥宫的巨幅壁画《马西亚诺之役》

安葬于此。米开朗基罗的《大卫像》立于门口的韦奇奥宫，是这个家族的宫殿，后来用作市政厅。韦奇奥宫的内部装饰惊人，顶天立地在500人大厅的瓦萨里壁画，覆盖了两位大师达·芬奇与米开朗基罗的壁画，站在二楼观看这场超过三层楼高的两军对决，壮阔！

朝圣文艺复兴者，言必称乌菲兹。这里收藏了这个家族的全部艺术品，几乎是全世界最多的文艺复兴作品。205米长的皮蒂宫亦属于美第奇，有趣的是：这座野心勃勃的宫殿最初是由佛罗伦萨银行家皮蒂为了挑战美第奇的财富与权力而建，100年后却被美第奇从破产的皮蒂后人手中购得。

"文艺复兴先驱"乔托像，摄于佛罗伦萨

肇始于意大利的文艺复兴，带来一场科学与艺术的革命，揭开了近代欧洲历史的序幕。根据当代最负盛名的意大利学者艾柯畅销小说改编的电影《玫瑰之名》**(1986)**，可供我们遥想中世纪黑暗：修道院里连续发生命案，而所有命案缘于失传的亚里士多德诗学第二卷——它探讨喜剧，喜剧让人笑，笑会消除恐惧，没有恐惧也就没有信仰与上帝，这是哲学对神学的挑战。

随着经济发展、城市兴起，人们开始追求世俗人生的乐趣。在14世纪欧洲城市化水平最高的意大利，最先出现了对天主教文化的反抗，市民和世俗知识分子一方面厌恶天主教的神权地位及其虚伪的禁欲主义，另一方面由于没有成熟的文化体系取代天主教文化，于是借

助古希腊、古罗马文化的形式来表达主张。与其说复兴，不如说是创新。文学三杰之一的薄伽丘，道出文艺复兴宣言——幸福在人间。

探索人的价值、汲取现实成分，乔托笔下出现了饮食男女的七情六欲。在原由圣母与圣婴肖像主导的画布上，波提切利冒着艺术与道德的双重风险，绘制了巨型异教徒作品《春》——盛开着 500 朵花的如茵草地上充满人生的乐趣，薄如蝉翼的裙裾与柔美如荑的身姿引人驻足。

波提切利是美第奇最宠爱的画师，《春》与《维纳斯的诞生》也是乌菲兹的镇馆之宝。《春》的笔触柔美、题材却烈——右边的西风之神强暴了森林女神，而这竟是金主委制的一份新婚贺礼。暴力是当时最常出现在新婚贺礼中的场景，用否极泰来的婚姻来安慰忐忑不安的新娘——森林女神旁边微笑祥和的花神，是她的化身。

从乔托到波提切利，开创了文艺复兴；"文艺复兴三杰"达·芬奇、米开朗基罗与拉斐尔，带来它的全盛；提香则代表着文艺复兴晚期的最高成就。法国大作家司汤达沉醉在文艺复兴杰作中，某天走出教堂，突然心跳加速、头晕眼花、脚下踉跄……从此，诞生了专有名词：司汤达综合征。这是一种在艺术珍品密集的空间里，观赏者受到强度美感的刺激而引发的症状。这一场坐拥一座城的文艺复兴饕餮，

手提歌利亚头的大卫

免不了让我们像意大利恐怖片大师达里奥·阿金多执导的《司汤达综合征》**(1996)** 里的女警官一样，"晕倒"在乌菲兹美术馆的藏品前。

人本主义传统，在 17 世纪同样肇始于意大利的巴洛克艺术中仍有承续，巴洛克进一步突破了文艺复兴以来理性、匀称、静止的古典艺术风格与种种清规戒律，它华丽、浓郁、向往自由。来到佛罗伦萨，恰逢巴洛克大师卡拉瓦乔展。17 世纪初的罗马，致力于建造巨大的教堂和恢宏的宫殿，因此对画作需求很大，崇尚自然主义的卡拉瓦乔得到了红衣主教的器重。虽然出身贵族，却喜欢和底层与边缘者厮混，他离经叛道地以真人为模特、将底层人物放入宗教题材：流浪汉做了圣人，妓女做了圣母。

好斗天性使惊心动魄成为他的宿命。在罗马争斗中杀死一个年轻人，人头被悬赏，逃往马耳他又卷入争斗，一年后在那不勒斯被捕入狱。随后去了西西里，奄奄一息时听到教皇的赦免令，租了船打算回罗马，不料再次被捕。出狱时船已不复，他于烈日下愤怒奔跑，高烧几天后憾然辞世。这一年，他 39 岁。

卡拉瓦乔的画风如性情一样激烈。在所有版本的《美杜莎》中，他的最难忘——因为她有一张卡拉瓦乔的脸。美丽少女因得罪雅典娜而被施了魔法，变成一个头上缠着无数毒蛇的妖怪，这幅颈项喷血的骇人画作如同《春》一样，是一件新婚贺礼……在《手提歌利亚头的大卫》中，被砍掉的歌利亚的头，也是卡拉瓦乔的头。

然而这位声名显赫的画家，在死后的几个世纪里完全被世界遗忘，直到 20 世纪中期才重见天日。英国导演德

卡拉瓦乔 电影剧照

《强掳萨宾妇女》　　　　《海格力斯与凯克斯》

吕克·贾曼执导的传记片《卡拉瓦乔》*Caravaggio(1986)*，拍得美如油画，同时充满同性荷尔蒙气息：卡拉瓦乔找来健壮的赌徒当模特，他通宵达旦地画，赌徒通宵达旦地摆造型。为了激励，卡拉瓦乔不时向男子扔一枚金币，男子把金币含在嘴里，身体一动不动。终于画完的时候，卡拉瓦乔再扔一枚金币，但是这次用了吻……传说中，佛罗伦萨是同性恋者钟爱之城，16世纪一本德语字典将"佛罗伦萨"等同于"同性情色"。被但丁的爱情故事浪漫化了的旧桥，曾是屠夫专区、色情之地；而佣兵凉廊，出没着男妓……

在韦奇奥宫坐镇的领主广场上，是这座露天雕塑的佣兵凉廊。今天，出没着娱乐游客的"小丑"。意大利的巴洛克，将法兰西的洛可可比照得矫揉造作。希腊神话最伟大的英雄海格力斯，有着无上的肉体冲击力。最具表现力的，当属大型叙事、结构复杂、力道遒劲的《强掳萨宾妇女》——这是欧洲雕塑史上第一次表现多个人物却没有优势角度的作品，从各个方向做向上蛇形旋转运动，意即可以从任何角度欣赏。

当年，一把匕首贯穿始终，卡拉瓦乔与赌徒为一个女孩争斗，女孩不久横尸水上。卡拉瓦乔为赌徒嫌犯求情。不料赌徒得意地承认，为了卡拉瓦乔、为了爱，他杀了女孩，画家惊愕间用匕首刺向他。

另一座文艺复兴重镇米兰，达·芬奇是它的骄傲。为圣玛利亚修道院饭堂所作《最后的晚餐》，将永远挂在饭堂里，无法巡回世界。BBC纪录片《旷世杰作背后的秘密》，揭开了这幅伟大画作的命运。达·芬奇使用了当时鲜见的干画法，使笔端游走更为自由，但缺点是容易干裂，尤其在潮湿的环境下。随着拿破仑军队的入侵、一战投下

圣玛利亚修道院的画

的炸弹以及风与光的侵蚀，画作损伤惨烈。做了多次或粗糙或错误的
修复，又花了 20 年时间一层一层剥离覆盖其上的颜料，耶稣的脚，
再也不见了……由于极其脆弱，参观被严格限定了人数与时长。这幅
神秘画作，激发了后世流行文化疯狂的致敬或戏仿，从布努埃尔的电
影《维莉迪安娜》到美剧海报，以及春光乍泄的牛仔裤广告……

小说家丹·布朗从中推演出一个惊世骇俗的宗教秘密，朗·霍华
德在卢浮宫拍了《达·芬奇密码》*(2006)*：原来耶稣是人，妓女抹
大拉的玛利亚是他的妻子……丹·布朗又在但丁的《神曲》与波提切
利的《地狱图》中发现了一个惊天阴谋，朗·霍华德在佛罗伦萨拍了
《但丁密码》*(2016)*。一位亿万富翁科学家认为但丁创造的是一个
现代的地狱的概念，《地狱》不是虚构而是预言：今天，人类在地球

流行文化对《最后的晚餐》的戏仿

上创造了自己的地狱，人口无限膨胀，因此他以拯救地球之名制造了一种瘟疫病毒。汤姆·汉克斯扮演的美国符号学教授，试图揭穿这一阴谋。他在韦奇奥宫的巨幅壁画《马西亚诺之役》前，找到藏在其上的艺术界著名的难题之一"寻找就会发现"；在圣乔凡尼洗礼教堂的但丁面具上获得线索，从佛罗伦萨、威尼斯一直跑到伊斯坦布尔水下宫殿的"美杜莎"头像边——科学家设计的病毒释放路线原来与中世纪黑死病的蔓延路线相一致。最终，教授阻止了大屠杀。而我不知自己曾于电影诞生前就遇到过但丁面具了。

《但丁密码》主创，背景是文艺复兴的圣母百花

我镜头里的米兰大教堂

托斯卡纳艳阳下

　　波提切利的《地狱图》，依据但丁《神曲》而作，共有九层。第一层里是异教徒：诗人荷马，英雄恺撒，哲学家苏格拉底、柏拉图、亚里士多德，数学家欧几里得……第二层里是色欲罪人：特洛伊的海伦、埃及艳后……而后是饕餮、贪婪、愤怒、残暴、欺诈、背叛之人。

　　战火亦地狱。作为重要的工业中心和艺术之都，伟大的佛罗伦萨二战时被轰炸。谈意大利工业，不可不谈时尚产业。意大利有全世界最成功的时尚产业以及最顶尖的时尚学院：佛罗伦萨的 Polimoda 时尚学院。曾在 Valentino 工作20 年的 Alvise 教授给我讲了一段时尚产业史——

我镜头里的米兰大教堂

尽管罗马帝国时期就有了服装文化，但是真正的大变革发生在 1970年代。1968 年巴黎的"五月风暴"波及之广，达至时尚产业。"五月风暴"引发的学生运动、妇女解放带来了习俗的变化，年轻人开始穿美式服装，大型服装企业销售额下降，同时工会运动又使企业成本上升。于是生产方式变了：工人带着缝纫机回家工作，外围工人慢慢变成企业主。小作坊或为大品牌打工，或创立了自己的品牌，法拉利汽车的逻辑亦如是。1970 年代，意大利设计师蓬勃诞生，25 岁的詹尼·范思哲移居米兰，开创了时尚帝国 Versace。对于意大利品牌设计常被仿冒这件事，Alvise 教授通透看待——当你走在一座拥有伟大历史与艺术的千年之城的街头时，即使一个裁缝也会拥有相当的审美积淀。仿冒的是产品，而精神和情怀是仿冒不了的。

　　米兰大教堂不负"世界最大哥特教堂"的盛名，犹如一片浩瀚的白色海洋，布满繁复的塔尖与雕像。她的身旁，屹立着宫殿般富丽堂皇的埃马努埃莱二世长廊——得名于意大利统一后的第一位国王。这座完美融合了古典与时尚的 19 世纪拱形建筑，亦是玻璃穹顶现代购物中心的鼻祖。

《最后的晚餐》所在的圣玛利亚修道院与米兰大教堂，都进入了电影《我是爱》**(2009)**。意大利许久没有这种展示贵族奢华生活的电影了。这是一个现代米兰纺织工业家族的故事：从俄罗斯远嫁米兰豪门的儿媳，第一个场景便是忙着为公公准备生日宴会，一张座位图让我们领教了贵族礼仪；而她的名牌服装与

埃马努埃莱二世长廊

皮包，俨然贵妇风范……生日宴会上，家族的"国王"宣布了重大决定：他打算退位，由儿孙继承家业。

这个俄罗斯女人将拥有一个米兰纺织王国了。这是一个将情感包裹得天衣无缝的女人，她的俄罗斯名字、俄罗斯身份都被收藏起来，学习做一个意大利人以及带着俄罗斯口音的意大利语。偶尔泛起思乡病，就做一道"鱼清汤"。然而豪门往往是场幻觉，自有一套吞噬个体的规矩。女儿的同性恋情，只能与妈妈偷偷分享、只能对哥哥隐晦地说着"快乐是个悲伤的字眼"；喜欢建筑的儿子，被迫接手家族生意，又被迫将家族企业卖给中东新贵，时代变了，无力挽回的他孤独地哭了；他们的父亲是台机器，在妻子坦承外遇时依然面无表情——我们决不能失控。

这个从不失控的女人遇到了一位阿拉伯面孔的年轻厨师，尾随他抵达的东正教教堂几乎互为隐喻——一个唤起她爱与欲的男子，一个

《卡拉瓦乔》

唤起她身份与文化认同的地方。当厨师用明虾唤醒了她的俄罗斯味蕾后，两人水乳交融了……

　　这是一个现代版《查泰来夫人的情人》：一个贵族女人与一个比她年轻的平民男子。而这位"查泰来夫人的情人"，正是当年在佛罗伦萨拍摄《卡拉瓦乔》的年轻女孩，彼时美若神话的蒂尔达·斯温顿。这位剑桥大学的文艺女神，穿梭于欧美之间，也穿梭于好莱坞的商业大片和科恩兄弟、韦斯·安德森的独立电影之间。

　　儿媳的出轨，给家族带来了灾难，发现了秘密的儿子意外身亡。决定性的时刻到了。葬礼后蒂尔达回到家，飞奔上楼，摘下钻戒，脱掉礼服，换上一身朴素的便装，最后向客厅里望了望，这个多年来默默迎合家族需求而忘了自我的女人，待我们回头时，已经不见了……罗杰·伊伯特的影评很美：它只是讲述了一个古老的心灵之战。不管她最终等来的那个人是不是厨师，她的心一定等了好久了吧。

　　《我是爱》有意识地营造了两个世界：一个是米兰纺织家族的豪宅宫殿，冷调，冬季，多取广角、大景深、人物关系远；一个是厨师所在的尼斯乡下，也是蒂尔达找到自由与爱的地方，暖调，夏季，以自然光、特写镜头为主，捕捉细节和亲密的人物关系。这两个世界，显然代表了秩序与自由、传统的压制与自我的苏醒。

《我是爱》

　　导演卢卡·瓜达尼诺深受威斯康蒂启发，而蒂尔达·斯温顿将这部电影比拟为"嗑了药的维斯康蒂"。出生于米兰的维斯康蒂，父亲是公爵，母亲是大企业家的女儿。但是这位"电影世界最后的贵族"

地板上的美第齐

在回到歌剧审美、贵族史诗的《豹》
(1963) 之前，首先将情感赋予了贫苦底
层。德·西卡《偷自行车的人》 *(1948)*
宣告了新现实主义的诞生：一位失业的
父亲，千辛万苦找到一份贴海报的工作，
用妻子的嫁妆换来一辆工作需要的自行车，不料第一天上班就被偷，
他和儿子在城中茫然奔波……作为意大利电影最辉煌的传统，新现实
主义标志着自有声电影以来最突出的成就，改写了欧洲与美国电影的
力量对比。这一场从内容到形式的美学革命，对世界电影产生了极为
深远的影响。可以说，每个国家都有自己的"新现实主义"。

维斯康蒂在西西里为世代受剥削的渔民
拍了《大地在波动》*(1948)*；在米兰拍了《洛
克兄弟》 *(1960)*：洛克一家从穷苦乡下来
到米兰，憧憬过上好日子，然而这里不是他
们的世界，每个人都遭遇了凄凉与沉沦，最
终决定回家乡……马丁·斯科塞斯与Gucci

埃马努埃莱二世长廊的地面

电影基金会修复了这部半世纪前的黑白影像，如同战后意大利城市化
的一份艺术文献。

公元前7世纪，凯尔特人成为米兰最早的定居者。后被罗马占领，
4世纪时短暂做过西罗马帝国的首都。直到10世纪末，才重回意大利
人手中，11世纪跃居意大利城市之首。然而，在佛罗伦萨最辉煌的
岁月里，米兰却有一部外部占领史：15世纪，拿破仑的军队入侵；16
世纪，来了西班牙；18世纪，来了奥地利，直至意大利统一。

如果维斯康蒂的《豹》是古老贵族的挽歌，那么《我是爱》是现代贵族的挽歌。《洛克兄弟》里的儿子爱上妓女，找不到出路的两个人坐在米兰大教堂的平台上哭泣。作为著名的国际大都会，米兰这座时尚之都、足球之城，却是意大利城市中鲜见的我不喜欢的一座。在咖啡馆，站着喝与坐着喝的价格是不一样的；在酒店，太阳帽丢了就丢了。傲慢又昂贵。洛克兄弟感到冷，我感到冷，俄罗斯女人也感到冷。

她离家出走的那一刻，仿佛是对这座城市的预言：告别贵族，走向平民。

《最后的晚餐》所在的圣马利亚修道院

情迷翡冷翠

　　老桥，见证了佛罗伦萨的历史。这座最古老的桥建于古罗马时期，被 12 世纪和 14 世纪的两次洪水冲刷，留下两个大理石桥墩，又在其上重建了这座三拱廊桥。二战时，纳粹炮火炸了河上十座桥的九座，唯独老桥坚挺至今。两边店铺，最早驻扎着铁匠和皮革商，后由金匠和珠宝商接手。琳琅满目的除了金银首饰，就是爱情锁。

老桥

　　这座桥上发生过但丁的伟大爱情：藏在生命中最深处的生命之精灵，开始激烈地颤动起来。与心上人初次相遇，还是少年。第二次相遇在老桥，但丁已经订婚、心上人已经结婚，他看着她优美地走过，心痛不已。当但丁再次回到佛罗伦萨来到老桥时，他已经结婚，心上人已经离世……一生相遇两次、不曾交谈一句的"最高贵的圣女"，成为《神曲》中最圣洁的女神。

　　两大文艺影星克里斯汀·斯科特·托马斯和西恩·潘也来到佛罗伦萨，将毛姆小说搬上银幕。《情迷翡冷翠》*Up at the Villa (2000)*，又是一个来意大利度假的外国人。事实上，外国人喜欢佛罗伦萨，意大利也意味着自由和愉悦。一个美国女人嫁给一个佛罗伦萨男人的案例很多，美国母亲甚至把孩子送到托斯卡纳妇女那里，学一口最纯正的意大利语。

爱情圣地维罗纳·朱丽叶故居的许愿墙

　　玛丽风韵犹存，而这里是翡冷翠。我们知道，她一定会陷入爱情。但是毛姆的"一个女人与四个男人"根本

《偷香》

上是个老生常谈的故事：女人该选择什么样的男人——一个能给你无忧无虑的生活但是不能给你激情的富商，一个野心勃勃的法西斯军官，一个富有魅力的花花公子，一个身无分文但是充满激情的艺术青年。最终，玛丽离开了富商，踏上回伦敦的火车。此时没有上演《艳阳天》结尾大卫·里恩式的相见恨晚——他举着栀子花为她送行，而是响起西恩·潘的声音："要帮忙吗？"迷人的情场浪子，征服了玛丽也拿下当年奥斯卡最佳男主角。

14岁的戴安·莲恩，将初恋与处女作给了威尼斯——《情定日落桥》；经历了婚姻失败的戴安·莲恩，将新生给了佛罗伦萨——《托斯卡纳艳阳下》*Under the Tuscan Sun (2003)*。佛罗伦萨是托斯卡纳的首府，而这片地区几乎成为"阳光与红酒"的象征，抚慰了美国女作家的伤痛。她的新家和新恋情再次证明了：对于不良爱情的理想刺激或开始一段新的浪漫爱情，最好莫过于夏日意大利的一座藤蔓缠绕的度假别墅。

贝托鲁奇则让丽芙·泰勒的惊艳出世与美国女孩的"成人礼"在明媚的托斯卡纳乡间同时完成——《偷香》*Stealing Beauty (1996)*。美丽的女孩来到意大利寻找生父，渴望为爱情献出贞洁，爱尔兰雕塑家、英国剧作家、年轻的意大利男人都争取在她的成长中领先。最终，在这段纯洁又情色的旅程中她"长大"了，找到了父亲与真爱，尽管这一转变更多归功于意大利的男子气概而非地理环境。

我的窗外，正在下着一场文艺复兴般的细雨。不远处是圣母百花大教堂，楼下街巷闪过各种颜色的雨伞以及慌张的步履。鸽子扑来扑去，服务生跺着脚、拍着手把它们赶走。罗马、佛罗伦萨、威尼斯、米兰，这些最"大众化"的观光都市几乎被游客占据，你触摸不到它真正的纹理与内心。

一部《泪洒佛罗伦萨》让我情迷多年的翡冷翠，并未如想象中爱上。我泡了红茶，坐在沙发上写日记。我像《托斯卡纳艳阳下》的女作家一样，于迷惘之际来到佛罗伦萨，但是什么也没有发生。

齐泽克将电影称为"终极的变态艺术"——它并不给你所欲望的东西，它只告诉你如何去欲望；它撩拨起你的欲望，却把它保持在一个安全的距离之外……

套用一部韩国电影的名字：《电影就是电影》，生活还是生活。

佛罗伦萨的壁画与雕塑

私享 List

魂断威尼斯
VENICE

威尼斯的码头

《艳阳天》

《情定日落桥》

《魂断威尼斯》

《威尼斯商人》

罗曼史

走出火车站，第一眼是水。

威尼斯诞生在最不可能诞生城市的地方——
水上。

小学课本里的"刚朵拉"，多年后变为能指。
如今，比"刚朵拉"更主流的是一种水上 Bus，
也是我坐过的最贵的 Bus。当然，威尼斯什么都
贵。水路运输成本高，日益下沉的城市需要维
护。

电影与旅行，常常激发出相似的情感：把我
们送到过去以及遥远的地方。对于那些跨越文化
与时区寻求真爱的人，异国背景可以扮演一个变
化无常的丘比特。没有哪个类型比"浪漫旅行电
影"更显著，也没有哪个地方像意大利这样——
让人既爱上一个国家，又爱上一个情人。

我镜头里的威尼斯

1950 年代的意大利男高音偶像罗萨诺·布拉兹，正从威尼斯的一
条小运河上使劲探手，竭力抓住凯瑟琳·赫本掉下的一朵栀子花。
花，溜过他的手……他带着悲伤的微笑望着赫本，对飘走的花付与
一个意大利式耸肩。这朵飘忽不定的花，预示了电影《艳阳天》
Summertime (1955) 的真相时刻。

罗萨诺·布拉兹扮演一个威尼斯古董小商店的老板，凯瑟琳·赫
本扮演一个易于受惊的美国中学教师，来此度过她人生中的第一个意
大利夏日之旅。你知道他们一定会坠入爱河：这是威尼斯，这是旅行

疑态度，以及一丝过去被刻薄称为
"老处女"的拘谨。这是天生的一

《艳阳天》的浪漫恋人

对，有不同文化结合在一起的所有戏剧性张力，有世界上最迷人的都市场所，有广场上的鸽子与咖啡香，有小男孩做丘比特，有大卫·里恩的卓越指导，《艳阳天》展示了所有浪漫旅行电影的要素，堪称经典。

卖花人卖给布拉兹的栀子花，似乎呢喃着谜一般的爱之语，不可避免地引发我们的联想：夏日之旅结束时会发生什么？如果我们在威尼斯呢？结论是：你不想回家。然而在浪漫旅行电影里常常是：你必须回家。栀子花再次出现在火车站，他举着栀子花，追着她远去的火车……无论爱上赫本还是布拉兹还是他们的罗曼史都不要紧，观众情不自禁爱上了夏日威尼斯，也迷上了浪漫旅行电影。

美丽的意大利城市，不仅向旅行者与影迷承诺了浪漫爱情，对于电影明星的生涯也有重要作用。比如《罗马假日》 *(1953)* 之于奥黛丽·赫本，这个天真无邪的公主为她赢得奥斯卡最佳女主角。一如既往，永恒之城的著名景点担纲了这对恋人了解彼此的地方："真理之口"提供了一个喜剧时刻，古老下水道覆盖着海神波塞冬的脸，派克向公主解释——丈夫会把妻子的手放在石嘴里，让她回答事关忠诚的问题。当妻子说谎时，手会被石嘴夹住，派克演示了一下，小女孩般的赫本被吓着也被逗笑。随着假日将尽，公主要回归王室责任。如果只有一个爱情幸存于夏日罗马，那么赫本与观众之间的这一个，是永恒的。

罗曼史首先要设置在一个罗曼蒂克的地方，比如斯德哥尔摩就不合格。当瑞典进入电影，你会立刻想起伯格曼电影里那些痛苦的人物、冗长的场景、阴郁的关系、一个高自杀率的城市……阳光城市更

许愿池

好一些，但是耶路撒冷会让浪漫爱情扫兴，三大宗教对任何公之于外的罗曼蒂克摇起训诫的手指……有些阳光城市似乎适合浪漫但不适合爱情，贝托鲁奇《遮蔽的天空》*(1990)* 即是一例：一部摄影优美的旅行电影，充满古怪的冒险，在北非的帐篷与有百叶窗的屋子里，而不是威尼斯广场上或托斯卡纳草地上的露天调情。

种族与文化的差异，有时也会为"从此幸福生活在一起"的浪漫期许造成难以逾越的鸿沟。比如《生死恋》*(1955)* 为美国记者匹配了一位欧亚医生，两人争论着"东方是东方，西方是西方"那一套文化偏见；《樱花恋》*(1957)* 中美国大兵肆无忌惮地亲近可爱的日本姑娘，你可能想知道哪个更糟——是雷德·巴顿斯与梅木三吉拥抱在一起自杀（因为两个社会都不容忍这一跨种族婚姻），还是马龙·白兰度决心带一个传统的日本舞女回到战后的田纳西开始新生活？事实上，拜拜了！

因此，意大利是浪漫旅行电影的首选地。《罗马假日》与其他在罗马电影制片厂 Cinecitta 全盛时期拍摄的电影帮助塑造了罗马，甚至被戏谑为——台伯河上的好莱坞。1950 年代的好莱坞明星将威尼托大街变成了成功、名望、享乐主义和甜蜜生活的标志，以及源于这座城市的"罗曼史"这一术语。格力高利·派克、安东尼·奎恩、艾娃·加德纳等成

《威尼斯商人》的利亚德桥

群结队涌向罗马摄影棚，电影杂志上全是他们的异国罗曼史故事。而像布拉兹、马斯楚安尼这样的意大利男演员会吸引外国女性飞来，像索菲娅·罗兰、克劳迪娅·卡汀娜这样的意大利女演员会吸引男性观

众飞来——在战后国际旅行蓬勃的背景下，制片人考虑到跨文化罗曼史的票房潜力是很自然的。随着 Lockheed Constellations 与波音 707 飞机的出现，机票价格已在一般影迷的承受力之内，因此你无须是个电影明星也能在意大利寻找罗曼史，它可能发生在任何人身上。

但克拉克·盖博不是"任何人"。于他而言是《那不勒斯之恋》*(1960)*，一部罗曼史。发福的偶像明星与年轻性感的索菲亚·罗兰演对手戏：盖博扮演古板暴躁的美国商人，来到意大利处理死于二战的弟弟的后事。电影始于那不勒斯，实际是在风景如画的卡普里岛拍摄，因此罗兰——这朵那不勒斯玫瑰，可以更像一个纯真的小镇女孩，而非来自一个有着邪恶名声的大而古老的城市。这部浪漫喜剧也开启了她唱歌、跳舞甚至做意大利面的电影生涯。

罗马有美食，于是有了《美食、祈祷和恋爱》*Eat Pray Love (2010)*：美国女人茱莉亚·罗伯茨离婚后来到意大利疗伤，学会了意大利手势，也吃胖了。维罗纳有罗密欧与朱丽叶的阳台，于是有了《给朱丽叶的信》*Letters to Juliet (2010)*：全世界的情侣来祈祷爱情。威尼斯有很多桥，著名的是叹息，于是有了《情定日落桥》*A Little Romance (1979)*。

叹息桥被不少城市仿建，徐志摩的《再别康桥》是英国的叹息桥。历史中，叹息桥连接着法院与监狱，死囚被押赴刑场经过时留下一声叹息。后世中，叹息桥连接着浪漫：日落时分，当教堂的钟声敲响，如果一对相爱的人乘船在叹息桥下亲吻，他们的爱情就会天长地久。佛罗伦萨的老桥见证了但丁的爱情，威尼斯见证了 14 岁的美丽的黛安·莲恩。

《情定日落桥》的叹息桥

美国少女劳伦陪妈妈在欧洲拍片，认识了法国少年丹尼尔。狂热影迷丹尼尔尤爱美国电影，在影院里一遍遍看亨弗莱·鲍嘉。悲剧王子劳伦斯·奥利弗变成了喜剧的老丘比特，给两个孩子讲着古老传说。于是，三人一起登上前往威尼斯的火车。一番波折后，钟声敲响时，两人终于吻在叹息桥下了……这是个超凡脱俗的罗曼史：女孩看海德格尔，男孩谈存在主义，道别的约定是——我不要你变得和其他人一样，我不要像其他人一样，我们现在不是，永远也不是，我很高兴我们与众不同。

有时，浪漫旅行电影是仅次于真实的最好的事；有时，无疑好过真实。只要浪漫旅行电影存在，旅行者与观众就永远想亲自去探索落在威尼斯运河上的栀子花——是否真的够不着？

惊魂记

威尼斯的圣马可广场，是波光粼粼中的壮丽。

《圣经》中《马可福音》的作者马可，被威尼斯人奉为守护神。在这座被拿破仑赞叹为"欧洲最美的客厅"与"世界最美的广场"上，从中世纪到文艺复兴、从拜占庭到巴洛克的建筑，囊括了大教堂、歌剧院、高级酒店、餐厅、咖啡馆……

我镜头里的圣马可广场

几乎所有在威尼斯拍摄的电影都不会错过这座"嘉年华"。保罗·索伦蒂诺在《年轻气盛》与《年轻的教宗》中，一再上演潮水漫过的梦幻场景，而教宗的第一次公开露面演讲不是在梵蒂冈而是在这个广场。

然而，对于寻找真爱的旅行者而言，最冷漠的似乎也是威尼斯。

它的无常名声，也许要考虑到这是臭名昭著的风流浪子卡萨诺瓦的家乡，它的广场是英格兰最浪漫的诗人及好色之徒拜伦的度假地，自罗马皇帝的淫乱之妻梅萨莉娜的派对后这里就有了放荡的执照。

四处游历，写过《波兰史》《威尼斯共和国和荷兰的区别》，但令卡萨诺瓦享誉世界的身份并非作家。与唐璜一样，他因风流得名；而唐璜为文学人物，卡萨诺瓦确有其人。与其说他是一个人，不如说是一种生活方式。猎艳高手令大银幕趋之若鹜：英俊的法国小生阿兰·德龙演过他，英年早逝的澳洲天才希斯·莱杰演过他。卡萨诺瓦曾在罗马宫廷参加做爱比赛。清教伦理怎能接受？因此，好莱坞版本的《卡萨诺瓦》 *(2005)* 变成了"真爱至上"：与女扮男装的弗朗西斯

索伦蒂诺镜头里的圣马可广场

我镜头里的圣马可广场

卡不打不相识，这个并非美丽超群但是有抱负、有思想、懂剑术、会骑马的女子，使浪子懂得了爱为何物。

但是禁欲 - 纵欲的意大利人不做折中。费里尼的《卡萨诺瓦》*(1976)* 回归"性爱至上"，结局哀伤之极：一生只有性没有爱的浪子，失去雄风后只剩梦魇，追逐着女人却追不到，忽然出现了一只音乐盒上的机械玩偶，衰老的卡萨诺瓦看着年轻的自己与机械玩偶在圣马可广场上起舞……

《魂断威尼斯》***Morte a Venezia (1971)*** 设置在一个更节制的时期，一战前的丽都岛，一个懒洋洋的夏天，一只船从灰粉雾气的水上缓缓驶来……德国作曲家古斯塔夫在痛失爱女后来到威尼斯散心。某天，偶遇同住一个旅馆的波兰少年塔奇奥，海军衫、软金发、希腊雕塑般的面孔，激起古斯塔夫内心隐秘的骚乱。

文学是维斯康蒂的源泉："西西里史诗"《豹》，改编自兰佩杜萨的小说；"四夜爱情"《白夜》，改编自陀思妥耶夫斯基的小说；"世界第一美少年"的《魂断威尼斯》，改编自诺贝尔文学奖得主托马斯·曼的小说。有人说这是曼以作曲家马勒为原型创作的同性恋小说；也有人说这是曼的自传，写在来丽都岛度假之后。

圣彼得堡夏季的《白夜》，被威斯康蒂搬到了威尼斯冬日的运河上，氤氲着迷离与感伤——女孩与房客相爱，在他离开的一年里，她坚守承诺等待。到了约定的日子，她站在桥头，遇到了马斯楚安尼。

两个孤独者彼此取暖：

现在，我可以说跳过舞了

现在，我可以说快乐过了

当他爱上她时，她的他回来了……而奇异唯美的《魂断威尼斯》，可以说，没有情节。它全部的构成就是看与被看，镜头伸缩间，古斯塔夫看，塔奇奥被看。58岁的维斯康蒂拍外景时遇到了他的美少年——20岁的贝格。贝格看了良久，直到天黑，维斯康蒂为他披上自己的衣服。维斯康蒂花了大半生改编这本默默无言的小说——只有看与被看，在炉火纯青的暮年拍出这部柏拉图电影——言语、触摸，一切有形之实统统退场。

水城

白天，美少年在海滩上嬉戏，不远处是古斯塔夫。晚上，美少年凭栏听歌，不远处是古斯塔夫。他看他。他知道他在看他。他尾随他。他回过头。理发师修饰着日益憔悴的古斯塔夫，头发染黑，脸上涂了白粉，嘴唇擦了口红，胸前别上粉色康乃馨。随时可以去一见钟情的古斯塔夫，妆容却弥漫着滑稽与死亡的气息。城中瘟疫肆虐，染上霍乱的他望着海滩上的美少年，伸手做最后的告别……

这个故事，本质上是美与道德之辩。古斯塔夫与朋友的对立艺术观，道出托马斯·曼的寓言——当伟大的

《白夜》

才华在成长后脱离了放荡的阶段：

美属于精神行为。

不，美属于感官。

唯有完全支配感官，才能获得智慧、真理和尊严。

智慧和尊严有什么用？邪恶才是天才的粮食。

艺术家应当成为和谐与力量的典范，绝不能模棱两可。

艺术就是模棱两可，模棱两可才有艺术。

来到威尼斯之前的古斯塔夫，是个神经紧张、追求完美的作曲家，也许平衡里藏着恐惧，害怕直接而诚实地触摸世界。来到威尼斯之后的古斯塔夫，背叛了过去的人生，没有时间了，他已对自己的感官负债累累。于是，听从堕落的指引，踏上惊魂之旅……

在《威尼斯疑魂》**(1973)** 中，美与死亡再次合谋挫败了威尼斯的罗曼史。同样痛失爱女的英国建筑师来到水城。这部电影在威尼斯拍摄，因为唐纳德·萨瑟兰扮演一位大运河上的教堂的艺术修复项目的主管；这部电影拍摄的季节在秋与冬，因而威尼斯阴森而超现实的季节气氛使这对夫妇的悲伤治愈充满不祥之感。在《热恋中的布鲁姆》**(1973)** 中，美国人乔治来到威尼斯的圣马可广场，渴望失败的婚姻死而复生。然而这个传奇的广场漠不关心，嘲讽着他自我放纵的困境。在《鸽之翼》**(1997)** 中，身穿爱德华七世时代服装的海伦娜·伯翰·卡特的罗曼史，被威尼斯下沉的命运布下颓废黑暗的气氛……

我镜头里的威尼斯教堂

《致命伴侣》的性感德普

　　今天，闪闪发光的水城将 007 电影及性感影星约翰·德普与安吉丽娜·朱莉的间谍爱情变成了风光大片。很少有城市像威尼斯这样完全不自知地展现着象征昔日荣华之物：盛大广场外立面上的镀金马赛克，艺术家天才般的教堂彩绘，商业与征服的战利品，举行盛典与欢宴的舞台，所有这一切都诱惑着摄影师，他们像伟大的城市景观画家卡纳莱托一样创造着。旅行者就像进入戏剧的观众，随身带着他们的希望、幻想、欲望与恐惧——全部人格。但是异域之地使我们脱离了常规的环境与生活，给予这些人格以广阔的表达自由。旅行的遥远与短暂，得以鼓励暂时的自我重塑，旅行者可以变成这些伟大城市舞台上逍遥自在的演员：在肯尼亚披上猎装夹克，在游轮上消遣的有闲阶级，潜伏在布达佩斯咖啡馆里的间谍小说中的间谍，或者幻想着寻找一个神话中的异国恋情，像一场禁忌狂欢。

"世界第一美少年"

　　而在《年轻的教宗》 *(2016)* 结尾，这个有史以来最神秘的教宗，一反过去梵蒂冈的博爱化与流行化，关起门，重树权威，信奉 Absence is presence（不在场即在场），唯有经过痛苦与磨难才能接近上帝。以一个孤儿教宗寻找双亲的隐喻，象征了在一个质疑上帝是否存在、人是否相信上帝的时代对于大他者的寻找。从不露面的教宗的第一次公开露面，就选在威尼斯的圣马可广场。重要的不是失去或找到，而是在寻找中一步步领悟了爱：上帝是微笑。

古老的金狮

九月是威尼斯的狂欢——丽都岛上的电影节。

白天去丽都岛，晚上回圣马可，坐船约 10 分钟。欧洲社会的老龄化显著，座位上多是整洁得体的老人家，即使有空位年轻人也不好意思去坐。我在 INFORMATION 领取了电影节的日程安排与展映片单，行至电影宫，一路有威尼斯双年展的装置艺术、观念艺术相伴。终点，有圣马可的坐骑在迎候——一只有翅膀的石狮，成为威尼斯的城市标志以及电影节图腾。

圣马可广场的石狮

在电影村里喝杯咖啡聊聊电影，充满意大利人特有的松弛。午后，媒体和影迷已守候在电影宫前；傍晚，红毯前人山人海、长枪短炮。一个大个子亲切随和地来到观众区签名、留影，激起的尖叫声和闪光灯超过了任何意大利明星。我亦为他而来——主席昆汀。

欧洲诞生了全世界最多的电影节。而世界上第一个电影节，是 1932 年开锣的威尼斯电影节。由于一度被法西斯控制，为对抗"墨索里尼杯"，戛纳电影节横空出世。欧洲电影节与欧洲艺术电影，堪称好莱坞的反面，也是对抗好莱坞的某种策略。好莱坞在电影界的突出地位可谓一战产物，彼时大部分欧洲国家卷入战争，使得美国大片厂有机会掌握主动权，逐渐改变了世界电影工业的格局。好莱坞霸权主

威尼斯电影节的金狮

义塑造了全世界的观众，规定了看什么——更主要的可能是不看什么。而戛纳电影节于创始之初就有着区别于

主席昆汀　　　　　　　　　　　　　　　　　　　　　　帽子戏法

好莱坞和奥斯卡的气质——一个国际化的电影展映平台。

　　欧洲电影节越来越被视为一个对话场阈，许多小电影节单纯聚焦于某些特殊类型，如意大利北部历史名城博洛尼亚创办了专门致力于修复的"发现电影节"，没有红毯走秀和大片首映，却极有分量。在全球化电影工业的语境中，文化帝国主义中心（好莱坞）与殖民地边缘（其他世界电影）是并行的，欧洲电影节将有助于隐喻意义上的殖民者与被殖民者之间的对话，让他们更多地自我表达。

　　戛纳，几乎成为电影节的提喻。一方面，尽最大努力保护自己作为世界头号电影天堂的好名声；另一方面，也心存感激地接受好莱坞带来的全球曝光率——即使好莱坞大片只展映不角逐，但是欧洲越来越依靠好莱坞大牌导演和明星撑起场面与热度。

　　夕阳里的 EXCELSIRO 酒店，美得优雅古典。这里是电影节明星下榻处，亦是红毯轿车出发地。开幕式结束，警员友善请退："总统先生一会儿从电影宫出来，等他的车开走，观众就可以入场了。"事实上，意大利总统比好莱坞电影低调得多，从 EXCELSIRO 到电影宫的整条街道被其广告牌垄断：这一年，是本·阿弗莱克执导的《城中大盗》与索菲亚·科波拉执导的《在某处》。未来的开幕片是奥斯卡大赢家《地心引力》《鸟人》《爱乐之城》，以及在威尼斯举行盛大婚礼的好莱坞明星乔治·克鲁尼、娜塔莉·波特曼与詹妮弗·劳伦斯的星光。

夕阳中的古老酒店

在意大利的机场、书店及报摊，处处可见意大利版 VOGUE 封面上的昆汀与索菲亚。意大利血统及伟大《教父》，使科波拉家族在此获得王室般的礼遇。《迷失东京》拍了迷失的女人，使索菲亚成为影史中获得奥斯卡最佳导演提名的第三位女性。《在某处》拍了迷失的男人，为她带来一座由前男友颁发的金狮：一个好莱坞浪荡儿，在制服女郎的钢管舞中入睡、在不知姓名的女人怀里醒来，法拉利、直升机、酒精、大麻……直到某天，他发现悲伤的时候连个可以说话的人都没有。索菲亚很早就实现了父亲的梦想——拍个人化的电影。她的父亲早年亦为功名所累，从未年轻过，晚年才用卖葡萄酒赚来的钱拍自己梦想的个人化电影：《没有青春的青春》。

建于 5 世纪的古老威尼斯，当然有过青春。这是诞生了费里尼与安东尼奥尼的国度。这是曾于 1960 年代引领欧洲艺术电影潮流的电影节。然而，就像运河上这些静静等待接送大明星的昂贵游艇，今日世界的统治者是商业。

威尼斯商人

威尼斯的钟楼

商业，曾是威尼斯的创世神话。

这是一座真实的海市蜃楼：脆弱的城市系于纤弱的橡木桩上。没有土地、没有农产品、没有自然资源，所有生活必需品不得不从海上进口，大海注定将其塑造为商人。

最早，受到匈奴迫害的人们迁移到今日威尼斯所在地。由于盛产盐，威尼斯一跃而为地中海最繁荣的贸易中心。繁荣带来富裕也带来祸患，为了对抗罗马帝国，12 个小岛组成城邦共和国；为了清剿劫掠商船的阿拉伯、斯拉夫海盗，威尼斯舰队应运而生。

当我来到黑山共和国的古城科托尔，威尼斯美学也蔓延至此。当我参观杜布罗夫尼克的海事博物馆，领略到强大的威尼斯海运曾经辐射巴尔干，与克罗地亚海盗斗争了 150 年，唯有这座中世纪古城赢得独立，一度与之抗衡。

"威尼斯商人"久负盛名也不负盛名。威尼斯的兴盛与十字军东征紧密相关。信奉伊斯兰教的奥斯曼帝国试图征服伟大的基督教城市君士坦丁堡，十字军便在此地集结。这是威尼斯承接的中世纪历史上规模最大的一单商业合同，而它的决策依据——不在宗教信仰而在商业利益。作为一座天主教城市，持久的政教合一之战却无法在威尼斯展开。因其强大独立，不受教皇支配。英国历史学家罗杰·克劳利的"地中海三部曲"之《财富之城》，讲述了威尼斯如何凭借狡黠的外交、强悍的海军与满荷的金钱，左右逢源于东西方势力之间，与基督教和伊斯兰两个世界都做生意，也都发生过军事冲突。随着葡萄牙的航海冒险进入印度洋，威尼斯取道开罗和亚历山大港的香料贸易受到致命威胁，基督教威尼斯甚至私下恳求伊斯兰埃及出手反击基督教葡萄牙……

莎士比亚笔下"割一磅肉但不能流血"的著名故事《威尼斯商人》*The Merchant of Venice*，被莎翁狂热爱好者数度搬上银幕：1969年奥森·威尔斯版，1974年劳伦斯·奥利弗版，2004年阿尔·帕西诺版引发的争议最大也最发人深省。一个年轻人爱上了富家小姐，为求婚，向商人安东尼奥借钱作礼金。不巧安东尼奥的生意出了问题，转向犹太商人夏洛克借钱。夏洛克借此一雪安东尼奥对犹太人侮辱之耻：若不能如期归还，就割掉身上一磅肉。不料安东尼奥生意失败。聪明的小姐还之以妙计：割一磅肉，但不能流血。

还记得《闻香识女人》里阿尔·帕西诺那段征服世界的演讲吗？他的夏洛克独白，将莎翁喜剧变成了悲剧——

他侮蔑我的民族，破坏我的买卖，离间我的朋友，煽动我的仇敌；他的理由是什么？只因为我是一个犹太人！

难道犹太人没有五官四肢、没有知觉、没有感情、没有血气吗？不是吃着同样的食物、冬天同样会冷、夏天同样会热，就像一个基督徒一样吗？如果你们用刀刺我们，我们不会流血？如果你们搔我们的痒，我们不会笑吗？

今日威尼斯的街头

"水上新娘"威尼斯

就像阿尔·帕西诺自导自演的《寻找理查三世》试图重新理解古老，他的佝偻着身躯的夏洛克，也不再是吝啬贪婪的守财奴。安东尼奥每向他脸上啐一口，我们的心就痛一下。被孤立、被侮辱的犹太人，在一个基督徒世界中该如何自处？

历史上，"威尼斯商人"之所以被憎恶，也缘于基督教教义：放高利贷者的不劳而获如同罪恶。《威尼斯商人》里的利亚德桥，今天依然热闹。这座厚重古朴的白色大理石拱桥，是威尼斯的商业象征。11世纪跃为西方最强大的城市后，有了恢宏的圣马可广场。威尼斯仰慕拜占庭，圣马可大教堂模仿了索菲亚大教堂的镶嵌画。13世纪，威尼斯人夺走了世界上最美的城市也是通往东方的门户君士坦丁堡。奥斯曼帝国誓要解除威尼斯与大海的婚约，于15世纪征服君士坦丁堡，威尼斯逐渐衰落。

18世纪末，拿破仑攻城。波拿巴战败后威尼斯被割让给奥匈帝国，成为欧洲王公贵族的度假胜地。1866年，并入意大利。领资本主义潮流之先的威尼斯，从此由叱咤风云的商业中心转型为观光都会，"威尼斯商人"消失于历史，"魂断威尼斯"的爱情故事开始上演……

然而，悲伤——终结了意大利浪漫迷人的电影之旅。威尼斯这位"海之新娘"不再关心爱情里的希望与心碎。那些在它的街道、运河、广场上演的新恋情与旧恋情，那些象征着昔日荣华的所有诱惑物，也许是这座独一无二的城市所暗藏的忧伤——没有什么是永恒的，无论是伟大的城市，还是伟大的爱情。

私享 List

圣马可广场　圣马可大教堂　丽都岛的威尼斯电影节　利亚德桥

那不勒斯的黄金
NAPLES

我镜头中的那不勒斯

《意大利式结婚》

《意大利式离婚》

《格莫拉》

《那不勒斯的黄金》

比萨 × 罗兰

我镜头里的那不勒斯

船至巴里，转乘长途巴士前往那不勒斯。

司机不懂英语但是人很好，请车上几位那不勒斯男孩帮忙翻译。中途休息时，他问："要去哪里？"我答："坐船去陶尔米纳。"他立刻说："Sicily, Sicily！"到达时，还帮我取出行李，指点不远处就是轮船码头。

在码头餐馆享用了"那不勒斯第一宝"——比萨。为什么来到故乡，却不敢"恭维"？多半因为习惯了口感馥郁、配料丰富的现代比萨。而身为鼻祖的那不勒斯比萨，本以配料简单著称：番茄 + 奶酪。17 世纪到 18 世纪，比萨开始在那不勒斯出现。彼时的配料更少，堪称极简主义：一种很简单的烤饼，上面撒一点儿罗勒叶或猪油、沙丁鱼。1889 年成为比萨史上的里程碑，彼时的国王与皇后访问那不勒斯，一位厨师特意烹制了一款意大利国旗式的三色比萨——红色的西红柿、白色的奶酪、绿色的罗勒叶。皇后从此爱上比萨，比萨从此走出那不勒斯，人们络绎不绝地来到这里学习传统工艺。

今天，几乎可以在世界上任何地方遇到比萨。至于配料，则依厨师的想象力、各地的口味偏好而定。一块比萨、一杯可乐，是昂贵的纽约城里物美价廉的午餐，也是《欲望都市》里四位摩登女郎的日常最爱。我在俄罗斯邂逅了很多意大利餐馆，对于不习惯传统食物的世界游客而言，一杯白葡萄酒、一盘 Spaghetti，安全又美味。

我镜头里的那不勒斯

那不勒斯街头雕像：意大利独立之父马志尼

仅次于罗马和米兰，那不勒斯是意大利第三大城市。它比米兰有一部时间更长的外族统治史：公元前 9 世纪末，希腊人最早发现了这个港口；公元前 7 世纪建城，300 年后被罗马人征服，始称那不勒斯；后任统治者，相继有哥特人和拜占庭人。13 世纪意大利南部与西西里分离，成立了那不勒斯王国和西西里王国。15 世纪中期，统治者易主为西班牙人，后被拿破仑的军队占领。

那不勒斯的海边屹立着政治家、将军、国王与上帝的纪念碑。历史学家说：意大利的统一，归功于马志尼的思想，加里波第的刀剑和加富尔的外交。朱塞佩·马志尼，最初在热那亚发动起义，失败后提出更广泛的革命计划：建立"青年欧洲运动"，以及协助建立"青年德意志""青年瑞士"和"青年波兰"。流亡海外时，马志尼写下《论人的责任》，因此这位意大利独立之父，在欧洲历史上亦占据重要一席。1860 年民族英雄加里波第将统一之火蔓延至此，打败了波旁军队，南北统一，那不勒斯归入意大利。尽管马志尼未能亲眼看到意大利的独立与解放，但这一刻也许慰藉了他的愿望——"我要的是一个青年的意大利"。在帝国罗马和教皇罗马之后，将是一个人民的罗马。

在码头餐厅的柱廊上，遇到"那不勒斯第二宝"——索菲亚·罗兰 *(Sophia Loren)* 的大照片。这个出生在慈善医院、生长于那不勒斯贫民窟的私生女，花季时参加选美，被罗马著名制片人卡洛·庞蒂慧眼识珠，这位父亲般的男人给了这个没有父亲的女孩以片约以及长长的婚约。真正令

那不勒斯玫瑰

索菲亚一炮而红的是故乡，维托里奥·德·西卡用《偷自行车的人》*(1948)* 开创了"意大利新现实主义"，又用喜剧《那不勒斯的黄金》*Oro di Napoli, L' (1954)* 横空托出一朵"那不勒斯玫瑰"。

辉煌的卡塞塔王宫，是波旁王朝时期为与凡尔赛宫竞争而建，这座那不勒斯的瑰宝担当了《星球大战》外景地。然而《那不勒斯的黄金》却将深情献给了那些不知名的小巷——或唯美，或低调，或哀伤，或欢愉，宽容大度，充满希望。这就是那不勒斯人。事实上，这些小巷可能比波旁王朝壮观的林荫大道还要古老，空气中混合着烘焙咖啡、新鲜面包、红酒渣与大海的味道。身为意大利裔的马丁·斯科塞斯有一部私人电影史，在《我的意大利之旅》中回溯了德·西卡向那不勒斯致敬之作：《那不勒斯的黄金》拥有一种对我影响深远，也是我希冀在自己的作品中达到的品质——于悲剧和喜剧之间不断摇摆，哭与笑顷刻翻转。

从德·西卡的六个市井小故事，可以参透些许那不勒斯性情：

1. "老板"。萨维里奥在一只墓碑前祈祷，墓碑上的女人既不是他的妻子也不是他的情人。原来，他是替老同学前来为亡妻祈祷的。这个靠武力称霸的家伙，多年前就住进萨维里奥家，对他的妻子和孩子颐指气使。假如萨维里奥管不住自己的孩子，这男人只消一句话，就让他们乖乖收声。事实上，整个小镇都忍受着他的淫威——我还是第一次见到这种恶霸。有天，恶霸竟然哭哭啼啼回来。说得了心脏病，赶紧把孩子们送走，他心脏受不了。终于，这年的圣诞前夜，小傻瓜萨维里奥变成了男人！多年的屈辱与愤怒，

我镜头里的那不勒斯

使他将盘子砸烂，把恶霸赶走。那时候，男人们穿西装常戴一种假领子，萨维里奥把他的假领子扔出窗外，在众目睽睽下狂喜摇摆，正在回家途中的老婆孩子看到这一切，惊呆又崇拜！

2. "比萨夫妇"。比萨出场了，美丽的索菲亚·罗兰出场了。片中，她就叫索菲亚——这个露着胸脯、扭着屁股的美人显然不是省油的灯，与丈夫做比萨，与情夫偷欢。某天，戒指不见了。丈夫以为她不小心把戒指掉进比萨面粉里，于是把买过比萨的客人统统骚扰了一遍：正在熟睡的守夜人被从梦中拉起来，刚死了老婆的男人在葬礼上被追问……当情夫送来戒指时，丈夫忽然想起他没买过比萨，但是这个笨蛋就这样被哄骗过去。

3. "好赌的伯爵"。虽为伯爵，却不绅士。喜欢和看门人的小儿子赌牌，但是在输给聪明的孩子后风度全无，不兑现赌注还骂骂咧咧。小男孩抱着猫咪的孤寂镜头，忽然让人在一片喧闹中生出感伤。

4. "一个以帮人出主意为生的教授"。士兵想请假陪女友，教授的主意是：取 10 枚大蒜捣碎，放在腋窝会发烧，发烧就能请假，但女友得忍受大蒜味。年轻人想在某人脸上留一道疤痕，教授说这种方法过时了，但是年轻人坚持，教授只好出主意：把刀裹在报纸里，如果有人嘲笑你，就刺过去，再找个目击证人……然而年轻人的行刺对象是女友，因为她始终不用行动证明对他的爱（一定是不跟他上床吧）。有个恶棍公爵，侵占公共空间，颐指气使他人。教授的主意是：口技。现在的口哨太粗俗了，古典口技可是一门艺术，分为头部与胸部两种，结合起来既有智慧又有力量。对付公爵的办法则是在他出门和回来的时候，先念他的名字，然后用口技发出放屁一样难听的声音，包含这种含义：你是最最差劲的男人！

我镜头里的古老王宫

5."妓女特丽莎"。被一个有钱男人娶回家后，特丽莎才发现自己陷入一个可怕的圈套：曾经有个美丽纯洁的女孩为她的丈夫自杀，他为了赎罪，随便找个女人娶回家但不履行丈夫职责，以此感受痛苦的折磨。妓女离家出走，在风中哭泣后，又无可奈何地回到家门口……

这就是让人哭与笑顷刻翻转的——那不勒斯人。频繁更迭的统治者与异文化，铸就了那不勒斯人的独特性情与生存法则，热情刚烈又自由散漫，享受生活的好与不好，在维苏威火山爆发的夜晚围着篝火跳塔兰泰拉舞。那不勒斯是永恒的剧院，那不勒斯人是最佳演员。

《那不勒斯的黄金》中，有钱男人与妓女举办婚礼之地，正是这座形似罗马万神殿的那不勒斯大教堂，教堂外的廊柱上布满疯狂涂鸦；有钱男人与妓女的初次会面，正是在这座酷似米兰的埃马努埃莱二世回廊的翁贝托一世长廊，同样是拱形玻璃穹顶与漂亮的大理石地面，同样是富丽堂皇的时尚场所。

翁贝托一世长廊充满新文艺复兴风格的装饰。17世纪的意大利延续了文艺复兴的余波，那不勒斯成为巴黎之外的欧洲第二大城市，聚集了全欧洲的艺术家，由是铸就了它的黄金时代，包含了最具代表性的艺术流派。《重返巴洛克：那不勒斯黄金时代绘画展》曾经来到中国，描绘维苏威火山爆发的情景让人想起被火山淹没的庞贝古城，但其威力是毁灭庞贝的两倍。早在青铜时代维苏威火山就喷发过，淹没了今日那不勒斯之地。

那不勒斯人也有一种天然的火爆。享誉世界的美人索菲亚·罗兰，

那不勒斯大教堂

整容吗？怕蛇吗？不！她说："妈妈像嘉宝，但身材美得多，嘉宝的身材像马……"她宁愿凭借《意大利式结婚》获得奥斯卡奖，但奥斯卡颁给了《欢乐满人间》的 **Mary Poppins**，她说："Mary Poppins 是个瘾君子……"

凭借《那不勒斯的黄金》一鸣惊人的罗兰，在《意大利式结婚》中真正成熟了：从 17 岁少女演到 40 岁少妇。二战时，费鲁米娜在一次空袭时爱上了救她的花花公子多米尼克。20 年来只同居不结婚，可能因为她出身底层，被迫做过妓女。直到他准备迎娶一个年轻姑娘时，费鲁米娜爆发了！用计让神父为他们证婚。当多米尼克知晓费鲁米娜独自供养三个儿子的付出与隐忍时，终于在孩子们的簇拥下结了婚。

意大利女人要忍受意大利男人的风流，意大利男人要遵守天主教不许离婚的戒律。另一位著名女演员安娜·玛格娜妮 **(Anna Magnani)**，在帕索里尼的《罗马妈妈》中同样塑造了一位做过妓女、独自抚养儿子的意大利式母亲；在赢得奥斯卡影后的《玫瑰纹身》**The Rose Tattoo (1955)** 中，塑造了一个以丈夫为大的意大利式女人。有趣的是，先有《意大利式离婚》**(1961)**，后有《意大利式结婚》**(1964)**——两片男主演都是马斯

翁贝托一世长廊

楚安尼，都是负心汉。厌倦了乏味的妻子却被天主教束缚，他用计杀死妻子，短刑出狱后，我们看到的却是：他的美人与另一个男人的脚缠在一起……一脚痴缠太妙，道尽那些荒谬。

一幅"淫欲"压过"贞洁"的巴洛克画作:《撒提尔发现了睡梦中的维纳斯》

但是罗兰与庞蒂的婚姻,如其美貌一样持久。有些女演员只活在银幕上,索菲亚·罗兰离开银幕仍有活力与美。在罗马特别是那不勒斯,无论身份、地位如何,男人和女人都会自尊而清晰地展现自我。也许回到家只有斗室一间,还散发着下水道与奶酪的气味,但是走出门一定把自己修饰得时髦优雅,一如一个掌握自己命运的人。罗兰就是这样。她是个五面体:贫民窟私生女,女演员,别墅女主人,庞蒂的妻子,单身男子从杂志封面剪下来贴在自己墙上的美人。80岁的罗兰回到那不勒斯,出演儿子执导的 *The Best House in Naples*。穿着短裙,美丽的腿闪闪发光,操着没有口音的英语,说着那不勒斯式话语——

我爱暴雨和雷电。我喜欢唱歌,我的嗓音不怎么样,但我的生活中不能没有歌唱。我在电视秀里唱歌,批评家说我不是芭芭拉·史翠珊。我在伦敦遇到她,她说别烦恼,如果她能长得像我,她可不在乎说话的声音。我喜欢安东尼奥尼,有智慧有魅力,但我不想做他片中的女人,她们太抽象了,我可不是个抽象概念。我喜欢飞机、轮船、游艇、汽车、狗和马。我喜欢旧金山、纽约和美国女人。她们可以做任何事、过任何生活。我喜欢麻烦。那不勒斯比罗马,让我拥有更多麻烦。

《意大利式离婚》

黑帮！黑帮！

意大利有句谚语：看一眼那不勒斯，然后死去。

然而，这座"阳光和快乐之城"，也是一座有着邪恶名声的大而古老的城市。这个名声与"那不勒斯三宝"有关——黑帮。

西西里黑帮被称为 Mafia，格莫拉指代那不勒斯黑帮。一般有组织犯罪都发迹于农村，如西西里黑帮；格莫拉却是在人口密集的大城市那不勒斯发展起来。最早要追溯到 15 世纪西班牙成立的一个专事盗窃抢劫的兄弟会，随着西班牙统治者的到来，它也舶来至此。如果西西里黑手党是一个自上而下的纵向组织，那么那不勒斯黑帮就是一个缺乏首领的横向组织，曾有家族试图建立西西里黑手党式的层级制度，无不失败。

格莫拉创建于 1820 年，最初以敲诈勒索、放高利贷、赌场妓院为主要生意来源；1920 年代增加了两项新生意——走私香烟，贩卖毒品。现代格莫拉是二战后的产物，美国政府将最有影响力的黑手党领袖卢西安诺 *(Lucky Luciano)* 强制遣返回那不勒斯，致使意大利南部黑帮死灰复燃，侵入国际走私贸易，1960 年代那不勒斯成为国际走私中心。1980 年意大利南部发生大地震，那不勒斯黑帮趁机涉足震后重建，参与公共投标，逐渐走向合法化和资产阶级化。今天的格莫拉寻找政治靠山，渗透政府机构甚至左右政治方针，除了非法移民、盗版光盘等新生意，还将时装生产、垃圾处理及足球生意做得津津有味，同时插手全球化事务，甚至参与投资了纽约世贸大厦的重建工程。

穿梭在那不勒斯幽暗肮脏的小巷里，我顿时想起电影《格莫拉》中黑手党染指的垃圾处理生意。以前人们熟知西西里黑帮，是因为

《教父》；如今人们知晓那不勒斯黑帮，是因为《格莫拉》*Gomorra (2008)*。有趣的是，格莫拉头目也喜欢电影，由于在片中本色出演，上映后即被警察逮捕。

每座城都有自己的街头动物：通往雅典卫城的台阶上站着楚楚动人的猫咪，鸽子落满米兰和佛罗伦萨的广场，狗狗被那不勒斯的太阳晒得酥懒。而马提欧·加洛尼的那不勒斯是冷酷的。在《格莫拉》名声大噪之前，他拍的是恐怖片：*The Embalmer (2002)* 与 *Primo amore(2004)*。两片都充满对狂热变态者的临床兴趣，并混合了独特的意大利地域风味：前者反映了南部意大利对同性恋的深切不安，后者对中心地区的受虐狂恋情形成反讽。相较之下，《格莫拉》极具野心，剖析了被委婉地称为"组织"的那不勒斯黑帮，但不是一部控诉"组织"而是关于"组织"的电影。

《格莫拉》无疑是一场凶险之旅。年仅 29 岁的罗伯特·萨维亚诺，以令人毛骨悚然的细节写下这本披露那不勒斯黑手党运作黑幕的纪实小说，被译成 42 种语言。他绝非第一个触碰格莫拉的作家，本书的巨大成功可能归因于他在调查中的个人沉潜：从小在那不勒斯长大，耳濡目染格莫拉暴行，捕捉到格莫拉老板

《格莫拉》

这个生动的小说人物，远非学者或记者对于"真实犯罪"的表面化处理。另外，就像早年间的萨尔曼·鲁西迪——由于那不勒斯黑帮放话要干掉萨维亚诺，自 2006 年起他就置身于 7 个警卫、2 辆防弹汽车保护之下的事实，也增加了书的名气。

加洛尼将这部纪实小说改编成电影。他利用了小说作者冷静论述中潜在的类型元素，通过建构一个五条叙事线的拼贴，娴熟地混合了

各种类型，如意大利裁缝背叛的悲剧故事被表现为辛酸的情节剧。小说作者将事实与暴行安排在一个叙事框架内，旨在智力挑衅；而导演加洛尼更关心以震撼的影像创造情绪战栗，比如令人难忘的一幕"雕塑公园里的汽车射击"。加洛尼没有上过电影学校但学过画画，他可能无意识援引了弗朗西斯·培根——他的绘画色情肉欲。在那不勒斯，有些黑帮老板每天去浴室，于是有了类似经典黑帮片《教父》中理发室的裸体太阳浴场景。令人震撼的一幕是——两个疯狂的男孩在海边射光机关枪的子弹——这不是受现实影响的电影，而是受电影影响的现实：被德·帕尔马的黑帮片《疤面煞星》激发了灵感，两个公然挑战格莫拉（注定失败）的男孩崇拜并模仿《疤面煞星》里的阿尔·帕西诺；他们讨论电影的一幕在一个真实的别墅里拍摄，别墅主人将《疤面煞星》的录影带交给设计师，据此设计了室内。

《格莫拉》不同于以往的黑帮片，在于群像式主人公。而最大的不同在于改变了文学中描绘黑手党的方式，作者从"内部"写了这本书，导演从"内部"拍了这部电影。大部分黑帮片将摄影机对准黑帮成员，但是它聚焦在由格莫拉滋生的社团周围那些走钢丝般小心行事的人，让他们的分量变得可见。假如你在那不勒斯待上半年，就会感到现实令人困扰：好与坏、合法与非法共存。一些与"组织"有关联的人是你永远都不会怀疑的人，他们无意识卷入这一情形；假如你在那不勒斯长大，很可能会犯相似的错误。这就是为什么加洛尼不想评判，只想展现他们的内心矛盾和人性冲突。

曾经拍过经典西西里黑帮片《龙头之死》《城市上空的鹰》的罗西，非常喜欢《格莫拉》中的脸部特写，这些面孔具有人类学的价值。加洛尼幸运地找到了一些有舞台背景的演员，比如最成熟专业的当代

意大利演员托尼·瑟洛维。由于父亲是戏剧评论家，加洛尼 18 岁时就看过托尼的戏剧。加洛尼的一个朋友在监狱工作，因此帮助他招募了一些犯人，他们都是了不起的演员。当地居民也非常热情，拍摄时总在监视器后面，如果有些细节对了，他们就会告诉他。拍毒品交易时，毒品贩子来了，在监视器里看到这一幕，帮助修改了真实的毒品交易该怎么进行。虽然这部电影不是现实的复制而是现实的变形，但每个细节非常严谨。

《旧约》里的格莫拉，是位于巴勒斯坦旁的一座城，因其居民邪恶堕落、罪恶深重而被愤怒的神毁灭。那不勒斯也是一座罪恶之城，传闻黑手党与基民党互换政治恩惠……贝卢斯科尼政府欲与格莫拉交战，并不容易。格莫拉不像西西里黑手党那样将自己视为意大利附属，而是将自己视为跨国公司。若以卡萨雷斯家族来注释的话，它真正定义了全球化的黑暗腹地——与尼日利亚和阿尔巴尼亚家族的联盟，与拉各斯和贝宁城的家族契约，与乌克兰黑

王宫内部

手党的合作，联合普里什蒂纳和地拉那的黑手党家族，都使得卡萨雷斯家族从底层犯罪活动中解放出来。简言之：有组织犯罪的逻辑，无异于最有进取心的新自由主义。

不把黑手党偶像化，不把黑帮片诗意化，有人称加洛尼的风格是新–新现实主义，加洛尼自称欠新现实主义很多。尽管在意大利，人们强调社会责任；尽管风格全然不同，但加洛尼和索伦蒂诺有些东西是共通的：都对视觉风格感兴趣，对人性矛盾比对"意义"感兴趣。

乡愁的秘密

那不勒斯人保罗·索伦蒂诺，是当代最著名也最受瞩目的意大利导演。他与托尼·瑟维洛——两位那不勒斯同乡合作了最多最好的作品：《同名的人》*(2001)*，《爱情的结果》*(2004)*，《大牌明星》*(2008)*，《绝美之城》*(2013)*……

意大利最杰出的当代导演：那不勒斯的
保罗·索伦蒂诺

《绝美之城》在奥斯卡上演"罗马人的征服"，捧回最佳外语片，复兴了失语20载的意大利电影。如果电影世界存在着某种不平等，那么好莱坞便是隐喻意义上的文化殖民者，其他国家电影是被殖民者。欧洲艺术电影从诞生的那一天起，就作为好莱坞的反面而存在，颠覆了闭合叙事与戏剧冲突。索伦蒂诺复兴的正是欧洲艺术电影传统，他实践了一种更具坚强气质的浪漫主义，不仅追随了费里尼的传统，还有诸如奥森·威尔斯等用幻想与谎言揭示被掩盖真相的智性艺术。他的电影几乎都没有一个完整故事，一切处于拆散线索、彼此交织的状态；黑色幽默的戏谑讽刺、不可磨灭的人物形象，足以弥补所谓的传统情节；主人公的个性/人格是个谜，可能正是因为这些暧昧与模糊，观众能够在情感上接近他们，因为他们能够在其身上投射部分的自己。

在索伦蒂诺风格化的视觉中心，是托尼·瑟维洛风格化的表演。在《大牌明星》中，他冒险尝试精密地再现一个真实且在世的人、一个争议与成就同样大的人——七任意大利总理的安德烈奥蒂；他组织人物像对待一台机器，每次在拍摄开始和完毕时都要装配和拆除这台机器。舞台出身的托尼在家乡经营一家剧院，依凭戏剧直觉和布莱希特方法，以大胆华丽的方式出演了"忏悔"场景，那是电影表演与电影风格相匹敌的绝妙时刻。在《绝美之城》中，索伦蒂诺对于人生与艺术终极命题的思考都被托尼的脸道尽：智慧的、悲悯的，当他吸烟时，吸入的是整个人生。

是夜，我乘船从那不勒斯前往陶尔米纳，恰逢满月。月光如处子，美得叫人战栗。船舱里，男人们在看电视转播的足球赛。伟大的马拉多纳将自己的黄金时代献给了那不勒斯队，索菲亚·罗兰带着原乡之情追捧那不勒斯队——只要晋升甲级，就跳脱衣舞！索伦蒂诺也将那不勒斯队放入《年轻的教宗》*(2016)*：梵蒂冈主教的手机里是球员照片，电视里年轻的马拉多纳在踢球，主教的狗狗看呆了……而在《年轻气盛》*(2014)* 中，退役后的马拉多纳出现在索伦蒂诺的故事里，直到一个孩子被纠正了手臂终于学好小提琴——因为他是一个左撇子，我们的末路英雄终于开口说话了："我也是左撇子。"身边的电影明星立刻说："老天，全世界都知道你是左撇子……"索伦蒂诺信誓旦旦："终有一天，会为家乡拍一部电影。"

走进《绝美之城》如同走进文学沙龙：福楼拜、皮兰德娄、普鲁斯特、陀思妥耶夫斯基、布列塔尼……索伦蒂诺的另一身份是作家，曾出版小说集《每个人的权力》。事实上，意大利电影的一大传统即文学性，意大利电影比任何民族电影都更加程度非凡地依赖文学，很难找到一个意大利电影的主题没有参考先前存在的文学文本或更为广泛的

《绝美之城》× 托尼·瑟维洛

文化语境。主人公奉劝他的戏剧家朋友："为什么要用皮兰德娄来提升自己的价值？为什么不写一些真正属于自己的东西？比如情感、疼痛。"

那不勒斯的海上日出

　　索伦蒂诺就在电影里放入了自己的情感与感受，比如"忧郁"成为《绝美之城》的主题关键词。他喜欢描绘那些充满能量的夜晚，紧随其后的是日出之前的黎明，人物发现自己如此孤独，陪伴他的是自己的忧郁。但是就在这些时刻，主人公拥有了发现这座城市之美的能力。这也是索伦蒂诺接近这座城市的方式：在那不勒斯长大、接受教育，于 37 岁来到罗马，他与罗马有一种美好的关系——一个没有返程票的观光客。巴洛克教堂、意大利时装、马提尼鸡尾酒、狂欢派对、歌剧、足球、大喷泉……《绝美之城》讲的是罗马又不是罗马，浮华万象、气象万千之下，那是一个人内心的、精神的一场乡愁。

　　黎明时分，我爬上空无一人的甲板，等待海天从灰变蓝、由红转金。

　　索伦蒂诺说："我一直想探寻孤独的秘密，真正的孤独，永恒的孤独。世间神秘，皆有缘由。这是我爱上他的缘由。"

私享 List

那不勒斯大教堂　　西西里岛的陶尔米纳　　锡拉库萨　　诺托

都灵之马
TORINO

五渔村

《甜蜜的生活》

《都灵之马》

《女朋友》

活力四射的博洛尼亚

　　终于来到心仪已久的博洛尼亚——意大利最古老的城市，那里有世界上最古老的大学。

　　45公里的拱廊纵贯城中，下雨无需撑伞。我醒来的第一眼，是雪后初霁的清晨，完美印证了帕索里尼的描绘："博洛尼亚的什么是美丽的？冬天有雪有太阳，蓝色天空映衬红色砖墙。"

雪后初霁

　　走在这座有着中世纪、哥特式、文艺复兴式与巴洛克式拱廊的城市，牵狗男子的背影，让人想起这是莫兰迪的家乡。在安藤忠雄设计的神户兵库县立美术馆，我第一次遇到莫兰迪。"20世纪最伟大的静物画家"，自身也是最安静的：生活在此、鲜少旅行，大学执教，从不因为钱而创作。整日坐在卧室兼画室的窗前，将百叶窗合上又打开，试验着光影落在瓶子上的调性。

　　有趣的是，活色生香的费里尼最喜欢的画家却是这位画了一辈子瓶子的人。还是里米尼小镇青年时，他排遣苦闷的首要之事就是画画。搬去罗马做了导演拍了《甜蜜的生活》——马斯楚安尼在朋友家看到墙上的莫兰迪，后者代作者表达了敬意：他是我最喜欢的画家。物件被蒙上一层忧郁的光，却是以一种冷静、精准、严格的手法来描绘，排除了偶然性。

拱廊之城

莫兰迪的画

莫兰迪喜爱的画

　　这层忧郁的光，也许会被莫兰迪的清洁女工称为"灰尘"：他整天待在画室，瓶子上的灰尘却从未擦拭！人们则以"高级灰"来定义他的标志性色系，深谙现代性的安东尼奥尼在 1961 年的电影《夜》中将其作为成功人士高级品位的符号。

　　罗马航班上的杂志，预告了展览"费里尼梦见毕加索"。他在 1962 年的日记里写下：梦到毕加索扮演自己的朋友与艺术上的父亲。从他的手绘稿，完全看得到毕加索的影子。难道莫兰迪与毕加索，这截然相反的两极，造就了费里尼的活色生香？而莫兰迪的守护神是早期文艺复兴大师：乔托、马萨乔、弗兰西斯卡。他喜欢夏尔丹与他沉默的人物，喜欢阅读奥莱帕尔迪的诗歌与《圣经》。在塔可夫斯基的电影里也可以看到这样的画。

　　博洛尼亚像莫兰迪的静物一样值得玩味。它不是来走马观花的，而是慢慢探索的。"漫步博洛尼亚"是它邀请你感受它的方式。等在雪后博物馆前的长长队伍，原是来赴达达主义运动展。先有杜尚的蒙娜丽莎，才有达利；曼·雷的达达主义则影响了时尚摄影，比如这幅"黑与白"。从达达主义，到歌川国贞的浮世绘，再到拱廊下有箭头一路引向文艺复兴时期的法瓦宫的墨西哥画展，不难窥得博洛尼亚的特质：古老之中活力四射，深厚之中不乏激进。

　　踏上年轻人聚集的威尔第广场，就来到了大学城。建于 1088 年的博洛尼亚大学，名不虚传。随处可见的涂鸦，随时撞上燃起粉红烟雾的游行。在这座世界上最早宣布废除农奴制、富于左翼倾向的城市，这一次的口号是"保卫阿夫林"（Defend Afrin）。烟雾与口号，诠释了博洛尼亚由来已久的名声——"政治与思想的实验场""红色之城"。

《黑与白》

博洛尼亚大学的徽章、涂鸦

再追溯得久远些：画家 Guttuso 曾为帕索里尼的《狂暴》（*1963*）提供了散文部分的配音——这部由博洛尼亚电影资料馆修复的纪录片，可谓帕索里尼的一场信仰实验、一场悲怆的诗意抒情。这位影史中最离经叛道的异端大师皮埃尔·保罗·帕索里尼，正是生于博洛尼亚。

1960 年代早期，社会责任感充斥着艺术全景画，如何处理社会议题与意大利历史、表达反法西斯与马克思主义观点，对于艺术有强烈的吸引力。1977 年是意大利尤其是博洛尼亚的分水岭，城市历史不可逆转地出现了两股力量：新鲜丰富的创造力，以及高度戏剧性的事件。学生与工人运动转化为革命，与政府发生冲突。在这一气候下，人们要求变革，艺术开始携带所谓的"事件"走上城市的街头与墙体。同年，博洛尼亚组织了国际表演周，上演了最具革命性的身体艺术，在公共领域的多媒体实践——主角正是行为艺术的祖师奶玛丽娜·阿布拉莫维奇与乌雷，他们著名的"长久对视"从这里上演。

1977 年阿布拉莫维奇与乌雷的身体艺术

创新生于自由。博洛尼亚大学的各学院占据一座老宫殿，在莫兰迪曾经执教的美术学院里，古典雕塑与学生作品不分彼此地展出；担当大学博物馆的波吉宫里，黑白体的矿石花纹飘扬在旗帜上，自然科学博物馆的珍稀馆藏让我这个文科生生出小学生的惊奇——从 16 世纪的珍奇植物与动物标本，到 17 世纪的解剖学、18 世纪的军

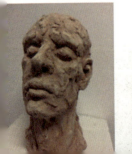

博洛尼亚美术学院学生作品

歌川国贞展

自然科学博物馆的解剖蜡像

事科技与矿物学、19 世纪的光学与电学。15 世纪兴起的解剖学是博洛尼亚的重要遗产——波吉宫陈列着惊心动魄的解剖蜡像，老博洛尼亚大学的解剖教室俨如剧场一般惊心动魄。

波吉宫的矿石花纹旗

这座城的另一张文化名片，是置身于前卷烟厂的博洛尼亚电影资料馆（1963 年成立）。博洛尼亚的电影修复闻名世界，各大电影节展映的修复经典多出自这里。事实上，意大利就是一件大文物，仅罗马就有 1000 座教堂。如果把过往视为有生命的事物，那么过往也有未来，因此修复老电影并与当代保持联系就成为博洛尼亚的使命。

老博洛尼亚大学的穹顶

博洛尼亚电影资料馆，拥有一个海量收藏的档案馆，一个电影修复实验室，一个卢米埃尔艺术影院。这里也是博洛尼亚大学艺术专业的教室，图书馆里坐满静静研习的人。卢米埃尔影院有两个厅：由马丁·斯科塞斯发起的世界电影基金会修复了很多老电影，一个影厅以他命名，另一个致敬马斯楚安尼。

我至今记得在北京国际电影节上观看《萨拉戈萨手稿》*(1965)*，若不是斯科塞斯联合 Gucci 基金会的抢救修复，这部杰作恐怕难见天日。三个小时结束，我像主

博洛尼亚电影资料馆新近修复的《亚特兰大号》　图书馆

博洛尼亚电影修复纪念品与胶片

人公一样在美酒里迷魂，看不清来路……当之无愧的叙事迷宫，高明如布努埃尔亦连看三遍……正是这一次奇谲而珍稀的观影体验，让我对博洛尼亚充满遥远的敬意。

卢米埃尔影院的放映既有新片也有老片：新片是当年的奥斯卡热门《请以你的名字呼唤我》《三块广告牌》《水形物语》《华盛顿邮报》，老片是新近修复的《亚特兰大号》与钢琴现场伴奏的普多夫金默片。影厅很朴素，银幕高，微仰着头很舒服。雨中的小广场平添诗意，它被命名为"帕索里尼诗人广场"。帕索里尼就读于博洛尼亚大学，对电影的爱萌芽于此，观看了所有雷内·克莱尔 **(René Clair)** 和卓别林的电影。在修复实验室，遇到"恭候"于楼梯拐角的卓别林，这里有个重要的"卓别林项目"。博洛尼亚电影资料馆还邀请昆汀·塔伦蒂诺带着他的大牌"工人们"（蒂姆·罗斯、达内兄弟等），在卢米埃尔工厂原址重演《工厂大门》 **(1895)** 的场景，拍摄了《卢米埃尔与电影起源》。

卢米埃尔影院的斯科塞斯厅

《卢米埃尔与电影起源》

有一个法西斯军官父亲的帕索里尼，痛恨自己的资产阶级出身、同情无产者。自 1964 年的《马太福音》起，倾向于以新现实主义改编圣经故事、希腊神话，《美狄亚》《十日谈》《坎特伯雷故事》《一千零一夜》共同建构了他的"史诗宗教"体系。同为意大利裔的美国独立电影旗手阿尔贝·费拉拉拍了《帕索里尼》**(2014)** 纪念他：始于海边遇刺，还原生前几日，比起离经叛道的声名与作品，他更像一个低沉思索的诗人。

　　1967 年拍摄《俄狄浦斯王》时，帕索里尼将尾声放在自己的家乡博洛尼亚——圣彼得罗尼奥大教堂的阶梯上，一位盲人在吹奏长笛行乞。而博洛尼亚的"重逢电影节"，是最有情怀也最独一无二的电影节，致力于失而复得的珍贵。夏夜，修复的全球经典珍稀电影在马焦雷广场露天展映，全部免费，持续数天，吸引了全世界。Manager 说——像一场梦，你今生一定要来一次。

帕索里尼电影里的马焦雷广场

重逢电影节的马焦雷广场露天放映

撕裂灵魂的热那亚

大航海时代的辉煌，从热那亚的建筑可见。

老国家证券交易所

初到之夜，漫步法拉利广场，被惊得措手不及，遑论还有一个宫殿体系在等我……新古典主义的老国家证券交易所、表现主义的总督宫、建于 1118 年的斑马纹大教堂是哥特式。它幸存至今，要拜二战时英国一枚哑炮所赐，炮弹被存留在教堂里。

福楼拜说得好："热那亚有一种撕裂灵魂的美。"刚刚走出整条加里波第街的恢宏宫殿，尚沉浸在鲁本斯、凡·戴克、卡拉瓦乔以及热那亚艺术家装饰的繁盛时代，转眼便步入狭窄小巷纵横交错、迷宫般的中世纪老城。傍晚登上世界最高、最古老的灯塔，自 1543 年起，它就照耀着来来往往的船只。如今，脚下是整齐而忙碌的集装箱码头。任港口翻天覆地，它自岿然不动。清晨爬上制高点的城堡被风吹透时，忽然遇到少年哥伦布的背影。

天然良港热那亚，最早的居民是利古里亚人。12 世纪借十字军东征崛起，后被法国占领。15 世纪，热那亚的英雄——海军上将、执政官安德里亚·多利亚，不仅打退了法国，还与哥伦布一起发现了美洲（资助西班牙），建立了自己的海上共和国，从海上探险中积累金库，热那亚成为欧洲最繁盛的海上帝国。无数财富曾集中在热那亚银行家手中，他们对外国政府进行金融投资，如给予哈布斯堡王室贷款，资

新古典主义宫殿，这个银行太酷了

助欧洲战争，甚至自己集结军队参与战争。这一段"黄金盛世"，从置身宫殿体系中的Deutsche Bank即可遥想——它真是我见过的最酷的银行。

1453 年的灯塔

18 世纪，占领了科西嘉的热那亚被来自科西嘉的拿破仑占领，独立的共和国时代终结，直至它被并入意大利王国。今天，包含 42 座宫殿的宫殿体系，是第一个在统一框架内的欧洲城市发展项目，堪称西方城市的发展典范。昔日的宫殿作了今日的博物馆，热那亚也成为世界上博物馆最多的城市之一。

少年哥伦布的背影

繁盛缔造艺术：外部朴素的耶稣会教堂，内部却是奢华壮丽，鲁本斯的两幅画成为镇殿之宝。巴洛克时期伟大的热那亚画家多梅尼科·皮奥拉，为多利亚家族画过肖像。而建于 1527 年的多利亚宅邸，堪称第一座完全文艺复兴风格的热那亚房屋，它由拉斐尔的学生负责设计与装饰。我特别喜欢这个面朝阳光与大海的装饰着壁画的柱廊：它从希腊 - 罗马式门廊汲取灵感，将恢宏的柱廊伸向一个梦幻般的意大利式花园与海边，多利亚的舰队直接驻扎在宫殿前。

多梅尼科·皮奥拉的画作

多利亚宅邸堪称装饰美学典范，布满了引领现代矫饰主义风格的壁画。灵感来自罗马诗人奥维德著于公元 1 年的《变形记》，房间以古希腊 - 罗马神话命名——

"阿波罗与派森之屋""塞壬之屋""巨人大厅""英雄长廊"……
"珀尔修斯之屋"用神秘英雄的壮举来隐喻多利亚之于热那亚的角色，
布龙奇诺的肖像画则将多利亚刻画为海神。

多利亚是热那亚著名的家族，这座宫殿不同于其他热那亚历史建筑
的一点是：一直由多利亚家族持有，即使今天，他的后裔依旧在保养
这所别墅。有趣的是，洗手间的门，以海军上将多利亚夫妇的肖像为
标识。市中心的另一座古老多利亚宫殿如今作了餐厅，在 17 世纪贝尔
纳多·斯特罗奇的壁画下喝酒，亦是沉醉。

海军上将多利亚夫妇

英雄长廊

　　辉煌止于17世纪。如同大航海时代的终结为葡萄牙留下帝国创伤，热那亚的光华亦随之黯淡。今天，为了纪念航海家哥伦布与逝去的辉煌，热那亚建起一座欧洲最大的水族馆，让人们快乐地感受海洋的神奇。

　　在贫穷、动荡的埃及，令我印象深刻的一幕是人们疯狂的 Selfie。而在意大利生活品质最高的北部，人们不热衷于 Selfie。年轻人也不埋头手机，更喜欢坐在酒吧咖啡厅或广场台阶上聊天，假日里书店几乎客满。

巨人大厅的壁画"赫西俄德与阿波罗多拉斯"

贝尔纳多·斯特罗奇壁画的餐厅

1702 年的剧院

博洛尼亚一间书店由老教堂改造而成，内部充满现代感，音乐书以人分类，诺贝尔文学奖得主鲍勃·迪伦无疑为王，从传记画册到全套歌词，应有尽有。

13 世纪老宅餐馆

1702 年的剧院，卡萨诺瓦在此演出。1828 年的 bar，威尔第常来吃点心。坐在他的座位上点一个水果馅派，好吃。都很小，都很老，都还在。居于热那亚历史最悠久的 13 世纪老宅里的餐馆，狭小幽暗的内部挡不住浪漫，Valentine's day 的夜晚被订满。装饰着 A-Z 的摄影百科全书、约翰·福特的电影海报、马列维奇的画《伟大乌托邦》，再来一杯利古里亚甜美的白葡萄酒。而在富豪们热衷的菲诺港，大牌都内敛地进驻小店。真正奢侈的，是悠悠长长的历史。

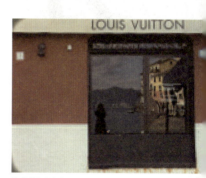

菲诺港的大牌小店

海报一路贴到小渔村的毕加索展，回顾了其一生创作，于尾声处猛然被打动，时隔 35 年的 echo：并置了他为儿子画的最初与最后的画。即使这样一个男人——模特总是年轻情人、笔触总是惊世骇俗，画到孩子，也是最纯真最质朴的。而热那亚之子，还有横空出世的帕格尼尼。赌徒兼暴君的父亲发掘了儿子的绝世才华，后世甚至以他来定义

帕格尼尼

达到高端意境的艺术家，比如"钢琴上的帕格尼尼"李斯特。他的姿态犹如浪漫魔鬼，可否想起《威尼斯狂欢节》？

热那亚长长海岸线上的小镇，坐火车可一日游。被列入世界遗产名录的五渔村，真像世外桃源。溯至中世纪，建在悬崖与大海间。连接五个彩色渔村的，除了火车，只有崎岖料峭的山间小径。七小时，我完成了这条被称为"世界最美徒步路线"的壮举。但是所有的艰难跋涉都值得，美啊！

《欲望都市》里的凯莉说："我在寻找爱，真正的爱，疯狂的、麻烦的、耗尽心力的爱。"

爱与美，皆如是。

五渔村

尊贵之都——都灵

大年初一，早早起来，感受都灵的空灵清晨。作为萨伏伊王朝与萨丁王国的古都，意大利统一后的第一个首都，都灵散发着古老的贵族品位。尼采初到时惊叹：这座城，何等尊贵，何等肃穆！

摄影家杉本博司有一个持续了30年的系列《剧院》，美国之后来到意大利，拍了由洛可可风格的意大利建筑师于1753年设计的卡里尼阿诺皇家剧院 ***(Teatro Carignano)***。旁边1757年的餐厅也因莫扎特、巴尔扎克、尼采、奥黛丽·赫本的造访而成为都灵传奇。圣卡罗广场上1822年的圣卡罗咖啡馆

市中心的两座广场

富丽堂皇，在老派的枝形吊灯与巨大镜子下，我领略了意大利北部的高品质生活：上了年纪的男女，衣着讲究，喝着红酒，吃着三文鱼、小牛肉、精美点心的开胃餐。事实上，在都灵博物馆、电影院、餐厅里享受生活的群体是老年人。没有经济负担，又有生活情趣。有间餐厅永远翻台，衣帽架上挂满贵妇的裘皮。

1822 年的咖啡馆　　　　　　　　1763 年的 Bicerin

我与杉本博司镜头里的卡里尼阿诺诺皇家剧院

而我一心寻访的，是 Bicerin 鼻祖店：直接以一种混合了咖啡、热巧克力与鲜奶油的饮品名字命名的 1763 年的咖啡馆。仅一个房间的朴素小店，却有大仲马、小仲马、尼采、卡尔维诺以及上至王室下至蓝领的座上客。百年来不扩张不提价，不卑不亢地迎来送往。

都灵的许多地方留下了尼采的足迹，他在这里生活过。有天在街头看到马车夫鞭打一匹倔强的马，他冲上去抱住马啜泣……回家后不吃不喝，留下一句话后就疯了："妈妈，我真傻。"贝拉·塔尔以此为灵感，拍了《都灵之马》 *(2011)* 。在这样一个时间、地点、心境下重温，我终于懂了。懂了他，也许就懂了尼采。都是大悲悯之人。是昆德拉所言的同情——同在一种感情。

一对生活在荒野中的父女，屋外是日复一日的狂风大作，屋内是日复一日的穿衣吃饭。父亲一只手臂残疾，女儿为他料理日常，每顿饭是一颗煮熟的土豆。有天井水被吉普赛人投了石块，世道崩坏，上帝已死。父亲曾鞭打他的马，马以沉

《都灵之马》剧照

夫人宫的两面：中世纪与巴洛克

默反抗，不吃不喝。女儿对它说："你必须吃。"父女被迫迁徙又被迫回家，女儿也以沉默反抗，不吃不喝。父亲对她说："你必须吃。"最终山穷水尽，两人无言以对。在绝望困顿的生存中，人何尝不是那匹被鞭打的马？

桑塔格说："愿有生之年，每年看一遍《撒旦的探戈》。"朗西埃说："看完他的电影感到幸福。"贝拉·塔尔的电影世界，永远风雨飘摇。黑白影像长镜头，不过是在与时间对峙；唯有在与时间的对峙中，方可感受到时间的存在。《都灵之马》后，贝拉·塔尔封镜，要说的话说完了。而我看罢，默然汹涌。他的沉默，雷霆万钧。

奢华的王宫内部

牛，才是都灵的象征。意甲豪门尤文图斯的老队徽上是一只牛。据说在 Café Torino 门前的黄铜牛饰板上蹭一下鞋子会带来好运。都灵王宫亦有着牛气冲天的气魄，令人惊艳的是世界上武器收藏价值最高的皇家军械库。还遇到罕见幸存的一幅《维纳斯》，这一波提切利经典类型由美第齐家族成员委制，画给婚外情事里的绝色美人。

老香水招贴

皇家军械库

都灵咖啡馆前的黄铜牛

16 世纪城堡中的都灵理工大学建筑学院

建于 13 世纪古罗马城门上的夫人宫，混合了中世纪与巴洛克风格，香水展上的老式瓶子与招贴都香艳。意大利的设计同属世界顶尖，许多汽车公司将自己的设计总部放在都灵。诺托、拉古萨、卡塔尼亚构成了西西里的巴洛克三角，热那亚、米兰、都灵则构成了意大利的工业三角。建于 1800 年中期的都灵理工大学，一直助力意大利的工业更新，设有菲亚特和法拉利的汽车设计与制造。其建筑学院坐落在波河边，置身于美丽幽静的 Valentino 公园的 16 世纪城堡中。适逢一场会议，大厅里的古典雕像下挂满教授的工作图。安东尼奥尼的早期电影《女朋友》*(1955)* 就将故事放在都灵：一位贵妇爱上了一个出身底层的建筑师。

波提切利《维纳斯》

Lingotto：阿涅利美术馆

NH 酒店

屋顶汽车跑道

都灵是一座汽车之城与巧克力工厂。最早听都灵大学的教授提及灵格托 *(Lingotto)*，心想有一天要看看。意大利最显赫的阿涅利家族，拥有菲亚特、法拉利与尤文图斯。一如底特律，都灵也经历了老汽车城的潮起潮落。菲亚特工厂曾是 20 世纪意大利最受褒扬的工业建筑，Lingotto 是旧工厂被作现代改造与设计的经典案例，包含大学、酒店、购物中心。

阿涅利美术馆的私密氛围，让我第一次感受到凝视马蒂斯的意趣。私人收藏除了毕加索、莫迪利亚尼、雷诺阿，最多的便是马蒂斯。推开美术馆的门，来到著名的屋顶跑道。过去生产线上出炉的菲亚特汽车直接在此试跑，如今成了阿涅利掌门人每天往返于米兰和都灵的飞机停机坪。我站在巨大的空旷中，想象着它曾怎样辉煌。

有这样一句话：阿涅利就是菲亚特，菲亚特就是都灵，都灵就是意大利。缔造了王族辉煌的乔瓦尼·阿涅利 *(Giovanni Agnelli)*，接过同名祖父的衣钵，将菲亚特推向国际，将法拉利与尤文图斯推上巅峰。HBO 为其作传，由宣传语窥豹一斑：Italy's Playboy Titan。他是娶了那不勒斯公主的花花公子，更是备受尊敬的实业巨头——缔造了意大利

意大利工业教父贾尼·阿涅利
背景中的屋顶汽车跑道的屋顶汽车跑道

战后腾飞的教父，使之由落后的农业国转型为发达的工业国。

享乐主义的意大利，曾令新教伦理的美国无比艳羡，好莱坞从《宾虚》拍到《罗马假日》。而在美国人缔造的麦当劳时代，意大利人用"Italy is Eataly"抵制快餐文化：全球的慢食热潮正始于灵格托，讲究美味、生态、高品质。Eataly全球旗舰店就坐落在经过改造的巨大工厂里，食品/食材/餐馆，三位一体。全麦面包、白葡萄酒、这一天的鲜货是金枪鱼——我悠悠然然享用了一顿午餐，也是在享受乐趣本身。

卡里尼阿诺皇家剧院对面的卡里尼阿诺宫 *(Palazzo Carignano)* ——由巴洛克大师瓜里尼设计的椭圆形红砖宫殿恢宏无比，如今是国家统一运动博物馆。从诙谐的政治漫画，不难联想意大利深厚的政治电影传统。可以说，意大利的复兴始于都灵。

如果说乔瓦尼·阿涅利是战后意大利民族复兴的领袖，那么加福尔则是意大利复兴大业的领袖。正是在萨丁王国主导下，意大利方于1861年实现了统一。"开国三杰"之一的加福尔伯爵亦生于都灵，他早年周游西欧，把自由主义带回国，也把新鲜娱乐带回国：有着时髦鸡尾酒的餐厅。最常来的酒吧以他命名。

大城小镇风情迥异，皆因意大利成为统一的国家是非常晚近的事。

过去，南部的西西里王国被并入北部的萨丁王国，西西里发生过离心运动。今天，富裕的北部不愿再贴补贫穷的南部，都灵所在的皮埃蒙特曾欲成立自己的波河共和国。

意大利的统一为西西里带来的震动，从威斯康蒂的电影《豹》*(1963)*可深深感知。加里波第的红衫军把解放之火烧到西西里，全民投票赞成并入意大利。都灵派来使者，邀请西西里王子北上，作为贵族代表参加议会，不愿从旧梦中醒来的王子拒绝了。一场五十分钟的舞会，一首贵族的挽歌。望着与家族结亲的粗鲁庸俗的革命新贵和粗野绝色的美人，大时代的动荡令他疲惫："我们是狮与豹，取代我们的是豺狼与土狗。"在都灵的国家电影博物馆，威斯康蒂与《豹》被隆重致敬。

作为地标的安东内利尖塔，内部被改造为电影博物馆。迷宫般的参观路线展示出如都灵一般壮观的生活情趣，从成像原理讲起，追溯科技如何制造了影像的魔法，一路走过摄影机、

Lingotto：菲亚特旧工厂改造的 mall

Eataly 全球旗舰店

漫画上的加福尔

电影博物馆里的《豹》

服装、道具、明星、海报的历史，有威斯康蒂的珍贵脚本，也有玛丽莲·梦露的性感胸衣。夜色降临，忽然幕布拉开，螺旋上升的楼层亮起一块块银幕，就像在观看无处不在的无数电影！小屋里放着希区柯克的《擒凶记》，还原音乐在电影中的力量——谋杀时刻是唯一的敲钹时刻，枪声可以神不知鬼不觉地隐没在钹的巨响中，墙上是窒息的影像，地上是此刻的乐谱。

　　累了，就在红沙发椅上躺下来，耳边音响传来大银幕上的歌声，从基耶斯洛夫斯基《双生花》的咏叹调到《清洁》中张曼玉的献唱。还有一个暧昧香艳的红纱帐：躺在圆圆的床上，看着圆圆的电影……

　　这场梦一直延伸到汽车博物馆。汽车之城的辉煌，不如从全球最大最古老的汽车博物馆重温。由汽车的诞生开始，从发动机到轮胎、从设计到广告、从时尚到环保——一场汽车文化的盛宴。1769 年至今的数百辆珍贵车型——第一款菲亚特，"一代人的梦、今日之传奇"的捷豹 E-TYPE，1:1 的全木质概念跑车，法拉利的梦幻车队……

　　这场梦一直延伸到都灵朋友的家庭晚餐

安东内利尖塔

塔内的电影博物馆

安东内利尖塔

安东内利尖塔

与皮埃蒙特的红酒。踏上空旷的午夜广场，有街头小提琴手与即兴起舞的人……

有些城，你会说再见。

有些城，你会说再会。

离开次日，都灵大雪。

终会有一天，我不只见过清晨与夜晚的都灵，也见过大雪与春花的都灵。

私享 List

博洛尼亚大学　热那亚宫殿体系　都灵王宫　都灵电影博物馆

都灵汽车博物馆　Bicerin 咖啡馆　Lingotto

旷世梵蒂冈
VATICAN

静谧而沁入心脾的雕塑

《万世千秋》

《宗教的洗手间》

《达·芬奇密码》

《天使与魔鬼》

《不良教育》

《年轻的教宗》

饕餮的艺术

中国古诗云：五岳归来不看山，黄山归来不看岳。

无论走过多少教堂，统统止于梵蒂冈。所以来欧洲，最好在最后一站拜访这里，否则就像享受过海鲜大餐后给你一个简易汉堡的感觉。在地理学意义上，这个世界上最小的国家其实是一座城中城，从罗马到梵蒂冈，坐地铁，1 欧元，几分钟。

圣彼得广场

罗马是巴洛克的老家，而巴洛克最早为教会服务，梵蒂冈的风华绝代也就不足为奇了。圣彼得广场的几百根圆柱拢成半圆，胸襟万丈，仿若在拥抱从世界各地前来的 10 亿天主教徒，以及无数像我这样纯粹为着欣赏的无神论者。

排队进入圣彼得大教堂，侧门厅有卫兵站岗，漂亮的制服 500 年不变，据说设计者是米开朗基罗。估计他们是全世界上镜率最高的卫兵，几乎所有经过的游客都要停下来好奇地拍照；估计他们早已习惯了镜头，庄重而心无旁骛。这些从瑞士选来的男青年，照顾着梵蒂冈最重要的人与事。罗马警察在此只是顾问，梵蒂冈警察总署只负责梵蒂冈城墙以外的事，而厚厚城墙以内的教皇和教皇宫的安保责任，就交给了这个瑞士侍卫队。这份荣耀使命的得来，有点像荷兰祖先早年在海运贸易中创下信誉的方式：轮船途经北极圈时被冰封的海面困住，在零下 40℃ 中度过了 8 个月，他们拆掉甲板做燃料，以打猎取得衣食，8 人死去了，却丝毫未动一下客人委托的

瑞士卫兵

货物，他们照顾好了自己的生意，荷兰也称霸了全球。而梵蒂冈的故事可以追溯到 16 世纪，照罗马版本的说法

圣彼得大教堂内里

是：当年梵蒂冈招募了一批外国雇佣军，其中一支来自瑞士，当神圣罗马帝国的军队血洗罗马城时，雇佣军纷纷逃散，只剩147名瑞士士兵为保卫教皇浴血奋战，于是教皇下令，以后教廷安全就由忠诚可靠的瑞士卫队全权负责。

　　入口处图示着两项禁止：女士，不许坦胸；男士，不许穿短裤。谁知我忘了看LP，也实在缺乏常识，居然穿了吊带裙去……结果可想而知，被拒绝。想必像我这样的"无知者"不在少数，不远处的角落里有专门卖披肩和长裤的货摊。我在河内参观胡志明墓时也遭遇了同样的尴尬，也同样有卖披肩的，后者难道是与教堂一样上升到了神的高度吗？

　　除了做好着装准备外，还要做好排长队的准备，来朝圣的人实在太多——朝圣信仰也好，朝圣艺术也罢。虽然中国至今没有和梵蒂冈建立外交关系，但是在梵蒂冈的入口处，却在英、法、德语等"白皮肤"的耳机解说之外，还备有中文、日文等"黄皮肤"的耳机解说，这是个惊喜发现。欧洲的博物馆基本找不到中文解说，不知是因为梵蒂冈的华人游客多，还是因为这里是世界宗教圣地，所以恩泽天下。总之很贴心。

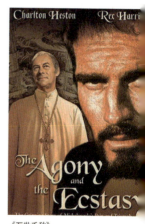
《万世千秋》

　　走过圣门，便进入全世界最大的教堂。雄强、华丽、震撼。圣彼得教堂的正厅和圆顶创下巴洛克的最早纪录。雕塑《哀悼基督》前挤满了人，这件宝贝系米开朗基罗 *(Michelangelo)* 24岁所做，如此

伟大的《创世纪》

故有谣传，非出自他手。一气之下，米先生将自己的名字刻在圣母胸前，亦成了他唯一留下签名的作品。米开朗基罗就是这样的倔脾气，而梵蒂冈所以成为艺术世界里的奢华王国，与艺术家的倔脾气以及对这倔脾气的包容不能说无干系，好莱坞曾把米开朗基罗与罗马教皇之间又感人又孩子气的艺术"战斗"拍成电影《万世千秋》*The Agony and the Ecstasy（1965）*。

教皇朱利安二世为了强化教廷地位，一边与各国征战，一边大建圣彼得教堂。米开朗基罗被请来在西斯廷教堂穹顶画十二圣徒像，他不肯苟同，要画《创世纪》，两人因此展开艺术和宗教大辩论。连年的战事与大兴土木使教廷岌岌可危，为了振奋人心，教皇下令拆去画台，开放教堂供民众参观，惹怒了米开朗基罗。在拉斐尔的劝说下，被免职的米开朗基罗复工，教皇也以出卖红衣主教帽子所得，资助了颜料费。世界上恐怕再难找到这么一对趣味"冤家"了，每次教皇来问："何时完成？"米开朗基罗都答："完成时就完成了！"米开朗基罗整天仰卧在高高的台架上，一干就是五年，导致眼睛不能平视，看一封信都要举过头顶。后来朱利安暴病，米开朗基罗激将他："你未完成你的使命，我也不能完成我的工作！"朱利安反被怒气驱走病魔，待《创世纪》完成，他主持了开光仪式。

那位曾劝说米开朗基罗的另一位文艺复兴三巨匠拉斐尔，已经不必像在德累斯顿王宫里被公爵那么小心翼翼地请上第一宝座，梵蒂冈里到处都是他。巴洛克巨匠贝尼尼 *(Gian Lorenzo Bernini)* 的青铜华

饕餮的西斯廷展厅

花园雕塑

盖更是挥斥方遒，足有几层楼那么高！华盖下的祭坛，只有教皇举行弥撒时方可登上。哥特式教堂，冷峻尖耸神秘，总叫人心生敬畏；但梵蒂冈不让你怕，它雄浑、博美，让你物我两忘，只想在其中优游。众信徒排着队，抚摩亲吻 Papa 的脚。Papa 是意大利文"爸爸"的意思，也是对教宗的爱称。

走过高大城墙，终于来到西斯廷。天顶壁画从创世纪到大洪水，色彩华丽，浩瀚无垠，动感十足。梵蒂冈太饕餮了！西斯廷的各个宫殿汇聚了来自全世界的精美艺术品，绘画厅、挂毯厅、地图厅、碑铭馆、图书馆、瓷器馆……都是历任教皇一点一点收藏而来，足见其艺术远见。雕塑目不暇接，光是那些标示着耳机解说的艺术品都听不过来。来梵蒂冈，需要备足时间、体力和干粮。地板上的图案竟也美不胜收，我常常专注脚下就错过了头顶，专注头顶又错过了脚下，看得手忙脚乱，像一个对一切充满新奇的贪婪小孩，也真是"小孩"，在欣赏过这些绝世珍品之前，我的艺术鉴赏当然是孩童级别。所以陈丹青有句话很对："中国没有经过现代艺术的熏陶便直接进入了后现代。"而我以为，中国甚至没有经过古典艺术的熏陶。

拉奥孔群像，不大，也不壮观，但博物馆赋予了它自成一体的地位。天下皆知特洛伊之战是因一位美人而起，希腊人与特洛伊人为卿混战十年，仍然攻不下特洛伊城，最后女神雅典娜想出一个计策：在木马肚子里藏着全副武装的士兵，待木马入城，士兵冲将而出。拉奥孔是特洛伊的祭司，他前来阻止，但雅典娜怎容人对神的挑衅？一怒之下派出两条蟒蛇，扑向拉奥孔和他的儿子，他们很快被蛇缠死。木马计成功，希腊士兵杀入特洛伊，城池被烧毁，海伦被带回希腊，十年战争终于结束。此后，拉奥孔就被作为爱国的受难者而备受尊崇。拉奥孔的痛苦如同蒙娜丽莎的微笑，是西方文化中重要的两个表情，德国美学家莱辛曾专门著述《拉奥孔》，掀起持久的美学讨论。从拉奥孔身体的扭曲可以看出他正在承受蟒蛇毒汁侵入的剧痛，然而再看面部，他并未张口大叫，只是嘴唇微合似在轻呀。有人说这样的处理体现了古希腊的艺术理想——以克制痛苦来追求一种静穆的伟大，但莱辛不这么看，假如让拉奥孔嘴巴大张，雕塑就会出现一个窟窿，这显然是不美的，而对于古代艺术，一切要为美让路。

好莱坞据此拍摄的电影《特洛伊》*Troy (2004)*，照例可以用莱辛的美学观来解读。对于那位挑起了十年激战的大美人，全世界都在翘首以盼海伦有多绝色，可是看过影片的人大都失望，以致有观众说出这样的伤心俏皮话："自从海伦出现后，我就只把她当作德国女演员黛安·克鲁格（海伦的扮演者）了……"这位后来在《无耻混蛋》里扮演纳粹时代大明星的克鲁格，其实也是个美人，但就是熨帖不了粉丝们的心。因为他们早已通过书本领略了那位佳人的绝代风华：当元老院的老家伙们正在抱怨居然为一个女人连年征战时，碰巧海伦从门口飘过，老家伙们看了一眼，即刻变了心意："为了她，再打十年也值！"电影如何再现那惊世一瞥的美呢？以莱辛的观点而言——对

戴安·克鲁格版的海伦

付美，想象的艺术比写实的艺术更擅长，大美和至美只存在于人们的想象中，文字就是来搅动人们的想象的，所以海伦那"为之再打十年也值得"的美，落实在任何一位具体的美人身上都不可能。

在梵蒂冈看艺术，不会产生畏惧感，不怕看不懂。《艺术哲学》里说，文明过度的特点是观念越来越强，形象越来越弱，比如表现主义、象征主义，这些都发源于哲思性的德国。而意大利的艺术不是这样，梵蒂冈的艺术不是这样，雕塑主题往往是人，具体可感的，有筋有骨的，你完全可以动用情感与本能与之面对面，觉得亲切，甚至觉得"他们"体内正奔流着温热的血液，说不定何时突然动了，炯炯有神地朝你走来……

静谧而沁人心脾的雕塑

梵蒂冈博物馆著名的螺旋式楼梯

神秘的权杖

来欧洲，最好对宗教做些功课，因为教堂是生活的一部分、文化的一部分、艺术的一部分——一大部分。

圣彼得大教堂的地下墓室庄严肃穆，几代教宗葬于此，棺椁几乎象征着一个王国。逢着弥撒时间，警卫的嘘声令参观者即刻收声。教皇权可敌国，对全世界天主教徒有着至上的统摄力。有一种历史观便是：罗马帝国是被罗马天主教所瓦解的，当最后一位罗马皇帝把大权交给教皇后，整个欧洲都"属于"教皇了。一般而言，教皇一直任职到升天，除非自己提出辞呈，但是有一位令人爱戴、富有威望、公正廉洁的教皇，却仅仅任职了一个月。

《教父Ⅲ》

科波拉教父系列的终结篇《教父Ⅲ》*The Godfather3（1990）*，就涉及了这位教皇。片中，教皇与梵蒂冈的戏份很大，构成了故事的重要一级。意大利裔教父迈克尔·科里昂在他的后半段人生中致力于家族事业的合法化，他求助于掌管梵蒂冈银行的大主教，试图和梵蒂冈建立生意往来。不料对方与许多势力联手骗了他，致使迈克尔·科利昂不得不重返杀戮，来了一场大清洗。影片不仅在梵蒂冈实景拍摄，还影射了 1978 年约翰·保罗的骤逝——那位只做了一个月的教皇。保罗一世的猝死成为天主教廷最大的谜团之一，无数研究者质疑其死因，而科波拉在片中提供了一种阴谋论的推测：梵蒂冈银行与黑手党、政客相互勾结，贪污了教廷数亿美元，保罗

我镜头里的"梵蒂冈的夹竹桃"

一世就任后准备大刀阔斧清除教廷内部的腐败，因此他的敌人谋杀了他。迈克尔·柯里昂曾对彼时还是红衣主教的保罗告解，痛苦地道出他主使手下杀害自己亲生哥哥的慎重罪孽，保罗的回应是仁慈。

关于教皇的秘密颇多，电影《女教皇》*Pope Joan (2009)* 揭秘了1000年来欧洲极具争议的被罗马教皇正史排除在外的唯一一位女教皇。约翰娜假冒成男孩进入修道院，凭着智慧的头脑和高明的医术，获得为教皇医病的机会，从而成其心腹，乃至被推上教宗的最高位置。她隐藏身份统治罗马教廷长达两年，后因权力斗争而下台。

《女教皇》

教皇如此神秘，以至"教宗来访"更加掀起轰动，常常成为电影的大背景。曾获柏林电影节金熊奖的巴西电影《精英部队》*Tropa de Elite (2007)*，即以教宗来访作为引子，从而生出为了护卫教皇而动用特警并与黑帮展开火拼的情节。角逐奥斯卡最佳外语片的《教宗的洗手间》*The Pope's Toilet (2008)*，以若望·保罗二世于1988年出访美洲大陆为真实背景。这是一个不常听说却令人感伤又好笑的故事，教宗即将到访乌拉圭与巴西交界的梅洛镇，对于天主教徒来说，这是聆听教皇演讲的难得机会；而对于梅洛镇来说，这是一个千载难逢的发财机会。这里穷啊，连厕所都简陋得惨不忍睹。于是人们倾家荡产各出奇招，有的买肉做了几千只香肠，有的做了上百只甜

我镜头里的"梵蒂冈"

点面饼，而主人公一家别出心裁盖了一个现代化的马桶厕所，他的逻辑是：那么多人来，总要吃喝拉撒嘛。于是，父亲、母亲和女儿，在规划出的空地上演练着上厕所时间、等待时间、收费时间，计算着可以进账多少。

然而盖洗手间是件难度很大的事，主人公冒着遭到家人和邻居鄙视的风险，用与巡警交易的黑钱来购置材料。由于乌拉圭物资严重缺乏，需要越过边境到巴西购买生活用品，而边境官员就像黑道流氓，利用职权搜查进出巴西的人，任意没收他们的货物。这里穷的一个重要原因就是贪官多，所以这里的民众自有一套心安理得的理论：上帝不会惩罚我们这些想发"教宗财"的人的，它惩罚的办法是派来一批贪官。主人公的妻子有志气，宁可把攒给女儿外出上学的钱拿出来供丈夫买马桶也不要他赚来的黑钱，而外出上学对女儿来说是多么重要的事，她想读了书去做播音员，好摆脱这么一个可怜人生。人们磨刀霍霍就等那一天，教宗来了，人群来了，然而在很短的演讲过后，没人买吃的，也没人上厕所。人们愤怒了："教宗根本连个屁都没带来！"媒体是个最大的"帮凶"，事前曾渲染巴西的车辆将排到十公里以外，来人20万，而当天巴西只来了400人，大部分还是本地人；现场设了300多个摊子，什么也没卖出去，媒体却说一片繁荣。

教宗演讲结束后，主人公才气喘吁吁地扛着马桶从边境跑回来，他茫然无助地站在保罗二世的巨幅海报前。如果保罗二世本人看到这一幕，会有

满目的绝望

怎样的感触呢？我想起《处女泉》*Jungfrukallan (1960)* 中那位如花女儿遭到强暴的父亲的天问："上帝存在吗？如果存在，他为何坐视这一切？"本片在荷兰、比利时、法国、西班牙、英国等国掀起了一股"教宗热"，它的一个潜台词或许是：南美对教宗的狂热。人们问天无力，只好将教宗几乎视为上帝本尊了。片名也一语双关，一意是，为教宗盖的洗手间；一意是，教宗也要上洗手间，他是人、不是神。不过结尾很温馨，没赚来钱的干净的洗手间如今被

教宗的洗手间

一家人自己享用，女儿也理解了父亲的苦衷，达成和解，默默跟着他去打工。保罗二世再也没有来过梅洛镇，不知他是否听说过这个背后的故事。而在一个贫穷与不义之地，人们除了继续前行，又能怎样呢？

梵蒂冈的五重门

在欧洲，最好的休憩之地，我首推教堂。若不是梵蒂冈这样太过著名的景点，一般教堂里人都不多，并且免费开放。炎炎夏日，推开厚重无声的门，入内，立刻清凉安静下来——身与心。曾经浪迹欧洲的美国作家亨利·米勒说过一句极富哲理的话："教徒在教堂之外。"我不是教徒，只是静静聆听悠扬悦耳的管风琴，暂时脱掉世俗世界里的顽狠与挣扎，或者只是坐着，放空，清零。那一种氛围已然足够。

上帝的挑战

有一部意大利宗教电影，其中出现了耶稣喝可乐的画面。有趣的是，我们以为会有所谓的一方却无所谓——这部电影在梵蒂冈上映时颇获好评，耶稣喝可乐一幕并没有引起教廷的反感；相反，我们以为会无所谓的一方却有所谓——倒是可口可乐公司不满了，称电影未获授权即使用该公司品牌，担心会损害可口可乐的形象，因此要求电影公司删除有关画面。

殊不知，近年来梵蒂冈喜欢对流行文化评头论足。《哈利·波特》系列一路走来，被谴责了多年，梵蒂冈嫌它"存在着巧妙的诱惑，在年轻人的基督教信仰尚未真正成长以前就把它削弱了"。一直到了《哈利·波特 6》*Harry Potter and the Half-Blood Prince (2009)*，梵蒂冈才冷脸变笑脸，说尽管"依然欠缺宗教的超越境界"，但是"划下了明确的善恶界线，并且在某些状况下，必须要苦干实干及有所牺牲"。

《哈利·波特 6》

比起《哈利·波特 6》的"被赦"，其他电影仍背负着"七宗罪"。在那部关于全球毁灭的灾难电影《2012》*2012 doomsday (2009)* 中，导演设计的一个震撼场景为：圣彼得大教堂前的广场上聚集了万名群众集体祈祷，而整个梵蒂冈就坍塌在人群之上。为的是说明，有些人相信在灾难来的时候祷告是有用的，但其实很可能是没用的，他想给宗教去魅，给无所不能的上帝去魅。但有意思的是，这位摧毁了梵蒂冈的大无畏导演艾默里奇，却说出"哪里我都敢毁掉，就是清真寺我不敢碰"的话，那么是梵蒂冈"更好欺负"喽？如此说来，教廷怎会满意？《2012》质疑了宗教的力量，《阿凡达》*Avatar (2009)* 就像它精神上的续篇——寻找宗教的替代力量。乱子惹得更大了，《梵蒂冈日报》大肆抨击片中鼓吹的自然至上论是一种异端邪说，试图以自然崇拜替代宗教，而教皇认为"将自然变成新神灵是危险的"。就某种实际利益而言，如果自然变神灵，那不是动了上帝的奶酪吗？又要教皇干什么呢？

教廷最猛烈的炮弹给了《达·芬奇密码》*The Da Vinci Code (2006)*，说它十恶不赦、冒犯上帝，近年来好莱坞大片也的确频频触碰梵蒂冈的"神"。小说作者丹·布朗*(Dan Brown)* 所爆的猛料，一是把作为神的耶稣还原为人，让他结婚生子；二是令耶稣最后一位后代活生生现身。众人寻找的圣杯不是一个杯子，而是"抹大拉的玛利亚"的遗体，就是这个"抹大拉的玛利亚"激怒了梵蒂冈——传说中的妓女竟是救世主耶稣的妻子？！耶稣希望她在自己死后成为教会领袖，因此基督教原本是要由一个女人带领的，而在当时，教会因为恐惧女性的威胁而杀害有独立思想的女人，长达300年的猎女行动烧死了百万人。"抹大拉的玛利亚"在耶稣受难时怀有身孕，之后逃往高卢诞下女儿，因此天主教廷一直在追杀耶稣后代、摧毁抹大拉遗体。

秘密一旦被揭示，摧毁的将是基督教的根基——耶稣是神还是人。这个问题何以如此敏感？2000年来教会以耶稣—神之名，镇压人类的思想和自由，因此如果证明耶稣是人不是神，就能结束人类的苦难。作者的倾向在无神论者看来算是温和中肯了：耶稣是个伟大的人，启

抹大拉的玛利亚，耶稣的妻子

《天使与魔鬼》：完全搭建的圣彼得广场

发了人类，他是人是神并不重要，他为什么不能是人而同时又做出那些奇迹呢？但这显然越了《圣经》的底线，因此小说《达·芬奇密码》一出版就遭到教会批评，他们担心读者很可能把那些虚构的故事当真；据此翻拍的电影自然也逃不过，上映前梵蒂冈教廷呼吁天主教徒抵制这部反基督电影，甚至请法庭禁止该片发行。危机重重，如果全球天主教徒齐齐出来抵制，这意味着影片失去 10 亿观众。但这出抵制剧后来变成了荒诞剧，教廷的高压反给影片做了特大宣传，影片的走红也为不少地方的旅游带来好运。某天导演霍华德·朗接到法国总统希拉克办公室打来的电话，特许电影进入卢浮宫拍摄，以至后来卢浮宫虽将票价上调，参观人次仍创下历史新高。

　　几年后，《达·芬奇密码》的姊妹篇《天使与魔鬼》*Angels & Demons (2009)* 横空出世。尽管制片人兼主演汤姆·汉克斯 *(Thomas Hanks)* 一再强调不会向罗马教廷妥协，但耸人听闻的宗教揭秘不再有；尽管片中有秘密组织成员扬言要炸掉梵蒂冈，但影片更像一部悬疑片＋风光片，谜团一个个破解，梵蒂冈最终安然无恙。也许因为有"前科"，梵蒂冈禁止摄制组进入圣彼得广场实景拍摄。这真像一场猫捉老鼠的博弈游戏，A 冒出头，B 捕之，A 缩回头，B 防之。教皇驾崩，四位新教皇候选人被绑架，哈佛大学的符号学家兰登被请到梵蒂冈协助破案。表面看来这是一场复仇——早在 17 世纪，教廷曾谋杀了 4 名光照会的科学家。为了报复教会，光照会发誓要用光毁灭梵蒂冈，用科学战胜宗教。兰登教授根据土—气—火—水，推理出四位被绑架的红衣主教所在的地点，分别是万神殿→圣彼得广场→贝尔尼尼的雕塑→四河喷泉，因此影片大量在罗马取景——所以我称为风光片。然而所有这一切其实是教皇侍卫的阴谋，在他差点被破格选为教皇时真相大白，他的目的是用宗教战胜科学，假如科学说明世界不是神创造的，那么上帝该怎么办呢？

无花果叶"小雀雀"

事实上，《天使与魔鬼》试图探讨科学与宗教的关系。兰登代表了科学一方：17世纪的科学家不是暴徒，只是追求真理，比如针对教廷的某些荒唐之举——担心男性的身体会挑起淫欲，于是下令用斧凿"阉割"了几百座男子雕像，再用无花果叶进行遮盖，对此提出意见的科学家们与其说是恶劣的反宗教主义者，不如说是温和的反破坏艺术者。最终，影片落在了一个合理安全又政治正确的点上——科学与宗教达成了和解：兰登充满隐喻地成为新教皇的救命恩人；梵蒂冈也放下顽固，将宝贵资料馈赠兰登，助他写出科学巨著。在经历了两次世界大战之后，传统体系崩溃，人们喊出"上帝死了"；但是在一个因高度发展而失去爱与悲悯的现代社会，信仰又将提供一个纯净的精神家园，科学与宗教并非"势不两立"，人们需要两者并存于世。如此"左右逢源""皆大欢喜"，可能让你觉得汤姆·汉克斯和导演霍华德这一次吸取了《达·芬奇密码》的教训，而直升机的高空俯拍，不断变换的美丽景观，壮阔的万人广场场面，尤其是最后的侍卫驾机的煽情拯救，更使影片的娱乐味道消解了宗教味道。有趣的是，梵蒂冈教廷这一次也吸取了《达·芬奇密码》的教训，"聪明"地选择了沉默，既不发表评论，也不号召教徒抵制，不再为《天使与魔鬼》的票房做"天然宣传"。

相较之下，马丁·斯科塞斯 (Martin Scorsese) 没有汉克斯们乖巧。他从来也都是体制的叛逆者，甚至曾以辛德勒是个太规整的好人为由拒拍《辛德勒的名单》。在《基督最后的诱惑》The Last Temptation of Christ (1988) 中，神圣基督最初是一个为罗马人制造十字架以钉死犹太人的木匠，为了拯救犹太人他前去寻道，当聆听到上帝之意而走上十字架为人类赎罪时，撒旦化身天使来诱说："上帝已解除他的责任，他可以像凡人一样娶妻生子过普通人的幸福生活。"这有点像魔鬼撒旦曾用年轻与爱情来诱惑老浮士德交出灵魂，耶稣恍惚间被那美景吸引，走下十字架，娶了妓女抹大拉的玛

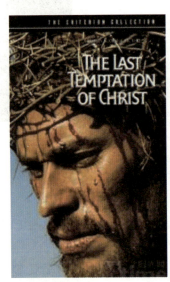

《基督最后的诱惑》

丽亚。直到儿孙满堂时才发现真相，于是向上帝忏悔，再次回到十字架上，最终得道。说起来，意大利裔的马丁是位虔诚的天主教徒，之所以坚持要把这本对耶稣的性格和行为做了大胆修改的小说搬上银幕——影片曾令派拉蒙公司迫于外界压力而停机，

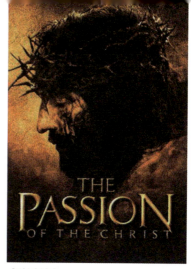

《耶稣受难记》

令罗伯特·德尼罗迫于压力而拒演，可能就是对这个在诱惑面前也会矛盾，也会迷茫，也会脆弱得具有更多人性的基督着迷。这实在符合马丁的一贯口味——生长在街头的他，怎么会喜欢或相信绝对的善与恶、好与坏呢？但是教廷怎么能允许完美的神具有人之漏洞呢？更大胆的是，一向背负罪名的犹大在片中成了一个追随耶稣并在他逃避上帝责任之后予以义正词严谴责的耿正者形象，势必在劫难逃吧……影片公映后遭到美国教徒的强烈抵制，至今在几个欧洲国家依然被禁，险些令马丁断送了前程。

把耶稣还原为人，人们不买账；表现耶稣受难，人们还是不买账。莫非只要"触碰"耶稣，就是一场冒险？1965 年，梵蒂冈教廷正式赦免犹太人的"罪行"——犹大出卖了耶稣，除去了压在所有犹太人心头的一块巨石，从此他们不需要再背负着害死耶稣的沉重罪名了。因而当梅尔·吉布森 (Mel Gibson) 宣布自己将要拍摄《耶稣受难记》*The Passion of the Christ (2004)* 时，这位曾因执导《勇敢的心》而深受欢迎的导演立刻被各种反对与阻挠之声炮轰。银幕上的基督被打得遍体鳞伤，这将使所有的犹太人再次重温他们曾犯下的千古罪过，必定会刺痛许多人，包括好莱坞的犹太大老板们……你说冒险不冒险？

神父的丑闻

2010 年 5 月 10 日，梵蒂冈副主教发表了一个演讲：教堂必须重新建立起在人们心中的信任，连续的丑闻已让教会陷入信任危机。他所言的丑闻，事关儿童性侵犯。关于这个题材，"老牛仔"伊斯特伍德 *(Clint Eastwood)* 曾网罗西恩·潘 *(Sean Penn)* 等拍过一部《神秘河》*Mystic River (2003)*。童年的三个小伙伴，其中一个被绑架而遭受性侵犯，回来后像变了一个人，友谊渐渐疏远，长大后三人被一个事件再次联系在一起。这部深深传达出心灵阴影的影片，包揽了当年奥斯卡最佳男主角和男配角奖。

《不良教育》的小男孩

不一样的童年遭遇，决定了日后的不同命运。其中两位春风得意、一帆风顺，一个成为律师，另一个做了警察；而不幸的大卫，爱情、事业都不如意，他隐忍压抑的神情，让人感同身受。在电影开篇，年幼的大卫被扔到汽车的后座上，坐在前排的男人转过身来，他手上正戴着一枚主教的戒指。原著中并没有提及此人是神父，因拍摄期间爆发了波士顿大教堂的神父丑闻，才添加了这一笔。而西班牙导演阿莫多瓦 *(Pedro Almodóvar Caballero)* 的电影《不良教育》 *La Mala educación (2004)*，就不再隐晦于一枚戒指而是直指要害：教会唱诗班的两个孩子本是同性恋人，其中一个被牧师性侵犯，成年后一个做了导演，另一个做了演员。片中不乏大尺度镜头，这样一部从主题到画面都很"出位"的电影，自然沦为梵蒂冈的眼中钉。然而，这个出位的故事源于阿莫多瓦童年在天主教学校遭受神父性侵犯的真实经历。

《不良教育》如今有了现实版。2010 年的梵蒂冈性丑闻就是这一现象的终极爆发，直指当今教皇本笃十六世。30 年前，他还是一位名叫拉辛格、管理着德国巴伐利亚教会的主教，某天遇到一起案件：一个 11 岁男童遭到当地神父的性虐待。拉辛格未对神父作出处理，只让他进行心理治疗。2005 年，拉辛格成为梵蒂冈教皇。娈童神父在一个温泉小镇默默工作了 20 年，2008 年丑闻曝光，小镇沸腾了，天主教也陷入铺天盖地的丑闻旋涡。就像推倒了多米诺骨牌，各地丑闻汹涌而出——一位德国摄影师出面披露自己幼年被"娈童"的经历，声称带有性虐倾向的体罚在唱诗班和天主教学校是司空见惯的事，随后一星期内约有 300 名德国各地的成人揭发自己类似的童年遭遇；都柏林政府的官方报告显示，爱尔兰天主教会长期掩盖儿童遭神父性骚扰的案例；比利时一位主教招认 25 年前性侵犯自己的侄儿，之后比利时出现了 150 宗投诉；曾被教皇压下的 1990 年代一位美国神父性侵犯200 多名聋哑男童的案件如今被翻出来；据巴西和智利披露的案件，预言娈童丑闻会延伸到拉丁美洲……

　　因此，天主教神父对儿童的性侵犯丑闻其实是旧闻了，只不过多年来梵蒂冈缄默不语。丑闻大爆发后，一位驻梵蒂冈 40 年的英国 BBC 记者称，从未见过天主教廷陷入如此深重的危机，甚至教宗被外界要求引咎辞职。虽然教宗本人并未涉嫌性丑闻，但由于梵蒂冈长期掩盖性丑闻，如果他也像尼克松那样"不作为"，这场危机就会演变成梵蒂冈的"水门事件"。这一次，梵蒂冈终于开口了："教会绝对不容许、不遮掩任何神职人员的性犯罪。"

　　然而，多米诺骨牌推倒的不只是一场信誉危机，更是一场教义危机。禁欲，可能正是神父性丑闻泛滥的根源。是时候了，天主教该

美剧《迷失》海报

反思禁欲与现代社会渐行渐远之悖了。比如童年浸染在天主教世界的布努艾尔（Luis Bunuel），成年后在电影里一遍遍涂抹着他心中宗教与性的左冲右突。天主教是西班牙的国教，禁欲曾令布努艾尔深受困扰，1920年代他初到巴黎，震惊于男女青年居然在大街上接吻！1930年代西班牙内战，革命者在他的家乡宣布"准许自由恋爱"，人群中竟引发了骚乱和茫然！西班牙导演也因此成为讽刺挖苦宗教的最具活力的干将，布努艾尔看了色情片后，淘气地想把片子偷运到专放儿童电影的影院，让小家伙们开开眼；他还拍了影史上最牛的一部妓女电影。宗教规定的欲望的罪恶感与性所激发的肉体快感相互纠缠，这"快乐的罪恶"捆绑了布努艾尔一辈子，以至到了耄耋之年才如释重负，即使有神力助他恢复雄风，他也宁愿不要了。梵蒂冈，真该好好看看他的电影……

不，梵蒂冈不仅看过甚至禁过布努艾尔的电影：《比利迪亚娜》Viridiana (1961)。一群烂醉粗俗的乞丐大嚼偷来的食物，借长餐桌戏仿《最后的晚餐》众生相拍照留念，并以农妇像撩起照相机布帘一样对着他们撩起自己的裙子，将十字架扔进

美剧《黑道家族》海报

火里完成了布努艾尔对宗教的终极戏谑。事实上，这幅最著名的神圣画作是被大众文化围剿最多的一个，麦当劳、动画片、美剧海报不一而足。最是 LEVIS 牛仔裤广告的 13 个美女，坐在长桌后摆出相似造型，下面清一色牛仔裤，上面清一色春光乍现，叫梵蒂冈如何是好呢？

麦当劳海报

虚构的教宗

与罗马的距离，使梵蒂冈不时进入意大利电影。

在一个质疑上帝是否存在，人类是否需要上帝，教会丑闻不断曝光的时代，摄影机开始越过恢宏的圣彼得广场，爬上大教堂的阳台，进入神秘的教廷内部。

南尼·莫莱蒂的《教皇诞生》*(2001)*，充满了人情味。新当选的教宗，忽然在引领万众的重任之下崩溃了，无法站在阳台上向全世界的信徒发表登基演讲。梵蒂冈只好请来精神分析师。可是那套性、童年、幻觉、梦境的弗洛伊德话语，一概被教廷拒绝。找不到自己的教宗，像个落跑新娘一样逃亡了。这个热爱戏剧、原本想做演员的圣父，在剧院被找到。终于站上阳台，讲了一番真诚感人的话。他可是第一位辞职的教皇？

——"我尚是一个需要被引领的人。"

保罗·索伦蒂诺 ×《年轻的教宗》

而新一代旗手保罗·索伦蒂诺的教宗，贯彻了他一如既往的标新立异。在这部大热的 HBO 美剧《年轻的教宗》*(2016)* 里，裘·德洛塑造了有史以来最年轻的教宗，也是第一位美国教宗。他可不像南尼·莫莱蒂的老教宗那样谦卑、畏惧、落跑，而是大刀阔斧地重塑教宗形象。不可接近与神秘，是重新拥有价值的方法。Abcense is precense——不在场即在场。这位教宗反其道行之，不露面、不出访、不见信众。他关上了梵蒂冈的大门。夕阳西沉，

161

《年轻的教宗》剧照

上帝这个词来得太容易。想要接近上帝？必须经由痛苦与艰难。这也是他接近上帝的方式。一切的起点在于：孤儿。遗弃他的父母成为他永远的寻找，就像凡人寻找上帝。正是在寒风和黑夜中的寻找使他成为圣徒并显示了神迹：梵蒂冈的权力争斗败给他向上帝的祈祷，他的祈祷让无法生育的女人怀孕、让罪恶的修女受到惩罚。

编剧兼导演的索伦蒂诺，将绝美的影像与音乐赋予了一部剧集，或者说，他像拍电影一样拍电视。片头，教宗走过的 9 幅画即是一部基督教会史。这个存续了 2000 多年的最古老的世界，早已需要改革。

只是，年轻的教宗能否幸存于他的改革？有趣的是，梵蒂冈对这个吸烟、吃汉堡、穿运动服的有史以来最奇异颠覆的教宗形象保持了沉默。也许其矫枉过正后的回归保守，是沉默的缘由。反对同性恋、堕胎、离婚，现代社会的自由解放让人忘了上帝。

《年轻的教宗》剧照

可是，这又是一个不可捉摸、行事诡谲、神秘莫测的教宗。最终，他在威尼斯的圣马可广场作了第一次公开露面的演讲，非常美——

我们是生抑或死

健康抑或疾病

行善抑或作恶

年轻抑或衰老

纯洁抑或肮脏

愚蠢抑或智慧

真实抑或虚假

贫穷抑或富有

卑微抑或尊贵

幸福抑或不幸

男人抑或女人

都不重要

上帝是不被人所看见的存在

上帝不会低语

上帝不会写作

上帝不会交谈

上帝不会安抚我们

那么上帝是谁？

上帝微笑

私享 List

圣彼得大教堂　西斯廷礼拜堂　梵蒂冈博物馆

圣彼得堡

诺夫哥罗德

莫斯科

俄 罗 斯

我在这里生活了三个月，写作第一个电影剧本。

不像我们父辈心中存留的"苏联老大哥"情结，关于苏联我的记忆中尽是博大、诗意和美。写累了，戴上墨镜，站在滴血大教堂的桥头上发呆。忽然有只手轻轻揽在我的腰间，蓦然回首，一位绅士般的男人用英语说着我故事里的台词——

Why are you so sad？

住在克里姆林宫的对面，每天清晨都漫步红场，享受一天中空无一人的清静。每次都会遇到一位跑者，彼此会心一笑、点头示意。

陪我度过那段孤独时光的，还有俄罗斯的无数街道、建筑、森林，以及美丽的白夜。

回到北京后的某天，电视里播报着圣彼得堡地铁爆炸的新闻。

我像牵挂一个远方的亲人一样忧心难眠：你还好吗？

气象万千，圣彼得堡
SAINT PETERSBURG

冬宫广场

《列宁格勒》

《白夜》

《俄罗斯方舟》

《伊万的童年》

《伊凡雷帝》

《乡愁》

白 夜

　　我对圣彼得堡的初始认知，是惨痛。电影《列宁格勒》*(2009)* 中的饥饿之城、死亡之城：20 世纪，纳粹入侵苏联，攻坚战不克，转为围困战，三年丧生 150 万人，3000多座建筑被毁……即使如此，也绝不投降。

　　终有一天踏上这座城，我却几乎忘了惨痛。只在冬宫华丽阔大的军事厅，听语音讲解二战炮火炸在脚下，方才记起。

　　一切皆因——它太美了。

　　如同德累斯顿被誉为"小佛罗伦萨"，风光文献也为圣彼得堡安排了一个通俗易懂的拟喻：北方威尼斯。的确，站在涅瓦河或莫依卡河的某座桥头，你恍惚置身于水城。难怪，意大利导演维斯康蒂翻拍陀思妥耶夫斯基的《白夜》，就恰好把这个四夜爱情故事搬到了威尼斯，石桥、木船、水雾……唯一不同的是，威尼斯没有白夜。

　　白夜是圣彼得堡的。

白夜桥头

　　普京曾向采访他的美国导演奥利弗·斯通特别推荐了自己的家乡：白夜是最美的季节。一方面，白夜属于高纬度的自然现象。每次回家晚一些，我就会遇到这样的景致：夜间 9 点半，夕阳在建筑的顶部抹上柔美的金色。另一方面，它变成了这座城的文化象征。

　　夏季的圣彼得堡是个忙碌的美人，城中许多剧院都上演芭蕾、戏剧和古典音乐会。马林斯基剧院，每年七月会有整整一个月的文化盛

事——Stars of the White Night（白夜之星音乐节）。这座启用于 1860 年的"俄罗斯

俄罗斯第一剧院：马林斯基剧院

第一剧院"，有着确凿无疑的老牌派头。"白夜之星"结束，马林斯基剧团的夏季演出也随之结束。八九月间，剧院场地提供给其他剧团使用。可是来到圣彼得堡，不是该在马林斯基剧院看一场马林斯基剧团的芭蕾？"白夜之星"的闭幕演出《天鹅湖》，票房早早售罄。

特列季亚科夫画廊：托尔斯泰

陀思妥耶夫斯基

也许，有什么样的气象，就有什么样的心。认为"美能拯救世界"的陀思妥耶夫斯基，就出生在圣彼得堡。城中知名的白痴餐厅，正是以他的小说命名：The Idiot Restaurant。书架上摆着陀氏作品全集，装饰也充满陀氏笔下世界的味道：算盘珠、打字机、老沙发、旧物件，连餐桌都由脚踏缝纫机改造而成……后世作家东野圭吾的犯罪推理小说《白夜行》，将"白夜"象征化了：多年前一桩盖棺定论的杀人案被重新翻出，使得当年卷入案件的一对情侣被迫形同陌路，只希望能手牵手在太阳下散步——白日犹如暗夜。诺兰执导的犯罪悬疑片《白夜追凶》*(2002)*，亦将一位警察因多年前误杀同事而备受折磨的赎罪之心，置于白夜的浓雾中。

在解构与反讽的后现代，美国著名批评家哈罗德·布鲁姆却以一部《西方正典》逆流而立，带领人们重温伟大作家与不朽作品：唯一的神是莎士比亚，"哈利·波特"不算文学，被其纳入的俄罗斯文豪唯有托尔斯泰，而无陀思妥耶夫斯

白痴餐厅 陀思妥耶夫斯基故居

基。但是最为电影导演钟爱的俄国作家正相反：概因前者犹如全知全能的神，后者犹如罪与罚的人类自身。影史中，陀思妥耶夫斯基大概被翻拍最多——至少有五部《罪与罚》（1935 法国版、1935 冯斯登堡版、1983 芬兰版、2001 波兰版、2002 美国版、2012 俄罗斯版），两部《卡拉马佐夫兄弟》（1931 德国版、1958 美国版），两部《白痴》（1951 日本版、1959 苏联版），一部《被侮辱与被损害的》（1991 俄罗斯版），一部《双重人格》*(2013)*……这份清单远远未完。

塔可夫斯基一生的憾事是没能拍成《白痴》，黑泽明的创作高峰之一是翻拍《白痴》 *(1951)* 。陀思妥耶夫斯基的人物，纯真无垢、高尚忧郁，最重要的是——不合时宜。他们仿佛要在真空里存活，偏偏被流放进世俗人间。这也是为什么陀思妥耶夫斯基更能触动我心弦。来到他在圣彼得堡的故居，也是写作《卡拉马佐夫兄弟》的地方。书房是一家之重，秩序绝不能乱，笔在笔的地方、烟在烟的地方，墙上挂着拉斐尔的圣母像，时常凝望良久。爱吸烟，爱喝浓茶，爱夜间写作，爱去市场买东西……

芬兰导演考里斯马基将《罪与罚》的背景搬到赫尔辛基，以北欧的简约冷峻改造了繁复的俄罗斯故事，精神上却颇为一致。男主角如

普希金：文学咖啡馆

如是看待自己杀了逃脱法网的肇事者——我想推翻一种准则，而不是某个人。原著主人公就幻想自己是个替天行道的"不平凡的人"，开篇便杀了两个妇人。事实上，陀氏世界不乏这样的"幻想家"。法国电影大师布列松是他的忠实粉丝，根据《罪与罚》改编了《扒手》*(1959)*，根据《温柔》改编了《温柔女子》*(1969)*，根据《白夜》改编了《梦想者四夜》*(1971)*。布列松的版本很忠实：一个活在幻想中的年轻人终于在一个女孩身上经历了真实的美好的爱情，尽管到头来是场悲剧——女孩等来了她苦苦等待的爱人……而维斯康蒂的改编更为个人化，他的"白夜"基本消弭了作为陀思妥耶夫斯基叙事基点的哲学维度"幻想—现实"，除了两人的对白——

女孩：现在可以说，我跳过舞了；

男人：现在可以说，我快乐过了。

关于"想象界—实在界"，齐泽克论述过库布里克的《大开眼界》：幻想的尽头是深渊，那里什么都没有；一对夫妇在各自的性冒险之旅后当机立断，让我们赶紧做爱吧！

当然，并非人人都爱陀思妥耶夫斯基。时至今日，我在布拉格寻觅昆德拉而不得；而在 1968 年"布拉格之春"爆发时，他的书已被禁。一位好心的剧院导演请他将《白痴》改编为舞台剧，获得些生活费。"NO"。这是一个国家被占领的捷克人的反俄情绪吗？未然。昆德拉痛恨情感的非逻辑性，而陀氏小说正就将感情"提升至价值和真理的位置"。陀氏的著名同胞——与昆德拉有相似流亡命运的布洛茨基则

特列季亚科夫画廊 普希金

纳博科夫故居

认为：大概每一位职业作家都会对陀思妥耶夫斯基产生不安全感；即使把他的作品降到情感层面，他讨论的也不是情感本身，而是情感的等级，是个人灵魂在善恶两个深渊之间所做的搏斗。

而我，总是被那些存在主义者吸引。与克尔凯郭尔的"诱引家"惺惺相惜；伫立在白夜桥头，又染上了陀思妥耶夫斯基的忧愁。今日世界还会有他的"白痴"吗？那几乎是我见过的最温柔纯真的灵魂。有趣的是，萨特将自己的戏剧搬上银幕，中文译名正取自陀氏小说，而他的人物尽如是——被侮辱与被损害的人。

圣彼得堡是一座文学之城，著名的餐馆、咖啡馆都与文豪相关。一如花神之于萨特，涅瓦大街上的文学咖啡馆除了常客高尔基、柴可夫斯基以外，最大的传奇是普希金。诗人在此喝完决斗前的最后一杯咖啡——因此，咖啡馆的外墙骄傲地画着他的自画像。普希金婚后定居圣彼得堡，受法国启蒙思想影响，反抗专制的他自然不受沙皇青睐，后者暗中怂恿法国军官勾引他的美貌妻子。为了荣誉和尊严，他决定决斗，不幸身亡。中世纪骑士精神，做了浪漫主义诗人最好的注脚。

白夜结束前，我终于在马林斯基剧院欣赏了一场马林斯基芭蕾，普希金的叙事诗《泪泉》。鞑靼王征服了波兰国，却无法征服美丽善良的公主的心。爱妾看在眼里、妒在心中，刺杀公主后被罚下深渊。鞑靼王怀着对公主的悲痛之爱，修建了日夜流淌的"泪泉"。坐在马林斯基的包厢里，让我效仿一句《白夜》的口吻：

现在可以说，来到俄罗斯，我不负芭蕾。

而另一位出生在圣彼得堡的作家，既不信奉存在主义，亦不崇尚浪漫主义；既不生产完美的道德形象"梅诗金公爵"，也不输出多余的人"叶普盖尼·奥涅金"。这位"洛丽塔"之父，打开了潘多拉的盒子：洛丽塔，我生命之光，我欲念之火。我的罪恶，我的灵魂。早晨，她是洛，普普通通的洛，穿一只袜子。在学校里，她是多丽。可在我的怀里，她永远是洛丽塔。

《洛丽塔》1962/1997

　　中年男子亨伯特爱上了戴着牙箍的少女洛丽塔。而纳博科夫的清淡之言，比他的主人公的畸恋似乎更惊心动魄：深感亨伯特与洛丽塔的关系不道德的，不是我，是亨伯特自己。他在乎，我不在乎。

　　我最喜欢的王小波笔触，是《一只特立独行的猪》。它不接受被安排好的人生，屡屡冲出牢笼、奔入原野，睡了野猪甚至长出了獠牙。带着对特立独行者的敬佩，我来到纳博科夫的家。他在这套房子里度过了童年，而今被辟为纳博科夫博物馆，隶属圣彼得堡大学文学系。墙上挂着《洛丽塔》，陈列着他钟爱一生的蝴蝶标本。我不禁想：是长长的旅居生涯与非母语写作，使他与城中另外两位作家大相径庭吗？

　　这是一本充满误读风险与出版风险的书，悲剧被当作轻佻。出版商

173

说少儿不宜、成人也不宜；意大利学者艾柯甚至写了本《误读》专事仿讽。"洛丽塔"从此成为一种现象，电影《这个杀手不太冷》堪称这一模式的道德版本。略萨道出了我心中艺术的某种境界：一部伟大的文学作品，是每位读者从中发现不同含义、不同特色、不同主题，甚至不同故事的潘多拉盒子。

美丽橱窗·我的圣彼得堡寓所附近

小说被翻拍两次，前者有库布里克的大师光环 **(1962)**，后者有杰瑞米·艾恩斯难以超越的亨伯特形象 **(1997)**。30 年前，基于清教徒道德至上的海斯法典，为美国电影审查布下许多禁令，库布里克的手法故而隐晦，最暧昧的不过是这个初始镜头：一双男人的手，在为一只纤纤玉足涂抹指甲油，温柔而细心。30 年后，电影审查不复存在，情色暧昧也多起来：洛丽塔飞上亨伯特之身以双腿夹住，取下牙箍扔进他的酒杯，在秋千上用膝盖轻荡他的腿——比 30 年前邪得多、妖得多。然而精神上却趋向保守：首先，试图为亨伯特的行为寻找一个逻辑——面对小妖女的不是变态狂，而是一个有着初恋创伤的中年男子——少年时的女友早逝，令其终生都在寻找那个少女；其次，叙事视角建立在亨伯特接受法庭审判、面对陪审团的自我坦白上，也就是说，亨伯特作为一个"罪人"在向我们陈述，根本而言——不是杀了奎尔蒂，而是毁了洛丽塔的"罪人"。最后，忧郁的"杰瑞米·艾恩斯"落泪忏悔：遗憾的不是身边没有洛丽塔，而是那些无忧无虑的笑声里没有洛丽塔。于是，惊世骇俗被合理化了，说到底，不那么不道德了……

　　而作为标新立异的作者导演，库布里克没有忏悔。他向来喜欢邀请观众深思——《2001 太空漫游》反讽了科幻电影的男权逻辑，一场非线性叙事的感知盛宴挫败了我们对逻辑一致性的需求：一如我们无法掌控电影的叙事，我们无法也不该以一种男权主义的方式掌控宇宙；《全金属外壳》反讽了越战电影在建构白人阳刚时对女性／东方的排斥，标志着被内化的美国白人男权优越感的破裂。在《洛丽塔》中，库布里克也没

圣彼得堡街头的车

有忠于原著，删掉了亨伯特的初恋前传，并置了拍色情电影的奎尔蒂与痴迷少女的亨伯特，简言之：他建构社会性。

　　也许因为去乡太久，纳博科夫博物馆不像文学咖啡馆、陀思妥耶夫斯基故居那样为人趋之若鹜。也的确，很难把惊世骇俗的"洛丽塔"与宁静深邃的圣彼得堡相连。早熟的小妖女——这一消费性是美国的。不过，他的国家没有忘记他。如果伦敦奥运会的开幕式如同一部英伦摇滚史，那么索契冬奥会的开幕式如同一部俄罗斯文学史——舞台上缓缓落下十二文豪头像。谁，又有这笔傲人资产呢？

大 帝

　　陀思妥耶夫斯基喜欢光顾的白痴餐厅摆着列宁石膏像，岬岛摊市上售卖普京文化衫——这座城的名称史，亦是它的变迁史。

兔子岛的彼得大帝像，头小身大

　　彼得大帝一手建造了圣彼得堡。1703 年，为了抵御北方列强瑞典，他在兔子岛的涅瓦河三角洲建造要塞，将波罗的海纳入版图，创建了俄国历史上第一支海军。亦定都于此，长达 200 年。一战爆发后，俄语的"城市"取代了德语的"城市"，圣彼得堡改称彼得格勒。1918 年"十月革命"，留下了十月党人广场，也留下了"列宁格勒"。

　　我在圣彼得堡的第一个住所，推开窗，就是斯莫尔尼宫——昔日十月革命指挥部，今日市政府所在地。与周遭的斯莫尔尼修道院，连成一片漂亮的蓝白相间的拜占庭气象。1991 年，苏联解体，东欧变了颜色。走过封建农奴制、社会主义、资本主义，这座城又回到原初的名字。

　　作为最伟大的沙皇，彼得一世之于近代俄罗斯，仿若凯末尔之于现代土耳其，西化政策将俄罗斯变成强国，也使圣彼得堡成为俄罗斯城市中最西化的一座。引进西方的书籍和生活方式，取缔传统长袍与大胡子；选派留学生去西欧学习；建立了俄国第一座图书馆、医院、剧院、博物馆，出版了俄罗斯第一份报纸，甚至用伊索寓言的人物雕像装饰了夏花园——我最喜欢"双面人"。俄罗斯最古老的圣彼得堡国立大学，亦由彼得大帝创建于 1724 年，8 位诺贝尔奖得主是它的校友，普京是它的毕业生。

斯莫尔尼宫，十月革命指挥部

《伊凡雷帝》的表现主义

不过，开创了几乎超过文明时代任何一次改革的彼得大帝，却未能像伊凡大帝那样被载入上下两部的电影史诗。《伊凡雷帝》*(1944, 1958)* 后，圣雄甘地与切·格瓦拉成为极少数进入双碟之人。一如他的主人公——历史上第一位沙皇，爱森斯坦也为电影史屹立起一座难以企及的形式高峰：纯正原典的东正教美学结合了表现主义，构图与阴影又嚣张又恰当，突如其来的彩色大胆之极。无论视觉张力，无论君王传记，均属顶级教科书。尽管列宾的代表作《伊凡雷帝杀子》静静挂在莫斯科的特列基亚科夫画廊，但是爱森斯坦没有把"恐怖伊凡"拍成暴君，而是着眼于伊凡统一俄罗斯的征战，以及削弱贵族权力从而招致的反叛和艰难，这显然忤逆了斯大林原意，故被禁映十几年。全能选手爱森斯坦，也是电影史与电影理论的先驱。他的蒙太奇范本《战舰波将金号》，献给了流血的无产阶级；"敖德萨阶梯"已成术语——阶梯不长，但是他以各种视角、景别、方位，在屠杀者与被屠杀者之间反复切换了百余个镜头。

特列季亚科夫画廊·伊凡雷帝杀子

叶卡捷琳娜大帝最著名的情人，也叫波将金。她几乎有着与彼得大帝齐名的成就：目不暇接的欧亚美三海帝国，目不暇接的情人。瑞典女王克里斯蒂娜爱笛卡儿；皈依东正教、学习俄语的德国女孩凯瑟琳，爱孟德斯鸠、伏尔泰、卢梭。她深谙军权之重，33 岁发动不流血政变，从此成为叶卡捷琳娜大帝。在嘉宝的《瑞典女

《罗马人善举》

王》*(1933)* 之后，不复有神话。《叶卡捷琳娜女皇》*(1995)* 中，尽管威尔士女郎凯瑟琳·泽塔·琼斯美得惊人，然而难免像意大利人诟病《罗马》一样：恺撒竟是一位"英国人"。

四大博物馆，走过第三座。没有叶卡捷琳娜大帝，或许就没有俗称冬宫的艾尔米塔什博物馆了，它与巴黎卢浮宫、纽约大都会、大英博物馆并列世界四大博物馆。不过，今日圣彼得堡人不识冬宫，冬宫原为沙皇皇宫，十月革命后被纳入艾尔米塔什博物馆。单单欣赏 300 万件藏品，已是一件耗尽体力之事，遑论叶卡捷琳娜从欧洲各地收藏而来——艾尔米塔什正是仰其私人博物馆所建。艾尔米塔什以西欧艺术为重，尤其是意大利绘画，有许多伦勃朗与鲁本斯的画作。叶卡捷琳娜比西欧任何一位君主都更慷慨地资助哲学家和艺术家，达芬奇存世的十幅真迹有两幅在此；为了画师创作海战，她不惜发动了一场海战……

今天，人们津津乐道于《赎罪》开篇几近炫技的敦刻尔克大撤退长镜头，或《爱乐之城》开篇洛杉矶高速路上的 5 分钟歌舞长镜头，或《鸟人》神出鬼没的"伪"长镜头。事实上，希区柯克的《夺魂索》早在 1948 年就用一个房间及一个黑衣转场完成了一场 80 分钟的长镜头实验，窗外的天光渐变与霓虹闪烁担当了真实的时间。进入 21 世纪后，一部《俄罗斯方舟》*(2002)* 横空出世，亚历山大·索克洛夫比希区柯克更加彻底而纯粹，音像店男孩会向你隆重推荐：全片一个长镜头，90 分钟无剪辑。这场卓绝的场面调度，正是游弋在迷宫般的冬宫。

街头雕塑

滴血大教堂

带领我们漫游的是一位法国外交官，缓缓走过这座宫殿的无数房间、艺术品与传奇。一个耳语般的画外音始终伴随着游走，一如身边有个人为你讲解，与你对话，带你自由出入于时间。始于18世纪的彼得大帝，俄罗斯的历史被浓缩在这场游弋中，背景里时而是参观博物馆的现代游客，时而是19世纪穿着宫廷服饰的贵族、政客、演员。

19世纪初，俄国成为欧洲强国。打败拿破仑的侵略后，胜利激起城市建设的激情。圣彼得堡兴建了恢宏雄伟、三足鼎立的广场——十二月党人广场、海军部广场和冬宫广场。罗马开阔奔放的人民广场被欧洲许多国家仿效，法国在凡尔赛宫前、俄国在海军部大厦前亦建造了放射形广场。

由于彼得大帝的西化策略，俄罗斯建筑也西欧化，曾受法国建筑文化的影响很大。法国外交官由是感慨："俄罗斯人是仿造的天才，因为艺术家没有自己的思想，因为官方不允许有自己的思想；帝国风格无处不在，这种风格太愚蠢，不要忘了它源于波拿巴王朝。我不相信共和制适合俄罗斯这样的国家，欧洲都是为君主制哀悼的民主派。"

他在鲁本斯画作前停留，你将看到《罗马人善举》。这幅画给我的震动最大：父亲被判饿死之刑，女儿探监时偷偷用自己的乳汁救活父亲，当局被感化，亦释放其父。这个题材不易把握，却为欧洲画家钟爱，鲁本斯的版本最著名，小说《愤怒的葡萄》也有类似情节。

沉闷的外交礼仪、奢华的皇家宴席后，终于迎来 1913 年末代皇室最后一场盛大的华尔兹舞会。盛宴散场，繁华落尽，法国人却决定留下来。也许如同这部排练七个月且一个长镜头完成的野心之作所象征的：我们登上的这座"俄罗斯方舟"，亦是俄罗斯不朽的艺术精神。

见过天使的人

城中最美，当属滴血大教堂。

说起来，我已经走过很多教堂了。梵蒂冈的圣彼得、巴黎圣母院、米兰大教堂、科隆大教堂、索菲亚大教堂、巴塞罗那圣家族、塞维利亚大教堂……原以为可以处变不惊了，而踏入的一刻，我依然被震撼！

沙皇亚历山大二世，因废除农奴制而深受爱戴，但被极端主义分子仇恨，在此遇刺，滴血大教堂为纪念他而建。正典东正教美学，美得无须多言。有人说第三罗马帝国怎甘于人后？罗马帝国一分为二，西罗马灭亡后，东罗马拜占庭遭受奥斯曼入

《卢布廖夫》之圣象

侵，遂与东正教俄罗斯结盟，俄罗斯当年正是窥得伟大的拜占庭之都君士坦丁堡的荣华后皈依东正教的。当 1453 年的"伟大征服"将其改称伊斯坦布尔，俄罗斯便将自己视为罗马帝国的继承人。

蒙太奇之父爱森斯坦之后，最伟大的俄罗斯导演塔可夫斯基是诗意之父。由于《安德烈·卢布廖夫》 *(1966)* 被苏联当局排斥，塔可夫斯基流亡欧洲。早在《安德烈·卢布廖夫》，塔氏精神即已铸就。14世纪，画家卢布廖夫为莫斯科画圣像。有人如是评价："他的颜色细腻温柔，但是在一切之中，没有恐惧和信仰。"在目睹并亲历了被鞑靼人侵袭的悲苦生活后，他拒绝再画圣像。最终鞑靼人被赶走，卢布廖夫于升华中完成了他最完美的作品。你一定忘不了那个爆发性的结尾：音

《三圣像》

《乡愁》剧照：意大利 & 俄罗斯

乐乍起，诗意悲怆的黑白影像陡然转入淳朴无华的彩色——视觉与听觉皆响亮的神圣一刻！《三圣像》，从此改观了俄罗斯圣像画。可以说，它道出了卢布廖夫，也是塔可夫斯基，更是俄罗斯精神的宗教性。

克里姆林宫内的圣母升天大教堂，有很多卢布廖夫的圣像画。而我们将在塔可夫斯基著名的《镜子》 *(1975)* 中，再次于主人公房间里看到《三圣像》。男人说："天使为摩西出现，带领犹太人过红海。"女人说："真希望有天使为我出现。"只拍过七部作品的塔可夫斯基，被与费里尼、伯格曼尊为"圣三位一体"；而他创世纪般的电影语言，始于处女作《伊万的童年》 *(1962)* 。

《伊万的童年》：诗意语言诞生

这部象征主义的战争片，获得威尼斯电影节金狮大奖的同时又被西方视为西方过时的形式主义，以至哲学家萨特以"别样的俄国"为其大声辩护。德国入侵苏联期间，一个全家被杀的小男孩伊万成了一个疯子般的小英雄。"我在世上孤零零的，早已无牵无挂"，正是战争创造了这个"怪物"——他无法正常活着，逃离军校或儿童院、投身前线的复仇是他全部的宿命；唯有在梦境或幻觉里，他是正常的——与母亲和妹妹在海滩上嬉戏。那些越过明澈水面和无尽森林的画面，如此悠长，如此美，又如此令人心碎——那是伊万的至极生命，死寂里尽是他的崩溃呼号。

在战争电影还在表现正面战场或正义战争的年代，《伊万的童年》

已开始反战，而伟大的战争电影本质上都是反战的。水与火，从此出现在塔可夫斯基的影像世界，那是人所困身的环境。"在诠释一个角色的精神样态时，一定要保留一些神秘性"——我心中的塔可夫斯基，与其说诗意，不如说神秘。

塔可夫斯基与儿子

　　最负盛名的《乡愁》*(1983)*，近乎宗教性的精神自传。塔可夫斯基居于意大利，摄于意大利。异乡的美人美景当前，诗人却难掩疲倦："不回俄罗斯，我会死。"湖水映出纳克索斯的影子，镜子映出塔可夫斯基的灵魂：不被世人理解的疯子在布道中烧死了自己，诗人在镜中看到的不是自己是疯子——塔可夫斯基，无异于不被祖国理解的"疯子"。这个声称"伟大的浪漫是不需要亲吻的，不需要言辞的情感才是难忘的"的人，最终在沉默里发出深沉的呼唤：献给我的母亲。这个认为"重新获得道德完整性的途径是在牺牲中奉献自己"的人——最后一部作品正是《牺牲》：献给我的儿子。直到去世，当局才允许他们相会。

圣彼得堡的母亲河·涅瓦河源头

　　三年后，塔可夫斯基逝于巴黎。流亡人也葬在巴黎，墓碑上摆着圣像画，写着"见过天使的人"。当艺术走到20世纪后期，神秘已悄然失落——看过塔可夫斯基，我们亦是"见过神秘的人"。

我爱你，彼得的城

探访俄罗斯文化的起源，要来诺夫哥罗德。

这座建于 9 世纪的小城，静不胜收、美不胜收。出租司机几乎炫耀着它的 22 万人口。作为俄罗斯最古老的所在，博物馆收藏着纯正的东正教艺术，草丛中散落着原始的古教堂。清晨有一整座森林的氧气；午后有长长一条河倒映着爆裂的云。漫步时，忽然遇到一张被马赛克徽章围成一圈的喷泉谈判桌，原是西起伦敦、东至诺夫哥罗德的汉萨同盟的 16 个国家。

"汉萨同盟"马赛克喷泉

留里克王朝在此建立了第一个政权，商业如此强盛，以至城市贵族力量之大，使之成为事实上的共和国，直到 300 年后并入统一的俄罗斯国家。位于圣彼得堡与莫斯科之间，诺夫哥罗德却像另一个世界。除了傍晚楼下玩极限运动的少年以外，KFC 几乎是唯一的现代性事物。离开时，酒店接待员、一个不足 20 岁的男孩，默默拎起我的两只巨大行李箱。"很沉吧？""No ！ I'm Russian boy ！"他一直抱歉，说自己英文不好。待把我和行李箱都安顿上出租车，他又不放心地问："你有卢布吗？"一边掏出零钱，准备支付司机。尽管诺夫哥罗德的英语不很普及，餐馆也少，在这里没有喝过一次酒、过过一次夜生活，唯一的娱乐是漫步，但是我无限怀念那午后爆裂的云、雨后的烟花、万般的宁静，以及可爱的 Russian boy。

古老的诺夫哥罗德

无论风云如何变幻，圣彼得堡在美与博大中安然自得。它是巴洛克之城，也是新古典主义之城：有险些被人烧了

剧院的斯特拉文斯基《春之舞》，
也有长达 400 多米的海军部。事
实上，"北方威尼斯"的拟喻，
怎可配得上一座建筑轻易就占据
一整条街的圣彼得堡？

我镜头里的喀山大教堂与海军部

我对圣彼得堡的印象，出乎友人们的提醒——大国沙文主义，难免
傲慢和冷漠。遇到的人，或耐心为你指路，或默默帮你把行李箱拎上
台阶。傍晚，坐在滴血大教堂前: 化好妆的街头艺人，等着过客来合影;
马车咯哒咯哒，载着好奇的观光客; 不远处有歌手卖歌，女孩拉小提琴，
男孩弹吉他，而我第一次被一把街头小提琴拉得掉下眼泪……

穿着白裙戴着墨镜站在运河桥头发呆，忽然腰间被一只手揽住，惊
慌回头，一个绅士般的男人问: "Why are you so sad ?"在意大利餐厅
点杯白葡萄酒配 Spaghetti，微醺中恍惚起来——窗外，前一分钟是阳光
灿烂、白云耀目，后一分钟便乌云压境、暴雨倾盆……罗马不是一天
建成的，又岂能一言道尽圣彼得堡？

列宾《伏尔加河上的纤夫》

如果莫斯科是政治首都，那么圣
彼得堡是文化首都。冬宫以西欧艺术
为重，俄罗斯博物馆则是俄罗斯艺术
的天下，有列宾的《伏尔加河上的纤
夫》，也有马列维奇的几何抽象画。
列宾毕业于彼得堡美术学院，无论批
判现实主义今天是否过时，步入展厅
的一刻，我还是猝不及防地被他画布
上的苦难打动。

气象万千，圣彼得堡
SAINT PETERSBURG

马列维奇·几何抽象画作

100 年前，马列维奇就用至上主义的《黑色方块》终结了传统绘画；他首创的几何画只属于未来，这位抽象绘画的伟大先驱于圣彼得堡辞世时清贫而无名。今天，他的画出现在每一座俄罗斯城市里。

这年夏天，城中影院处处张贴着伍迪·艾伦《咖啡公社》的文艺海报——很难想象弥漫中国城市的不是变形金刚或蜘蛛侠而是它的大泪滴。这间安于涅瓦大街繁华心脏处的老剧院，同时上演电影与戏剧。有达·芬奇和波提切利的纪录片，有美国独立电影导演吉姆·贾木许的黑白影展。《咖啡公社》的夜间场近乎满场，观众覆盖了青年、中年、老年，全程听不到手机或私语，只有结束时的自发掌声。

圣彼得堡的公园一角

圣彼得堡，又古老又年轻。女孩们戴着彩色假发参加派对，男孩们滑着滑板上街；有脱衣舞男表演，也有传统的家庭景象。假日里常见加长版豪华劳斯莱斯的婚车行驶在街头，新人们在公园、餐馆、教堂里拍婚纱照。参天绿荫下，父母推着婴儿车；草地上的恋人，或背靠背写生，或面对面浅笑。任凭一个角落，都是美好瞬间。

　　朋友说得好："只有欢乐的地方，盛放不了那么多思想。"这座拥有普希金、陀思妥耶夫斯基和纳博科夫的城市，注定盛放了太多感受力。它宁静深邃的美，让我沉醉，也让我感伤。

　　吟一句普希金的《青铜骑士》——我爱你，彼得兴建的城。

米哈伊洛夫城堡·青铜卫士

私享 List

莫斯科不相信眼泪
MOSCOW

克里姆林宫·圣母飞天大教堂

《奇爱博士》

《回归》

《两个人的车站》

《西伯利亚理发师》

《十二怒汉》

奇 爱

　　三个月的旅居生活，我几乎爱上了俄罗斯。

　　在莫斯科的时候，我住在克姆林宫对面。每天清晨我起得早，每次都遇到两位跑者，都会会心一笑、点头问候。在红场一天中难得的清净时光，只有我和他们。

　　所有的孤独与坚持，老天都会看在眼里。

　　如果圣彼得堡是彼得大帝的杰作，那么莫斯科的瓦西里大教堂、红场是伊凡雷帝的，而克里姆林宫与我每日去吃一支冰激凌的 GUM 百货是沙俄时代的。

红场

　　苏联时代的痕迹，最著名的莫过于"七姐妹"。1920 年代，弗里兹·朗被纽约的摩天大厦激发了灵感，在 UFA 片厂拍摄《大都会》。爱森斯坦来到片场参观，朗说："你也可以像我这么拍。"爱森斯坦说："俄罗斯与大都会，不堪设想。"然而，斯大林设想了。1947 年为庆祝建城 800 周年，他下令在城中建造七座摩天大楼。较之没有摩天大楼的圣彼得堡，莫斯科有几分"社会主义的曼哈顿"气息，融合了巴洛克、哥特与美国摩天大楼的风格。而今一座，做了希尔顿列宁格勒酒店。酒店餐厅有一张景致好又安静的靠窗座位，早餐时分人头攒动，那张桌子却总是空的，上面放着牌子——Reserved。后来才发现，并不是客人预订的，而是酒店预留给他们希望坐在这里的客人的。他们希望谁坐在这里呢？一眼望去，似是来自更好阶层、衣着更体面的人士。除了两位西

瓦西里大教堂

七姐妹之一：希尔顿列宁格勒

装绅士外，我也被邀请坐在这张桌子，大概与我读英文版《莫斯科时报》有关？

早餐时我喜欢边喝咖啡边读《莫斯科时报》的 Looking Back 与 Looking Forward 专栏，比如这篇 Rebel Love Affair 名字起得好：俄罗斯与伊朗关系日益密切，伊强硬派将俄罗斯视为反抗鲁哈尼政府试图修复与西方关系的重要平衡力量。为俄提供空军基地助其未来打击叙利亚，亦是潜在交换俄在伊拉克及也门的军事援助。最后引用了美国的警告：叙利亚是个泥潭，俄罗斯想踏就踏吧。我在克里姆林宫外阅读这样的文章，不禁莞尔。

不折不扣的左派斗士奥利弗·斯通，继《刺杀肯尼迪》《小布什传》《卡斯特罗》后，历时两年拍摄了《普京访谈录》，轰动美国。他问了所有重要问题：高加索战争、乌克兰危机、信息监控、美国大选、权力与巨额财富传闻等。看得出普京对北约东扩、反弹道导弹系统的高度敏感，但是表达高度自控。最意味深长的一个词"主权"，言即世界上真正能够做到自主的国家没有几个。也许这句话能够概括这位60岁学习冰球、看库布里克电影《奇爱博士》的人：如果加入北约就要听美国的，那么美国朋友想都不要想。

俄美关系几乎引发了一场新冷战。尽管美剧《纸牌屋》在白宫政治中影射了一位强硬、狡猾的俄罗斯总统，但是斯通推荐给普京的《奇爱博士》**(1964)** 则不同。库布里克在每一种类型里都颠覆了类型期待，《2001太空漫游》反讽了人类以一种男权主义的方式掌控宇宙——挥

疯子军官与奇爱博士

舞着科学工具的男人们进入了"生殖器形状的火箭里如子宫般广袤黑暗的太空";《奇爱博士》扑面而来的核弹头、始终被仰拍的美国军官的大雪茄,同样是雄性勃起的象征。它的副标题不啻为最佳黑色幽默——我如何学会停止恐惧而爱上核弹。

听闻俄国在一个遥远之地建立了核基地,美国军官启动了只有在俄国入侵华盛顿时才会启动的 R 计划——34 架载着 16 倍于二战炸弹总和的核弹的轰炸机,进攻俄国!为什么一个美国军官敢发动一场核战?因为体液。不能再坐视不喝水、只喝伏特加的共产党来污染美国人宝贵的体液了!"50 年前,战争太重要,不能交给将军们;50 年后,战争太重要,不能交给政客们。"

五角大楼乱了。美总统立刻通报俄总统:愿意帮助他消灭自己的飞机。俄总统还以"世界末日机器"——足以毁灭地球上所有人类与生物……千钧一发之际,疯子军官自杀,军队方被召回。可是,俄军击落三架美机,还有一架畅通无阻。于是,为此题材做了数年研究的库布里克,在一个非数字技术时代想象了一场核战争。美丽的蘑菇云爆炸,轮椅上的残疾博士竟在处理战后社会的亢奋中站起来了:男女比例为 1:10,一夫一妻制不存在了。所以,世界犹如一场勃起。摩天大楼也好,体液哲学也罢——美国军官的灵感不过源自做爱后的虚空。

核弹蘑菇云·爆雨前的云

还记得《洛丽塔》里变态的色情片导演吗？这次成了变态博士。彼得·塞勒斯一人分饰三角，完全辨认不出，最夺目的当然是这位核威慑代理形象的"奇爱博士"。从纳粹实验的德国科学家转身为美国核战的技术专家，他可谓"勃起中的勃起"——戴着皮手套的假肢右臂，克制不住地想行纳粹礼又克制不住地想扼死自己。核战争的核心概念是"核威慑"，这是一种艺术：拥有核武器但不启动核武器，潜在的威胁就足以让敌人产生内心恐惧。库布里克用一位得州口音、名叫金刚的机长戏谑了这一"艺术"，念物品清单的牛仔腔调土得掉渣，堪称影史经典口音：一包避孕套、两支口红、三双尼龙袜……然而，不是人人都富于幽默精神，原著作者（《红色警戒》）彼得·乔治不堪核战恐惧而于两年后自杀……

我住过的国家饭店，是意大利奢华与俄罗斯美学的联姻。早餐桌的落地窗，与红场一步之遥。走出门，左有历史最悠久的莫斯科大剧院，右有 1893 年的 GUM 百货。GUM的漂亮，称为宫殿才恰当。欣赏一下西瓜喷泉或品种繁多的伏特加，是写作之余的美好消遣。或者坐在四季酒店的露台上，喝一杯调酒师特制的伏特加莫吉托，看来来往往的人群，想想在这样一个雄性世界，女性做点什么好呢？

GUM 百货

回 归

如果列一张莫斯科必访清单，特列基亚科夫画廊是我的NO.1。看了太多欧美艺术后，反而在深邃、忧伤的俄罗斯气质里沉淀下来。走过许多美术馆，这里成为最爱。足够让我不吃不喝，驻足一整天。这座依据俄国童话形式建造的艺术收藏馆，有大量巡回派大师的作品，也有最抒情的语音讲解。著名的《无名女郎》，作于19世纪《安娜·卡列尼娜》写作时，因此有人指认女郎为安娜。在我眼中，她神情里的骄傲与其说是安娜的，不如说是俄罗斯的。

特列季亚科夫画廊

当今最受瞩目的俄罗斯导演安德烈·萨金塞夫的《回归》 (2003)，像一部塔可夫斯基或安哲罗普洛斯式的诗意寓言。每每看完，每每难过，而这难过又是无处可诉的。

特列季亚科夫画廊·无名女郎

长年缺席的父亲，某天突然回到家。这是一个典型的父权形象：饭桌上，命令两个未成年儿子喝酒，母亲和奶奶都不敢出声。俄罗斯血液里，不能没有伏特加。两个儿子，大的乖顺，小的叛逆——犹如威权之下的两种人格。钱包被偷后，父亲抓回扒手，任由儿子处置，不料他们让父亲放了他，父亲说他们裤裆里没家伙——犹如威权的某种暴力性。父亲带着两个儿子上路，与他们相处，训练他们做男子汉。

小儿子处处作对，父亲把他独自扔在路上，淋了一场大雨。两人出

莫斯科大剧院

《回归》

海钓鱼，没有按时回来，郁积已久的冲突爆发了。大儿子被父亲掌掴，小儿子哭着控诉："你为什么要回来？只为了奚落我们？我本可以爱你的，可你太可恶。你敢碰他，我就杀了你！"这个不敢高台跳水的胆小鬼，此刻却爬上高台以示抗议，前来救他的父亲不小心坠落身亡⋯⋯

从这一刻起，两个男孩长大成人。

大儿子不再懦弱，冷静地下着命令。当父亲的尸体沉入海底，小儿子哭着追进大海，于呼喊"爸爸"的伤痛中，终于发现了爱。这部斩获威尼斯电影节金狮奖的处女作，艺术成就之高，不只在于政治隐喻，也在于宗教性寓言。萨金塞夫采用了神话机制，没有一件事是没有意义的：两个儿子见到父亲的第一眼——他躺在床上睡觉，像个受难耶稣；

克里姆林宫·教堂古壁画

最后一眼——他身亡后躺在船上，像个受难耶稣。父亲缺席的 12 年，正是苏联解体的 12 年；叙事中周日至周六的七天，正是上帝创世纪的七天。

无疑，这是一部多义的电影：既是萨金塞夫向塔可夫斯基的诗性电影的回归，也是后俄罗斯时代向苏联时代的回归，甚至是向传统父亲形象／父权机制的回归。

父权，也许在全世界经历了一场没落。自 1960 年代起，美国家庭的核心地位越来越遭到弱化，大众传媒所"帮凶"的大众文化为青少年提供了精神资源与道德资源，因此美剧里的父亲形象也没落了。千

现代都市图景中的卫国将军·拍于莫斯科

年之交的《黑道家族》之所以改写了美剧历史，被称为托尼前—托尼后，既源于托尼的反英雄形象——这个黑帮老大，同时又是一个送孩子上学、照料母亲、周旋在家族与家庭之间谁也不敢得罪的可怜中年男人；也源于他坚持回到这一传统——父亲，是一个家庭里知道得最多最好的那个人。托尼叹息道："最好的时光一去不返。我在想我的父亲。他从未像我现在这样成功，但他似乎比我过得好。他有他的兄弟，他们都有原则、标准和骄傲。"

而对于俄罗斯，"父亲"亦象征着政治解体后的焦虑。《回归》中的两个儿子在一个父亲缺席的家庭长大，很多事都不懂：如何在餐厅召唤服务员结账、如何推出陷入泥泞的汽车、如何烧沥青造船、如何处理突如其来的欺辱……这个"父亲"是神秘的，两个儿子包括我们，始终不知他从哪儿来、到哪儿去、给谁打电话、公事又是什么……但是当他造了一条船带他们出海时，两个男孩的眼里充满了崇拜和快乐。当父亲回到家，父权/威权既是儿子不适应的，又是儿子所渴望的——体验父爱，并获得成为男人的指导。这样一种矛盾的心情，恐怕也是流浪的俄罗斯的心情。

莫斯科大剧院

圣彼得堡有普希金广场与文学咖啡馆，莫斯科有普希金剧院以及坐落于18世纪巴洛克豪宅中的普希金餐厅，推开门的刹那，恍入安娜的世界。莫斯科大剧院则是亚历山大一世下令建造的。他与拿破仑谈过短暂而激情的"恋爱"。拿破仑占领莫斯科时全城人撤出、放火烧城整整六天，也绝不求和。法兰西的超验天才也被这个民族震撼到。后来亚历山大一世领导的反法联盟打败了拿破仑。而莫斯科街头的将军雕像与古董市场里的军

普希金餐厅

用望远镜，注释着它的红色岁月。索契冬奥会上缓缓落下的十二文豪头像，如同这个民族久远而深厚的精神气质；苏联作为一个国家的解体，并没有带来俄罗斯精神的解体，然而被政治动荡切断后，俄罗斯像在精神上失去了父亲的孩子。

因此，地点与时间的双重模糊性，使《回归》担当了古老神话的现代版——一段公路片后来到一座荒无人烟的海岛。荷马史诗的《奥德修斯》，有一位外出征战的父亲，在归途中确认了自己的身份与价值；《回归》也是一个外出的父亲，通过回家，确认了自己的身份与价值。

政治—宗教的双重维度是萨金塞夫的特色，下一部《利维坦》*(2015)*更为显性。"利维坦"是《圣经》中一种作邪恶的海怪，亦是英国政治学家霍布斯 1651 年的一本书——借圣经怪兽比喻强势国家，主张以社会契约取代无限威权。萨金塞夫的"恶魔"象征着官僚强权：市长盯上了市民尼古拉的房子，企图强占那块土地。最终尼古拉失去了一切：房子、妻子、儿子。抨击官僚政治的《利维坦》由俄罗斯文化部资助并代表俄罗斯角逐奥斯卡最佳外语片，与片中酩酊大醉在伏特加里痛斥斯大林的男人，共同而有趣地构成了当代俄罗斯的政治图景。

地下宫殿

　　美苏争霸、军备竞赛，昔日的军事与科技强盛，从今日的莫斯科天文馆可窥一斑。深奥的物理学、天文学知识，统统幻化于互动体验的游戏中，大人也可以玩得像小孩。比如任选一种图像和音乐做成多媒体 message 寄给外星人，我的 message 使用了以爱因斯坦方程式命名的乐曲 "$E=MC^2$"，也不知外星人懂不懂……

　　一如好莱坞是公众情绪的晴雨表，对于东欧国家，电影业亦是变色后的晴雨表。典型案例波兰，如大岛渚谈及瓦伊达时说："好像波兰电影在波兰学派之后就不复存在了。"因为政治影射不复存在了——而这是波兰人过去走进影院的重要理由。而今，大名鼎鼎的波兰学派或道德焦虑派都不起作用了，电影人用好莱坞式犯罪片来吸引年青一代。俄罗斯有这样的问题吗？历经社会主义现实主义、至今还在拍片的邦达尔丘克，于《战争与和平》的史诗后，以《莫斯科陷落》*(2017)* 开创了俄罗斯第一部有关外星人入侵地球的科幻灾难电影：一艘飞船被俄罗斯空军击中，外星人来到了莫斯科，美丽的女孩在救治受伤的外星飞行员的过程中，一场跨越时空的爱情发生了……一旦市场成为新的独裁者，好莱坞就躲不开。

　　尽管"苏联老大哥"已是过时的修辞，但是中俄渊源深藏于我们父辈所唱的《莫斯科郊外的晚上》、所看

美丽的莫斯科地铁站

《两个人的车站》

的《莫斯科不相信眼泪》中。今天的年青一代，大概只能从莫斯科地铁站里工农兵的青铜雕像、镰刀斧头的红色符号中略作遥想。尽管俄罗斯的皇家风范在圣彼得堡，但是莫斯科有一座华丽已极的地下宫殿——被公认为世界上最漂亮的地铁站。各站有自己一套完整的美学风格：新古典主义、青铜雕像、乌克兰壁画、浮雕或马赛克。

　　小时候跟着妈妈看了很多老电影。梁赞诺夫《两个人的车站》*(1983)* 是我最喜欢的苏联电影：流放荒寒之地的音乐家与远道而来的爱人在冰雪里拉起手风琴奏响回归信号的一幕，成为不谙世事的我的难忘记忆，也成为我的"博大忧伤之俄罗斯"的启蒙。

　　事实上，苏联诞生了一批社会主义现实主义杰作，取法生活、亲近人心。《莫斯科不相信眼泪》难道不是比《欲望都市》更先驱的女性作品？ 1960 年代的三个莫斯科女孩一如 2000 年代的四位纽约女郎，来到社会主义鼎盛时期的大都市。朴实的姑娘嫁给了本分，老天赐予她幸福美满；另一位则是亘古不变的"包法利夫人"，她不去我去的特烈季亚科夫画廊——那里只有游客，去列宁图书馆才能钓到院士、科学家的高级郎君。莫斯科如同一张大彩票，等着她赢得一切，可她没中大奖，还落得惨淡；第三位女孩美丽善良却情路坎坷，独自抚养女儿长大并成为几千人大厂的女厂长。终于遇到一个好男人，她的眼泪恐怕是所有相信爱情并苦苦坚持的现代女性的心声吧——我找你找了好久……

　　我所住的希尔顿列宁格勒酒店，与附近莫斯科最古老的列宁格勒火车站与欧洲最大的喀山火车站，形成漂亮的建筑呼应。各国的新现实

主义常常发生在火车站，埃及有《开罗车站》、巴西有《中央车站》、俄罗斯有《两个人的车站》。

　　莫斯科的钢琴师，阴差阳错滞留在小城车站，结识了一位苗条泼辣的女服务员。《一夜风流》式的"欢喜冤家"是经典的好莱坞神经喜剧，也为苏联所擅长。一座火车站浓缩了两人三天的爱情，也浓缩了苏联的各方面——国营与个体的体制差异、上层与底层的阶级差异。钢琴师替妻子顶罪，被囚禁在边远的冰天雪地，千里迢迢来看望他的、做了一桌好吃的等候他的，不是大明星妻子，是小城车站的服务员。这里有真正的朴素，也有似曾相识的意识形态：物质匮乏但有人性光芒，物欲横流但是凶狠冷漠。

《我漫步在莫斯科》

　　而我格外推荐的，是并不知名的一部。想知道莫斯科有多美？我像《我漫步在莫斯科》*(1964)* 一样漫步在莫斯科：赤脚走在大雨里，在 GUM 百货的天空穹顶下吃冰激凌，看凌晨时分的车河与雕塑剪影，以及片尾地铁里的放歌——米哈尔科夫，以 18 岁的逼人青春，定格了一种别样的莫斯科意象：轻盈曼妙，像极了侯麦或德米的巴黎。

　　想象得到吗？这是《十二怒汉》导演的演员处女作？也是这位英俊小生，日后拍了俄罗斯历史上最昂贵的电影《西伯利亚理发师》*(1998)*。片中并无理发师，它是美国发明家开进西伯利亚伐木的机械怪兽的名字。这部 220 分钟的史诗，一半笔墨隐喻了工业时代西方对苏联的入侵，一半笔墨则献给了流淌着伏特加血液的俄罗斯传统文化。宗教节日里，男人们半裸身子在冰河上互殴，而后祈求宽恕；老将军灌下伏特加，天下大乱——且听他闷声熊吼，嚼碎玻璃杯，在火焰与

与烟花交错的冰天雪地里脱光身子、冰窟取水、从头浇灌！美国女人不禁感慨：这个国家，所有事均到极限。

1883 年，一个美国女人来到莫斯科，在火车上结识了一群皇家军校学生。这是个复杂的女人，为了使美国的机械怪兽开进俄罗斯而引诱老将军。一位名叫"托尔斯泰"的军校学生爱上了她，在演出《费加罗的婚礼》时拔剑击向情敌……鲜花、钢琴、情诗、决斗——米哈尔科夫的的确确拍了一部普希金式的浪漫史诗。浪漫必有悲剧：托尔斯泰被流放西伯利亚，机械怪兽收割着广袤森林。而"凡事均到极限"的民族性格被另一位美国军校学生相传：由于长官不尊重艺术，于是整日戴着防毒面具以示抗议，直到长官大声喊出"莫扎特是个伟大的音乐家"，我们才又看到他青春的面庞——一人饰二角，他是托尔斯泰与美国女人的儿子。就像梁赞诺夫结合了好莱坞神经喜剧与苏联现实生活一样，米哈尔科夫也纯熟地将好莱坞经典叙事模式植入俄罗斯传奇。

早于故宫 200 年的克里姆林宫，其巨大恢宏非常适合拍电影。这部 19 世纪史诗的很多场面都取景于此：红场阅兵，在金色圆顶的圣母飞天大教堂前拍摄；神父敲响的大鼎，今日犹在。拾起演员老本行的米哈尔科夫，这一次是沙皇。

罗 生 门

　　埃及的亚历山大发生爆炸，两个月前我在这里；俄罗斯的圣彼得堡发生爆炸，六个月前我在这里；土耳其的伊斯坦布尔发生爆炸，一年前我在这里……

　　忽然惊觉，走过的城市，一个接一个有了恐怖袭击。今天的世界怎么了？

莫斯科东正教堂

　　早在车臣战争时，普京就谴责美国"喂养"了恐怖分子。2002 年，车臣绑匪闯入莫斯科的轴承文化宫劫持人质；2004 年，升级为最大规模的人质劫持事件，车臣恐怖分子在高加索重镇别斯兰市的中学劫持了学生、教师和家长共 1200 余人，要求停止对车臣的占领。小镇居民愤怒了，参加过二战的爷爷翻出当年对抗法西斯德国的老枪，父亲们扛起了 AK47。

　　著名的谢尔盖·波德罗夫父子拍了《高加索俘房》*(1996)*，反思车臣战争。两个俄军士兵在高加索被俘，村长将其扣为人质，欲交换被俄罗斯军队逮捕的爱子。交易未成，悲剧丛生。影片在车臣战区不远拍摄，以当地村民为演员。雪中错落的山间民居，年轻的俄罗斯士兵与美丽的高加索女孩的默默情愫，几乎像所有的巴尔干电影一样，让人感到仇恨如此荒谬。

　　苏联解体后，米哈尔科夫翻拍了《十二怒汉》*(2007)*，借美国经典法庭戏，讲当代俄罗斯现实。12 位陪审团成员对位着解体后的种种身份与心态，在决定一个男孩命运的同时，讲着自己与俄罗斯的故事：毒品、移民、种族歧视、贫富差距……嫌疑犯的车臣人身份与受害者

宫殿般的 GUM 百货

的俄罗斯人身份，构成了鲜明的隐喻——一个与俄罗斯冲突了上百年的民族。高加索人玩着漂亮的高加索刀技，令人惊心动魄。

历史是一座"罗生门"。

谈论普京亦如是。

而三个月的旅居生活，我感受到英国资深记者安格斯·罗克斯伯勒在《强权与铁腕》中所言："他让俄罗斯民族恢复了自尊。"1980 年代，安格斯担任《星期日泰晤士报》驻莫斯科记者，曾被俄罗斯政府驱除出境，被称为冷战时期最大的间谍丑闻之一。2006 年，又阴差阳错地成为克里姆林宫的新闻顾问。从向西方求爱受挫到重新设定与西方的

圣彼得堡百货

关系，无论对于普京还是西方，安格斯有肯定有否定，描绘了甚至连俄罗斯自己都无法理解的政治现状。驾驶着战斗机打下第二次车臣战争，也打响了无人知晓他是谁的第一枪；将苏联解体后的经济崩溃、金融动荡、社会瘫痪的局面如脱缰野马般拉住；也许"苏联老大哥"如同俄罗斯的宿命原罪，为改善国际形象，聘请了国际公关公司；评价斯大林"是独裁者但是也打赢了卫国战争"，在莫斯科建立纪念苏维埃政治迫害遇难者的悲伤墙，邀请老兵参加纪念卫国战争胜利的大阅兵——对于这样一个比世界戏称的"铁腕"更复杂多义的领导人，安格斯的结论是：外人没有发言权。

献给城市的电影有很多：费里尼的罗马，侯麦的巴黎，小津安二郎的东京，伍迪·艾伦的纽约，冈萨雷斯的墨西哥城……在萨金塞夫的

俄罗斯的詹姆斯·迪恩

"父子"打动世界之前,巴拉巴诺夫的《兄弟》*(1997)*已先声夺人。像许多东欧国家选择了好莱坞式犯罪片与好莱坞抗衡一样,巴拉巴诺夫也以经典黑帮片包装俄罗斯故事。斯科塞斯将《出租汽车司机》放在了现代纽约,巴拉巴诺夫则放在了现代圣彼得堡。这个热爱音乐、永远戴着耳机的职业杀手小谢尔盖,有几分"出租汽车司机"罗伯特·德尼罗的精神气质:军人出身,技艺高超,从战场归来无法适应现代大都会,都与一个代表着新世界的女人交往(一个是总统竞选助理,一个是电视台知名歌手),都拯救了一个街头妓女。不再是明信片般的风光,喀山大教堂只在背景中模糊一闪;也不是最美的白夜季,是我不曾见过的萧瑟秋雨。

好莱坞黑帮片提供了关于危险而悲哀的城市的想象——毋宁说,是关于现代世界的想象。年轻的小谢尔盖在大都市找不到立足之地,唯一的温暖是与一个德国流浪汉坐在街头长椅上聊聊天。《兄弟2》*(2000)*则加入了全球化的新议题,他来到芝加哥,为一个被美国黑帮操纵的俄罗斯球员讨公道,将一个流落街头的俄罗斯妓女救回国。片中对话充满寓意——

在纽约大都会的繁华面前,大开眼界的哥哥说:"美国的力量在于金钱,金钱统治世界。"

在美国黑帮老大的霸道面前,大开杀戒的弟弟说:"力量在于真理,谁掌握了真理谁强大。"

这位俄罗斯的"詹姆斯·迪恩",用热血和强悍,对财富统治的新世界做出了回应,或者说俄罗斯对美国做出了回应。这个形象如此成

普希金剧院·戏剧海报

功，以至流传这样的话："普京是我们的总统，达尼拉是我们的兄弟。"可惜，小谢尔盖后于雪崩遇难。

以战斗民族闻名的国度，有《列宁格勒保卫战》《莫斯科保卫战》《斯大林格勒保卫战》，但无《精英部队》。

这座城，有700多处贫民窟，统统被全副武装的毒贩控制。这座城的夜晚，燃烧着桑巴与枪炮——通常只在两国交战才出场的HK冲锋枪，却用于它的街头火拼。然而我们无权进行暴力高潮的消费，这里没有美学，只有社会学。特种部队骷髅头，投入的是一场孤独的战争。和平，只片刻存在于毒贩的枪口和警察的口袋间那微妙的平衡上，而正义，在这场游戏里从来不存在。这就是里约热内卢。

布努埃尔曾提及他的第二故乡：拉美文化中有一项叫人不敢恭维的，就是面子重于一切，任何轻微的蔑视或不敬的行为，都可能造成他们的激烈反应……加之墨西哥人和枪支形影不离，每个人随时随地都可能被杀。布努埃尔对这一"棕色阳刚"深恶痛绝，因此拍了《死亡与河流》，暗喻这种迂腐的男子气概将阻挠墨西哥的发展，同时折射出一个问题：透过教育，我们可以成为文明人。到了21世纪，冈萨雷斯在处女作《爱情是狗娘》 *(2000)* 中，通过对当代墨西哥城的清晰叙事挑战了传统的棕色阳刚，推出了替代性的白色阳刚——一位白人报业老板，受过良好教育，西装革履，温文尔雅，通过为一个男明星提供封面来掩盖自己与

我早餐桌外的克里姆林宫

街头涂鸦

模特的地下情；为模特买了高级公寓，阳台望出去的巨幅海报上印着情人傲人的身姿。权力＋财富＝白色阳刚。

今日世界，"白色价值观"无处不在。但冈萨雷斯没有顶礼膜拜，他更希望让观众看到2100万人口的世界最大城市到底是什么样。在将棕色表达为陈腐而将白色表达为进步的同时，也质疑了新的价值观——那就是通过阶层和种族，来重新界定价值。里约热内卢也是一座2000万人口的超级城市，在兼容了火爆枪战与理想主义的《精英部队》中，乔斯·帕迪哈同样质疑了白色价值观。

受过教育的中产阶级白人，一边抱怨里约的暴力与混乱，并用防御工事将自家别墅包围起来；一边颓废快乐地享用从毒贩手里买来的毒品。他们是这个城市最大的毒品主顾，而700处贫民窟的黑鬼是倒霉蛋。只要主顾存在，毒贩就存在；只要毒贩存在，武器就存在；只要武器存在，精英部队就存在；只要精英部队存在，战争就存在。这支长矛刺向了体制腐败、贫富差距以及社会改良派或民主自由派的不切实际。

《精英部队》成为巴西影史票房最高的影片，但是骷髅头队长在一人对抗一个体制中老了。缓缓滑过国会山的航拍，留下悲怆的天问："谁是英雄谁是暴徒，他们不知道；靠向谁背离谁，他们也不知道。"

云的心事，每一刻都不一样，摄于莫斯科

同为千万人口的大都市，俄罗斯的达尼拉兄弟说："力量在于真理，谁掌握了真理谁强大。"

魔幻现实主义诞生在拉美是有原因的。

而莫斯科，永远不相信眼泪。

私享 List

特列季亚科夫画廊　　克里姆林宫的教堂与博物馆　　红场　　GUM百货　　地铁站

萨格勒布
斯普利特
赫瓦尔
科托尔
诺维萨德
贝尔格莱德
萨拉热窝
莫斯塔尔
杜布罗夫尼克

巴 尔 干

巴尔干，巴尔干。欧洲火药桶。

不知为什么，单单说说这个词，就让我战栗不已。

也许它无与伦比的混乱与复杂，呼应着我灵魂里的变动不居与骚动不安。

这个夏天，为它而来。这个夏天，名叫巴尔干。

终于，我走过战栗了。

现在，我可以安静了。

贝尔格莱德的雄鹰
BELGRADE

塞族受害者

《流浪者之歌》

《涟漪效应》

《一球定江山》

《地下》

双面塞尔维亚

天下，并非只有马丁·斯科塞斯的"出租汽车司机"挂怀政治。

当我下了火车，上了出租，生平第一次穿行在贝尔格莱德的街道上时，司机就宣告了这座城的政治属性——

广场上的人是来自伊拉克、叙利亚的穆斯林难民，要穿越匈牙利，到达德国难民营。

这是北约轰炸留下的遗迹。

哼，美国！

看着吧，第三次世界早晚打响！

他的英语有口音却流利，也许深谙一个异国初到者的心思。如果萨拉热窝的魅惑夜色令我困惑，那么贝尔格莱德没有。好像它本该如此。时有破败残旧的建筑像老电影一样闪过车窗，看上去却很难摧毁，将你带向它曾经的波澜壮阔。

第二天，在议会大厦前看到挂满照片的条幅，上面写着"抗议欧美社会无视塞族受害者"。第三天，铁托墓。第四天，北约轰炸中国驻南联盟大使馆遗迹……唯有走进酒吧林立的街市、坐在鲜花装点的餐馆、享受着味美价廉的烤肉时，我才暂得喘息。

穆斯林难民

人的第一手经验如此强烈，以至会怀疑与它不符的说法，比如——塞尔维亚人是法西斯或恐怖分子。远至 1903 年，28 名塞尔维亚民族主义分子在贝尔格莱德王宫实施了可怕的炸弹袭击；1912—1913 年，两次巴尔干战争为塞尔维亚赢得大批领土，但这个小农经济为主体的民族管理新征服地的方式是——对其治下的穆斯林进行定期屠杀与驱逐。直至 1995 年，波黑战争期间塞族军警杀

议会大厦

北约轰炸遗址

戮了境内 8000 多名穆族男子和男孩，制造了二战后欧洲最惨烈的"斯雷布雷尼察大屠杀"。

而在我的个人经验中，另有一个热情友善的塞尔维亚。它建构于巴尔干冒险第一站——诺维萨德（Novi Sad）。从布达佩斯搭乘长途汽车跨越国境的途中，一个女孩向我走来："刚才司机问你要行李票时并非对你不友善，只是因为他不会讲英语，年纪大些的塞尔维亚人通常不讲英语，但是年轻人会，所以不要担心。如果你在诺维萨德有任何问题都可以问我，我住在那儿。"这趟车并不直达我们要去的市中心，在城边高速路上下车后，她先将我们带到去往市中心的公车站。接下来，预料到我们跨境也许没来得及兑换货币，她身上有一些第纳尔可以救急。公交车来了，司机是位中年男子，女孩用塞尔维亚语向他说明我们的情况。司机听罢挥挥手，不必买票了！车到市区，向身边情侣询问所住酒店在哪一站，男孩说："不用担心，我们也到那里，到时叫你。"下车后，他又查看地图确保我们走上去往酒店的正确路，方才离开。

一路听得最多的就是："Don't worry."去往铁托墓的公交车上，遇到机器买票的问题，一位讲英语的女性主动上前帮忙，又用塞尔维亚语将站名告知司机，请他届时提醒我们。事实是，不只司机，到站时有好几位当地乘客提醒："到了，祝你们愉快！"有讲英语的，有不讲英语的，但是我们都听得懂 Tito（铁托）。

美丽的酒吧街

在贝尔格莱德邂逅政治并不偶然，在塞尔维亚逢着友善也不是巧合。入住酒店时，桌上摆了一只漂亮的托盘，一小瓶梅子果酱，两小瓶梅子白兰地，这些当地特产是迎接我们的小礼物。离开酒店时，外出的大堂经理碰上拖着行李的我们，于是顺路送我们去火车站。这些与克罗地亚形成强烈反差的故事，让我意识到：慷慨是一种美德。

尽管塞尔维亚不如克罗地亚富有，但是贝尔格莱德自在大气。不那么新，不会像走进任何一座现代 Shopping Mall 一样忽然忘了身在何处；也不那么老，可以在平日里习惯的 Costa 连锁店喝一杯拿铁，看窗外匆匆赶路的上班族、街心公园晨跑和遛狗的人，不脱离尘世，又保持距离。

铁托墓的时代记忆

今天的新人类喜欢诺兰的《黑暗骑士》，"法外义警"蝙蝠侠每天晚上披上斗篷、骑上摩托车，幽灵一样出现在哥谭市的街道，与邪恶作战，再消失于暗夜。其实早在 1979 年就有一部《贝尔格莱德的幽灵》，当南斯拉夫总统铁托外出古巴处理国际问题时，这个神秘的"幽灵"就像蝙蝠侠一样，每天晚上开着白色保时捷驰在城市街道，通过无线电广播向警察挑战；而贝尔格莱德市民也像哥谭市民一样出门支持他们的英雄。

今天的新人类，何人识铁托？他属于我们父辈的政治记忆了。可是不看铁托墓，贝尔格莱德之旅似乎不完整。他长眠在距离市中心不远的幽静山顶，有个美丽的名字：花房。比起土耳其的凯末尔陵，铁托墓小得多、冷清得多——二者难道是当前时代的隐喻？影厅里循环着他的生平纪录片，银幕上是与格瓦拉、肯尼迪、伊丽莎白·泰勒、索菲亚·罗兰等英

214

雄美人的风云际会，银幕下只有四分五裂的南斯拉夫和零星观众。

　　作为不结盟运动的创始人，铁托的外交成就从出席其葬礼的东西政要即可窥豹一斑：苏联领导人勃列日涅夫、英国首相撒切尔夫人、美国副总统、日本首相、朝鲜国家主席金日成、巴勒斯坦领导人阿拉法特……1980 年这位强人逝世后，民族矛盾激化，前南走向分裂。随着近年东欧政治经济不振，人们又开始怀念铁托曾为南斯拉夫带来的繁荣和自由。然而，那个时代只存在于库斯图里卡的电影里：《爸爸出差时》*When Father Was Away On Business (1985)*，有 1948 年南斯拉夫与苏联的纷争、铁托与斯大林决裂；《地下》*Underground (1995)* 可视为铁托治下的南斯拉夫，从 1941 年德国占领南斯拉夫到 1992 年波黑战争爆发，南斯拉夫解体。

铁托与伊丽莎白·泰勒

寻找库斯图里卡

　　就像在布拉格寻觅昆德拉而不得，走遍贝尔格莱德，我也未见库斯图里卡。

贝尔格莱德影院

　　书店里的电影书有《教父家族相册》、斯科塞斯、斯皮尔伯格、波兰斯基、安吉丽娜·朱莉与美国西部经典，电影院有奥黛丽·赫本及全球同映的小黄人；克罗地亚的赫瓦尔岛于奥森·威尔斯百年诞辰之际展出 Orson Welles In Hvar，斯普利特古城影院贴满卓别林与马龙·白兰度的电影海报，哪怕诺维萨德一间家庭旅馆的走廊墙上都挂着玛琳·黛德丽和库布里克，但就是没有巴尔干自己的大师。唯夜晚餐厅里现场助兴的吉普赛音乐，让人想起他。

　　库斯图里卡的"不在场"，按照巴尔干学者的说法，也许源于他的理念有一种深切的暧昧性。既不支持波黑穆斯林政府的独立，也反对塞尔维亚的极端民族主义者。对斯洛文尼亚的沙文主义者来说，他又是带着一群吉普赛人来侵扰他们家园的"下流波黑人"。崇拜边缘人和神秘主义、爱讲失败者的故事，这又让英国人嫌他邋遢异质、美国人怨他反了美国梦。

　　尽管出生在一个优越家族，尽管他片中的男孩学海报上的奥森·威尔斯抽烟，但库斯图里卡从来不爱大人物或成功者。这位反英雄的英雄钟情少数族群——欧洲的巴尔干人，巴尔干的吉普赛人，柏林墙倒塌前的南斯拉夫

诺维萨德餐厅的吉普赛音乐家

人，前南斯拉夫的波黑穆斯林。以往吉普赛人在电影里占卜、欺诈，是肮脏自毁的边缘人。他们使出浑身力气喊出二战大屠杀受害者不只犹太人还有 50 万吉普赛人，怎奈声音太小，比起犹太金融巨擘与好莱坞电影大师推至天下的犹太受难史诗《辛德勒的名单》 *(1993)*，控诉吉普赛大屠杀的《小提琴不再演奏了》 *And the Violins Stopped Playing (1988)* 几乎无人知晓。

林中圣母

而库斯图里卡第一次让吉普赛人做了主角，为这些没有财力、势力与影响力的罗姆人作了一首史诗：《流浪者之歌》*Time Of The Gypsies（1989）*。

我时常在巴尔干邂逅亨弗莱·鲍嘉，这位好莱坞硬汉是曾经流行一时的南斯拉夫黑色电影的偶像。但不同于曾经的南斯拉夫黑色电影，库斯图里卡拍的不是贫穷或硬汉，而是以非政治的方式让悲惨的巴尔干人物重拾些许尊严。

东欧最大的天主教堂

这位布拉格电影学院的学生，持守这个理念：分辨好电影和坏电影的方法，在于好电影的每个角色仿佛都没了重力。于是，像夏加尔的画一样，库斯图里卡的人物也常常飞起来：《流浪者之歌》中从未谋面的母亲，《生命是个奇迹》中分娩的新娘……巴尔干的处境如此艰难，守住生命中最单纯的乐趣与极端的幽默，常常是仅存的出路。正是这一点，让库斯图里卡成为悲喜剧的大师，当四周战火正炽，他确认了喜乐仍在。

《流浪者之歌》是我看的第一部库斯图里卡，从此深陷他的致命与粗野。我们的神秘共通也许在于：忧伤放旷，别无他法。他是巴尔干朋克，吉普赛音乐是他的蓝调。捷克电影大师伊利·曼佐的《失翼灵雀》 *(1969)* 对劳改营做了令人落泪的讽喻——它夺走的最珍贵的东西是纯真，睡在衣橱上、地板上的吉普赛新娘，莫不是一种原始的纯真。而库斯图里卡拍得最多的就是茨冈人的流浪与狂欢，不知疲倦地重复着婚礼、纵酒与嬉戏。这简直冒犯了南斯拉夫——在西方获得成功的塞尔维亚电影的主题，竟然是吉普赛文化！

巴尔干的情形好像是：想要讲述它，必须选边站。比如塞尔维亚人的分化史：一部分在奥匈帝国统治下接受了天主教，形成克罗地亚人；另一部分在奥斯曼帝国统治下皈依了伊斯兰教，形成现在的波黑穆斯林；另一部分没有皈依伊斯兰教但接受了土耳其统治的是现在的塞尔维亚人；仅有的一小块不臣服之地是黑山，这是它与塞尔维亚同种同源却为两个民族的分水岭。库斯图里卡如同一个微缩的巴尔干：祖先是信奉东正教的塞尔维亚人，像大部分波黑穆斯林一样于中世纪改宗伊斯兰教；家庭属于异族通

拍于贝尔格莱德

婚，他的后代同时拥有塞尔维亚、斯洛文尼亚和克罗地亚血统；父亲为了加入共产党而舍弃宗教，他则拒绝了共产党也拒绝了宗教。

简单地说：作为一个波黑导演，他电影里的塞尔维亚人或许该是反

派。但库斯图里卡喜欢"踩过界"。比如萨拉热窝人生活中怕讲方言土语被人瞧不起，库斯图里卡就让他们在电影里大讲俚语；他还用罗姆语和英语跨越了国族：关于吉普赛人的《黑猫白猫》 *(1998)*，关于美国人的《亚利桑那之梦》 *(1993)* 。但是这些跨越"边界"的理想和成功，巴尔干并不买账。贝尔格莱德文化界不欣赏，傲慢的克罗地亚知识分子嫌他"土"，家乡萨拉热窝认为他是个骗子，连南斯拉夫的《电影百科全书》都未收录他。库斯图里卡如同他的电影《地下》里漂离大陆的一小块土地，漂泊海外多年后回到贝尔格莱德：我在战争期间失去了自己的城市（萨拉热窝），现在这是我的家。他的家，是一座建在3000英尺山顶的乌托邦。

足球定江山

后库斯图里卡时代的新一代导演心无旁骛，坚守巴尔干核心议题：战争创伤。

塞尔维亚的斯尔登·葛鲁伯维奇是其中之一，《涟漪效应》 *(2013)* 的沉敛与库斯图里卡的癫狂截然相反。波黑战争期间的一场意外，如一颗石子在水面激起涟漪，十年后波及了德国、贝尔格莱德、波黑三个家庭五个人的命运。年轻的塞族士兵马尔克，营救被塞族军人殴打的穆斯林，反遭乱打致死。十年后，施暴者的儿子救了马尔克的父亲；马尔克的朋友为施暴者做手术——人道最终战胜了仇恨；马尔克营救的穆斯林，不顾一切保护马尔克的爱人——轮回般被暴打。这是一个真实的故事：在贝尔格莱德、波黑和塞尔维亚多地，都有这样一条街道——Srđan Aleksić 路。Srđan Aleksić 是波黑塞族居民，波黑战争期间为了保护受到塞族共和国军殴打的穆斯林而被塞军打伤，去世时年仅 26 岁。

赫瓦尔岛、斯普利特街头的 1950

即使到了 21 世纪，"创伤"与"憎恨"仍被视为理解塞尔维亚政治与社会生活的钥匙。新一代电影人试图跨越种族—宗教鸿沟，《涟漪效应》和《格巴维察》同样关于真相与战争后遗症，关注致歉缺席但复仇亦未发生的复杂情境。

随着加盟共和国一个个独立，直至 2006 年黑山最终剥离，被肢解得血流不止的不只是国家和人，还有足球。在克罗地亚的赫瓦尔岛与斯普利特，我所住酒店外的墙上都有哈伊杜克（Hajduk Split）的徽标。这支前南斯拉夫最著名的球队，已有百年历史，1950 年是它赢得前南联

赛冠军的年份。在世界足坛上，前南斯拉夫可谓强大；在欧冠历史中，仅有的两支东欧冠军球队之一便是贝尔格莱德红星。可惜炮火洗劫了荣耀，如今巴尔干足球天才们只能站在看台上落寞地眺望别人的世界杯。我至今记得，在 CCTV 电影频道《佳片有约》的舞台上谈《梦的味道》时，足球记者徐江忆起 2008 年他现场观战南斯拉夫足球队的最后一次飞翔时，眼里深深的憾然与感伤。

2010 年世界杯之际，塞尔维亚拍了一部热血沸腾的足球电影《梦的味道》，重温 1930 年南斯拉夫队作为仅有的四支欧洲劲旅参加第一届世界杯并取得殿军的往昔荣耀。以足球载喻政治，像是提醒世人更是提醒自己——折翅的巴尔干雄鹰、大塞尔维亚的梦啊！彼时已现的塞克冲突，于 1990 年代内战时达至巅峰。在前南联赛"贝尔格莱德红星队 VS 萨格勒布迪纳摩"一役中，红星队的 Ultra 球迷高唱"萨格勒布属于塞尔维亚"，迪纳摩的 Ultra 球迷则还以石块、焰火和酸液。就像《涟漪效应》中塞族军人对年轻人的一脚飞踢决定了日后众人的命运，迪纳摩队长的一脚飞踹也象征着南斯拉夫分裂的开始——我准备拿我的生命、职业生涯和名声所带来的一切冒险。皆因一个原因、一个理想，只为了克罗地亚。一年后，球场上的民族战争演变成战场上的民族战争。

暴力根植于民族之间，也根植于巴尔干足球文化之中。据说，斯普

今日街头

利特的哈伊杜克队拥有欧洲臭名昭著的 Ultra 球迷组织：1961 年，殴打一名取消了哈伊杜克一粒进球的裁判；1974 年，打伤约 40 名警员；1988 年，在马赛制造骚乱，令哈伊杜克队被欧洲禁赛三年。萨格勒布迪纳摩队的 Ultra 球迷组织不相上下：2000 年，在米兰与警方发生冲突，双方近百人受伤；放火烧了主席包厢；闯入训练场喝令球员脱光衣服，皆因他们认为这些球员不配穿上俱乐部球衣。

历史上，两次巴尔干战争使塞尔维亚兼并了科索沃、马其顿等地。由于科索沃问题，又诞生了另一对宿敌：阿尔巴尼亚人—塞尔维亚人。前者要求独立自治，后者要求领土完整。2016 年欧洲杯预选赛在贝尔格莱德举行，对阵双方正是这对宿敌。一架悬挂着支持科索沃独立旗帜的无人机飞过球场上空，瞬间引发双方球员、教练和球迷的冲突，比赛被迫中止。

谈巴尔干，不谈战争不可能，不谈足球亦如是，两者时常不可分。2012 年，另一个独立的前南共和国马其顿，也拍了一部基于真实事件的足球电影《一球定江山》。球队经理对球员的训话，听得出马其顿对政治依附的幽怨：我们要自尊，塞尔维亚逼迫我们讲他们的语言，现在名字还要被抹掉。直至二战时德军入侵南斯拉夫，塞尔维亚才在占领马其顿 20 年后撤军。犹太银行家一边说巴尔干人好战，一边从中发大财（同时援助希腊和土耳其）。这个细节想说明什么？说明他在政治上不选边站。因为他的祖先曾因选边站而受过伤。问题是，不选边站就能幸免于难吗？

足球运动员考斯塔和犹太银行家的女儿瑞贝卡相爱了，父亲对女儿嫁给一个东正教徒异常气愤，被抓去集中营时都没有宽恕她。故事亦是彼时巴尔干的缩影，尽管女儿认为"犹太教—东正教"不过是"处

女座—射手座"的差别，但是巴尔干无法理解不同宗教的人怎么可以在一起，两人的私奔令整个城市震惊。

《一球定江山》说：巴尔干就是这样，不是亲人就是敌人。库斯图里卡说："在我的国家，希望与欢笑比世上任何地方都更强有力，但邪恶也是如此，因此你不是行恶就是受害。"非此即彼，即是巴尔干。巴尔干人的幽默如吉普赛人的热情一样激烈，后者赞美某人"像吸血鬼一样优雅"，前者揶揄德国教练的行李箱"沉得像装了死去的德皇"。球队经理是个纯粹的人，聘请了富有经验的德国犹太教练。球员引用列宁的话反对："足球是劳工运动，不能找纳粹来当教练。经理说：'我才不管列宁喜不喜欢呢。'"这个跟足球结了婚的老单身汉以为足球可以超越政治，当发现不可能时，他自杀了。

伊斯特伍德的《成事在人》，讲南非总统曼德拉利用橄榄球外交推动黑—白种族融合；在巴尔干，足球担当了国家独立的使者。德国和保加利亚联军占领马其顿后，保加利亚当局要求马其顿球员举手高喊万岁，球员拒绝，日复一日被罚。与保加利亚队比赛，马其顿队输了，因为裁判作弊——要是犹太人执教的球队成为雅利安的冠军，领袖会剥了我的皮；与德军踢友谊赛，马其顿队被要求必须输，但是他们选择了赢。这是马其顿足球史上最厉害的一支队伍，之后这些球员再也没有踢过球，也许都在逃亡路中遇难。

电影之外，我在巴尔干常常遇到好莱坞明星海报。电影之内，也看得到美国电影很早在巴尔干流行：报童喊着——丘吉尔呼吁墨索里尼

贝尔格莱德的欧美中心

保持中立，还有克劳黛·考尔白的发型（好莱坞经典《一夜风流》的女主角）；片中男女主角约会，看的是美国电影《金刚》；教练为球队训话，举的例子是卓别林——重要的不是身型是心智；作为原型的马其顿球员，少年时成立的足球俱乐部，名字源于美国西部片《勇敢的心》。

《一球定江山》是马其顿导演米特沃斯基梦想了许多年的电影，后来又拍了天主教徒与穆斯林彼此射杀的《巴尔干黑帮》。马其顿国宝级电影《暴雨将至》 *(1994)*，即以三个故事讲述不同文化、宗教、民族间的误会酿就的悲剧。

巴尔干困于民族冲突的莫比乌斯环中，看巴尔干电影就像推西西弗斯的石头：荒谬，无解。好在出生于贝尔格莱德的一个巴尔干小子将西西弗斯的石头终于推上山顶，令塞尔维亚闻到梦的味道。我最难忘的一场网球比赛，就是德约科维奇与纳达尔的6小时世纪大战——2012年澳大利亚网球公开赛男子单打决赛。在打赢这场"史上最伟大的

拍于贝尔格莱德城堡

网球赛"之后，德约科维奇坐在更衣室里，掰下一小块最爱的巧克力，放在嘴里，感受它在舌尖慢慢融化，只准这么一小块。

4岁的德约科维奇，为修建球场的工人送外卖时结识了网球。科索沃战争爆发，12岁的德约科维奇只得出走慕尼黑学习网球。世纪大战

后的那一小块巧克力，抚慰着一个也许只有在炮火废墟中长大的孩子才能明白的喜悦。有人说，这位终结了费德勒与纳达尔王朝的塞尔维亚人，成功的理由很简单：他是最努力的一个。我想再加一条：他是最自律的一个。

德约科维奇

塞尔维亚的国徽，红色盾面上方有一顶金色王冠，盾面内有自拜占庭帝国时期就流传下来的南欧斯拉夫民族的象征——双头鹰。这场 6 个小时的史诗对决，也许只有倔强的西班牙公牛与坚韧的塞尔维亚雄鹰能够铸就。

私享 List

卡莱梅格丹城堡　圣萨瓦大教堂

在萨拉热窝等待戈多
SARAJEVO

萨拉热窝的土耳其区

《美好的一年》

《血与蜜之地》

《格巴维察》

《无主之地》

《瓦尔特保卫萨拉热窝》

巴尔干之梦

科波拉的《现代启示录》，从美国中尉在百叶扇窗前的喃喃自语开始——Oh，Saigon……

我的巴尔干之梦，从两百年历史的大教堂门前开始——Oh，Balkan……

我的巴尔干之梦

"欧洲火药桶"，何以心念至此？对于我们的父辈，它意味着：铁托＋社会主义＋《瓦尔特保卫萨拉热窝》。对于我，它意味着：齐泽克＋库斯图里卡＋无与伦比的混乱与复杂。无与伦比的混乱与复杂——单单说说，就已战栗。

有一次，库斯图里卡向科波拉解释自己的家族背景，讲了一个半小时，科波拉仍不懂。我想懂。但我懂的第一件事不是枪炮，是暗夜妖娆的老城与震天响的夜店。哪里是火药桶？分明是肾上腺。幸好所住酒店及时将历史拉至眼前，稍稍安抚了我的慌张——它的名字，就叫弗朗茨·斐迪南

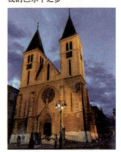

萨拉热窝老城教堂

(Franz Ferdinand)。这位奥匈帝国大公，于萨拉热窝遇刺，直接引爆一战。酒店旁边是大公遇刺的拉丁桥，样子平凡，却曾是不平凡的历史现场。

酒店里的大公与苏菲

政治人物遇刺并不新鲜。当年印度教徒与锡克教徒发生冲突，占人口大多数的印度教徒请求政府保护，时任总理英迪拉·甘地下令攻入锡克教金庙，随后被她的锡克教保镖刺杀。如果英迪拉是被"偏袒"所刺，那么喜欢周游世界与打猎的斐迪南大公也许是被"野心"所刺。

重要的地理位置总会惹来觊觎，巴尔干同样有一部外族占领史。走出酒店步行几分钟，就会看到奥斯曼帝国在萨拉热窝投下长长的影子——清真寺的圆顶尖塔、烤肉的飘香，让人恍惚置身土耳其。政治依附，在所有巴尔干国家的集体记忆中留下了一个大伤疤。它们分享了诸多文化特征、传统和习俗，也分享了痛苦的历史遗产：比如，拜占庭帝国统治保加利亚 200 年、统治希腊 400 年；奥斯曼帝国统治保加利亚人、塞尔维亚人和罗马尼亚人 500 年。

萨拉热窝的土耳其区

历史中，Turk 这个特定单词被视为"野蛮人""恶魔""怪物"。在保加利亚和塞尔维亚的传统民间文化中，父母吓唬小孩会说："要是不乖，就把你送给 Turk！"随着奥斯曼帝国的衰落，信奉东正教的塞尔维亚人建立了塞尔维亚王国。1912—1913 年的两次巴尔干战争赶走了土耳其人，扩张了塞尔维亚领土。你可以在 1935 年的电影《安娜·卡列尼娜》中看到：俄国军官渥伦斯基志愿参军去塞尔维亚与土耳其作战。一战后，南斯拉夫王国诞生——塞尔维亚—克罗地亚—斯洛文尼亚。二战后，并入波黑—黑山—马其顿，南斯拉夫联邦成立。因此，引爆了第一次世界大战的 1914 年萨拉热窝事件，需要放在一个由来已久的理想之下谈论：凝聚所有塞尔维亚人，建立"大塞尔维亚国"。

奥匈帝国强力遏制塞尔维亚在巴尔干的扩张，其对波黑的占领显然阻碍了后者的"大塞尔维亚"梦。1914 年 6 月的一个星期天，恰逢奥匈大公斐迪南与妻子苏菲的结婚纪念日，夫妇来到萨拉热窝视察，不幸遇刺。关于一战爆发的原因，几乎造就了迄今最繁复浩瀚的学术解读。我们的传统认知是：尽管萨拉热窝事件引发了 6500 万士兵参加、

1000 万人死亡、2000 万人受伤、欧洲十室九空的一战，但其本身并不重要。而今，英国历史学家克里斯托弗·克拉克在 *The Sleepwalkers*（《梦游者》）中说——不。他以现代视角重新梳理 100 年前的七月危机，将巴尔干从欧洲权力与财富的边缘拉回中心，挖掘政治决策背后的理性与情感支持，重在战争如何发生而非为何发生。刺杀大公夫妇的普林西普三刺客都是 17 岁的年轻人，他们被狂热的爱国主义和民族主义驱使，其实只是被政客当成炮灰的"梦游者"。

萨拉热窝事件，天降德国一个理由，旋即对塞尔维亚开始了以惩罚为名的轰炸。铁血宰相俾斯麦早已警告世人：千万不要卷入这个多事之地。这也是二战时希特勒对墨索里尼入侵希腊怒火中烧的原因。他在"欧洲火药桶"小心建立起微妙的权力平衡，望其成为入侵苏联的能源基地和军队集结地——最佳路径是穿越南斯拉夫进入希腊，再从希腊进攻俄国。但是不要忘记斯拉夫民族的血性，南斯拉夫怎会乖乖听话？拜占庭治下的精英部队由他们组成，日后敢与苏联老大哥决裂的也是他们。

时至今日，二战电影早已超越了正义或非正义本身。拍摄于 1972 年的《瓦尔特保卫萨拉热窝》，从叙事到境界难免有陈旧之嫌。但它才是中国人最耳熟能详的巴尔干词汇。在 1970 年代的中国，最受欢迎的电影不是红遍世界的《教父》，而是它。瓦尔特领导的游击队挫败了纳粹阴谋，而早在 19 世纪奥斯曼统治时期，波黑就成为一个游击队频频造反的区域，以盛产"罗宾汉"而自豪。

对于萨拉热窝人，瓦尔特是罗宾汉。对于中国人，瓦尔特是萨拉热窝。2016 年"瓦尔特"（演员日沃伊诺维奇）的去世，甚至在中国引发了一波民间怀念。

瓦尔特＝萨拉热窝

萨拉热窝之心

贝尔格莱德的东正教堂

萨拉热窝的天主教堂

也许，一切首先要回溯到：巴尔干是谁？

若表述得诗意一些——当我们谈论巴尔干的时候，我们在谈论什么？

居于欧洲、亚洲、非洲之间，南扼地中海，东扼黑海。居住着希腊、阿尔巴尼亚、保加利亚、罗马尼亚、乌克兰、土耳其、马其顿、塞尔维亚、黑山、克罗地亚、斯洛文尼亚与波黑人……然而有趣的是，巴尔干始于哪儿、终于哪儿的问题，自 19 世纪以来就悬而未决。

也许局外人会诧异，"巴尔干"这一话语，竟与"是或不是巴尔干一部分"的进退两难相连。巴尔干国家没有跟它们的地理位置较量，而是跟归属于它们国家共同体的负面的地区形象较量：保加利亚和塞尔维亚自认属于巴尔干；天主教 / 拉丁文的斯洛文尼亚将自己归于西方，视巴尔干为克罗地亚和塞尔维亚；而克罗地亚自认属于西方，给希腊和塞尔维亚贴上了巴尔干标签；希腊却自认是最早的欧洲人，用巴尔干指代保加利亚人；至于信奉正统基督教、使用拉丁文字的罗马尼亚人，否认自己属于巴尔干……于是，一个地理区域升级为一个道德范畴，诞生了在神话与社会心理现实之间不断摇摆的——"巴尔干心态"。

一方面，巴尔干民族所共有的社会价值与文化遗产，意味着最可能存在一个共有的区域身份；另一方面，巴尔干心态又是如此"刻板"，

萨拉热窝电影节：海报

被半岛上不同文化、种族之间的冲突夸大为地区神话。比如在 20 世纪土耳其的文学中：希腊男人在生意上欺骗土耳其人，希腊女人被描绘成妓女；而在保加利亚的历史课本中：希腊人被定名为"保加利亚的敌人"。学者也参与了神话的制造，比如声称保加利亚人是欧洲最早、最厉害的恐怖主义者，塞尔维亚人和阿尔巴尼亚人天生是杀手。

于是，巴尔干成了一种政治的文化的隐喻。恐怕没有哪个地区像它一样，每个国家都住着不同宗教的不同种族。以我走过的几个国家的教堂即见分别：塞尔维亚 / 波黑 / 克罗地亚，各自信仰东正教 / 伊斯兰教 / 天主教。种族与宗教多样化恶化了巴尔干国家的关系，地区领土转换多次，早前属于一个国家的领土后来被另一个国家占领。而我在萨拉热窝电影节上，就不断遭遇"边界"问题。

八月是文化繁盛的季节。上旬我于布达佩斯参加了世界规模最大的露天音乐节——西盖特音乐节，中旬又有巴尔干最重要的电影盛事——萨拉热窝电影节。电影节在老城举办，展映地点包括设有包厢的古老歌剧院、卖可乐爆米花的现代多厅影院，以及怀旧的露天夜场。

海报上的朱莉

除了映后的主创见面会，映前你会收到一张红色纸条，上面列出从 poor、good 到 excellent 的五个等级，观影结束后你可按心中评价撕下相应条码，放进门口工作人员手中的小纸箱里。夜晚的露天放映，耳边像一支由法语、德语、英语、意大利语、斯拉夫语合奏的交响

乐。1995 年，正值波黑战争硝烟弥漫、老城遭受围困时，萨拉热窝电影节诞生。如今成为萨拉热窝的重头戏，此间外国游客达到高峰。酒店的早餐时分，我们这些来自澳大利亚、加拿大、意大利、比利时、中国的爱影者，一边吃着煎鸡蛋烤面包、一边聊电影，交换观影感受、安排观影计划。

翻开片单，你会发现，萨拉热窝电影节的定位非常清晰。它知道自己是谁，从哪儿来，到哪儿去——主竞赛单元几乎全部出自巴尔干或关于巴尔干。即使骄傲如戛纳电影节，每年也会心存感激地接受好莱坞带来的全球曝光率。萨拉热窝电影节也邀请过安吉丽娜·朱莉与 U2 乐队的波诺，但是意不在明星光环。朱莉曾多次造访萨拉热窝，致力于难民重返家园的慈善事业，其导演处女作《血与蜜之地》即以波黑战争为背景，讲一个塞族男子和一个波黑女子的爱情故事。影片在波黑拍摄，角色由当地演员扮演，她因此获颁"萨拉热窝之心"。

2015 萨拉热窝之心：本尼西奥

这个夏夜，我见证了当代最杰出的拉丁裔演员本尼西奥·德尔·托罗的"萨拉热窝之心"。因《切·格瓦拉》受封戛纳影帝，凭借《美好的一天》收获巴尔干荣耀。你会问：一部西班牙导演 + 好莱坞明星的英语片，又与巴尔干何干？这部混合了公路片类型的黑色喜剧，正是以克族与塞族的冲突为背景。时间来到 1995 年波黑战争期间：战火污染了水源，为了让人们喝到干净的水，钻井工人于勘探中不幸身亡。尸体需要打捞，可是没有绳子。于是本尼西奥与蒂姆·罗宾斯两位国际义工开车上路！一路遭遇战后现实，终于找到绳子返回，不料联合国维和部队在井口"一分为三"划出了国家边界。由于越界，打捞被叫停、绳子被切断。不料一场大雨后，尸体自动浮起。

三种宗教、四种语言、五个民族、六个共和国、七条国界——前南斯拉夫可谓巴尔干"提喻"。二战时，在同盟国支持下成为南斯拉夫主政者的塞尔维亚，自然反对纳粹德国；海洋令其最富有、受教育程度也最高的克罗地亚，素来反感塞尔维亚，因而与希特勒合谋。2015年夏天，在贝尔格莱德火车站的中央草地上，我第一次目睹了大规模难民：来自伊拉克、阿富汗、叙利亚的穆斯林，欲穿越匈牙利，到达德国。不久，这场迁徙变成了席卷整个欧洲的难民潮。随着塞尔维亚将难民送至克罗地亚边境，克罗地亚开始限制塞尔维亚火车入境。塞尔维亚同样还以警告：如果不解除限制，克罗地亚克将面临政治、法律及经济报复。

现实所见，与《美好的一天》里"一口井分成三份"形成了呼应。在露天夜场观看这部电影时，人们从头笑到尾，可是走在午夜喧闹的老城街头，却甩不掉荒谬的悲凉。

战争让人相亲相爱

我的"巴尔干想象",始于《地下》。

而我的"巴尔干现实",始于弹孔和荒草相伴的战争废墟。

我于波黑战争十年后来到萨拉热窝,看不到炮火与仇隙,看到的是欢愉的后现代生活。只在古城僻静处,才会屡屡遇到炮弹轰炸的残垣断壁。夜店与废墟,哪一个更加超现实?我是来找炮火与伤痕的,找到时却不知所措,因为我从未真正见过炮火与伤痕。

我镜头里的莫斯塔尔废墟

库斯图里卡生于萨拉热窝,他少年时的梦想如今成真:影院里有好莱坞电影,时装店里有意大利皮包,酒吧里放着美国流行乐队 One Republic 的歌"不数美元数星星"。西方生活曾是铁托政治的补偿想象,而今何人识铁托?历次大战都少不了巴尔干身影,波黑夹在塞尔维亚与克罗地亚之间,原本就贫穷,战争加剧了贫穷。如今巴尔干失业严重,The High Sun 里的塞尔维亚年轻人打算一路南下,去港口城市斯普利特碰碰运气,而克罗地亚的年轻人想去国外谋生。

早在 13 世纪,这块土地上建立了一个信仰东正教的波斯尼亚王国,后被奥斯曼帝国吞并,居民改宗伊斯兰教。因此一直有学者认为,波黑的穆斯林是奥斯曼帝国的政策造就的:成为穆斯林可进入上层社会,改宗伊斯兰可免缴捐税。而让人眼花缭乱

在古城莫斯塔尔,喝土耳其咖啡

2016年土耳其发生恐怖爆炸，莫斯塔尔古桥亮起星月旗

的"民族—宗教"逻辑可以转译为：克罗地亚人是信奉天主教的塞尔维亚人，波斯尼亚人是信奉伊斯兰教的塞尔维亚人；反之亦然，塞尔维亚人是信奉东正教的克罗地亚人，波斯尼亚人是信奉伊斯兰教的克罗地亚人……

1991年斯洛文尼亚宣布独立，也宣告了前南的解体。波黑战争与克罗地亚战争打了三年，以及1998年的科索沃战争。这些冲突包括针对平民的袭击、人口驱逐、体系性强奸、战俘营，400万人流离失所。如同"刺杀希特勒"的德国故事经由好莱坞明星汤姆·克鲁斯的翻拍而广为人知，安吉丽娜·朱莉祭奠"斯雷布雷尼察大屠杀"纪念馆，也让我们知晓了二战后发生在欧洲的最严重的大屠杀。

1991年10月，占波黑人口多数的穆斯林族和克罗地亚族要求波黑脱离南斯拉夫，而秉持"大塞尔维亚思想"的塞尔维亚族当然反对。于是波黑战争打响，最终形成了穆克联邦与塞尔维亚共和国两个控制区。然而夜未央，1995年7月，波黑塞族军警以报复波黑穆族军队对塞族平民的杀戮为由，突袭斯雷布雷尼察，杀了当地8000多名穆斯林男子和男孩。当然，有人会认为：二战时，塞尔维亚是唯一反对与纳粹结盟的前南国家，亲德的克罗地亚政权"乌斯塔沙"曾对塞尔维亚人进行了种族大清洗。

今日巴尔干

如今行走街头，我看到平静，但是电影让人看到平静之下恐怖的战争幽灵。一如《柏林的女人》*(2008)* 将真相大白于天下——苏联红军解放城市时强奸了大量柏林女人，获得柏

林国际电影节金熊奖的《格巴维察》*(2006)* 也完成了一场面对。一对母女住在萨拉热窝城郊的格巴维察，生活波澜不惊。一次，学校要求出示父亲的"烈士"证明，但是母亲交不出，母女的争吵终于揭开伤疤：母亲曾是塞尔维亚人的穆斯林战俘，在战俘营被强奸后生下了这个女儿。

新一代巴尔干电影人倾向于关注"战争后遗症"，因为波黑战争时他／她们还是孩子。彼时格巴维察建立了战俘营，有男有女，屠杀与强奸交替发生。而波黑的问题在于：没有悔悟。于是在官方致歉缺席之下，萨拉热窝电影节创立了一个特别项目——用纪录片反映 1990 年代巴尔干战争暴行，向受害者致敬。

莫斯塔尔的战争废墟

波黑战争时，苏珊·桑塔格来到萨拉热窝，迎着炮火带领当地人排练话剧《等待戈多》。她在手记里写道——演员们和我避免讲有关"等待克林顿"的笑话，但是西欧和美国不干预的决定牢不可破……演出结尾，在信使宣布戈多先生今天不会来但明天肯定会来之后陷入悲惨的沉默，我的眼睛被泪水刺痛。观众席鸦雀无声。唯一的声音来自剧院外面：一辆联合国装甲运兵车轰隆隆辗过，还有狙击手枪火的噼啪响。

但是，国际维和部队来了就万事大吉吗？波黑导演丹尼斯·塔诺维奇获得奥斯卡最佳外语片的《无主之地》*No Man's Land (2001)*，暗讽了西方媒体将巴尔干苦难当作商业贩卖。波族士兵与塞族士兵不小心落入各自防线间的"无主之地"，面对一颗随时可能引爆的"跳雷"共同发出求救。维和部队 (法国人) 置之不理，拆弹专家 (德国人)

无能为力，睡在地雷上的士兵唯有永恒暗夜在等待。

巴尔干酝酿的一切几乎都具有政治争议性。片中两个士兵，可谓典型巴尔干纷争——

波族：你们最能干的就是打仗！

塞族：你烧了我们的村子，然后说那是你们的村子。

波族：你们强奸、杀戮，毁了这个美丽的国家！

塞族：是你们想要闹独立的，不是我们！

波族：因为是你们发起的战争！

然而，波族士兵并未杀掉塞族士兵，塞族士兵为地雷上的波族士兵垫了一个枕头……就像《格巴维察》里的男人说："妈的，战争才让人相亲相爱！"

库斯图里卡的电影一直有种暧昧性，很少把故事放进一个确切的背景，即使政治寓意如此强烈的《地下》**（1995）**，也在神话般的"很久以前有个南斯拉夫……"中开始，又在一群狂欢者脚下的土地一点点从大陆分离的超现实中结束。但是《生命有个奇迹》**（2004）**语意清晰地讲述了波黑战争时塞族与穆族因交换战俘而起的周章，狂放依旧，吉普赛叙情歌依旧，只是他罕见地给出了希望。

来到巴尔干，你会发现，它的日常存在就是一场超现实。

出租司机的手臂文身：他的宠物

欧洲的耶路撒冷

《横风之中》

　　萨拉热窝电影节，带给我从未有过的最沉重、最负累的观影经历。全部是战争和苦难。也许战争和苦难，才是真正的"萨拉热窝之心"。

　　巴尔干不容异己，但是萨拉热窝拥抱多元。获得评委会大奖的匈牙利电影《索尔之子》*Soul of the Son (2015)* ，随后问鼎奥斯卡最佳外语片，这是一部以全新的方法论重返奥斯维辛大屠杀的严肃之作。

　　前一分钟"走出"奥斯维辛集中营，后一分钟"走进"西伯利亚劳改营。1941 年，没有任何预警，爱沙尼亚、拉脱维亚、立陶宛的 10 万人被迫背井离乡；没有任何审判，妇女和儿童被扔在酷寒的西伯利亚。斯大林的这一命令，旨在清除波罗的海国家原住民——这就是来自爱沙尼亚的《横风之中》*In The Crosswind (2014)* 所要讲述的往事。当别处在娱乐至死，巴尔干却走出一批来势汹汹的处女作。你几乎没看过这样的电影：取消一切活动，演员变成静态雕塑，通过场面调度创造电影油画。如此先锋的影像，看似是 23 岁导演的年少轻狂；但在映后访谈中，他介绍这一极端手法源于文献与资金的极端匮乏——斯大林对爱沙尼亚的种族清洗，不仅未留档案，至今也未被清算。

　　萨拉热窝的秘密也许藏在这里：内心是自己的，胸襟是天下的。竞赛"巴尔干化"，展映"国际化"，这一年伍迪·艾伦的新片《无理之人》、梅丽尔·斯特里普的新片《瑞克和闪电》都是露天影院的热门。

萨拉热窝迷雾

　　历史中，萨拉热窝就是一座代表着某种多元主义理想的城市，在这里看得到清真寺、东正教堂、天主教堂、犹太教堂，人称"欧洲的耶路撒冷"。人口如此混杂、异族通婚如此普遍，想找到一个不代表三个种族身份的人恐怕都难。

　　巴尔干何以不像萨拉热窝这样包容呢？自文艺复兴以来，"欧洲观"就在巴尔干扮演了一个至关重要的角色。最早，这一"倾向于视自己为欧洲一部分"的观点，被希腊、保加利亚、罗马尼亚和塞尔维亚的知识分子和政治家，用来反对奥斯曼帝国统治下的东方主义。后来，它形成了巴尔干的集体自我意识。比如《保加利亚—芬兰跨文化研究》的结果显示：大部分芬兰人声称他们是芬兰人而不是欧洲人，而大比例的保加利亚人声称他们是巴尔干人也是欧洲。从社会心理学的角度看，巴尔干居民强烈的欧洲归属意识，也许充当了一个克服自卑感的重要机制。

　　巴尔干的自我形象，建构在双重话语上——一个坚持"自我"是历史或命运的受害者，一个谴责"他者"是自身失败的原因。血、恐惧和痛苦浸染了巴尔干文化，同时巴尔干文化又是一种对欧洲宽容和对邻国敌视的结合。对种族与文化"他者"的不容异己则是最大障碍——许多巴尔干人从不造访其他巴尔干国家，尽管他们到处旅行。因此，巴尔干的跨文化对话不是推动强烈的欧洲身份，而是培养对邻国的宽容。从"他者"中了解越多，偏见就会越少，例如一些保加利亚人自从开始与土耳其人做生意，对其敌意也减少了。纪录片 *Join the Team* 展示了保加利亚人与吉普赛人之间的冲突是如何逐渐减少的：他们建立了一个包括保加利亚人与吉普赛人在内的地区足球队。拥有一个共同目标要比敌对 20 年所累积的成见，更能使他们强大。

　　塞尔维亚人库斯图里卡，在政治上却强烈反对塞尔维亚的极端民族主义。波黑战争期间，他向激进党领袖下战书——在萨拉热窝街头手枪决斗！比起这惊心动魄的骑士宣言，我在萨拉热窝街头看到的另一幅图景亦有意趣：一群老者在下一盘巨大的国际象棋，日日如是。

　　作为一个局外人，我不知道这样的其乐融融之于巴尔干有多难，从零和博弈走向非零和博弈有多远。我只知道，巴尔干的混乱与复杂，曾经遥远地呼唤着我灵魂里的骚动不安。

　　现在，我走过战栗了。

　　现在，我可以安静了。

街头对弈

私享 List

老城　萨拉热窝电影节

克罗地亚狂想曲
CROATIA

萨格勒布的歌剧院

《太阳高照》

《审判》

《狩猎聚会》

威尔斯在赫瓦尔

马克西姆

令克罗地亚闻名的，是战争还是马克西姆？

1991 年克罗地亚战争爆发时，每天有上千颗手榴弹爆炸在他居住的小镇。这位集才华、英俊、Tatoo、耳环于一身的钢琴王子，于战火中演奏《克罗地亚狂想曲》*Croatian Rhapsody*，血色夕阳中的残垣断壁做了舞台背景，古典琴键上落下狂野与哀伤。

在首都萨格勒布（Zagreb）的闹市街头，Tatoo 女郎表演玩火，旅馆楼下的市立图书馆，正在进行 Tatoo 展，橱窗里的图片异常吸引人——下溯历史与部落，上溯明星和球员，一部珍贵的 Tatoo 文化史。不巧我到达时展览已结束，惋惜中询问管理员是否有画册可买。"整个图书馆只有一本，非常贵，并且不可以卖。"但是她请我写下电子邮箱。回国后我几乎忘掉这件事时，忽然收到图书馆发来的展览资料，包含全部 Tatoo 图片。谚语说得好：魔鬼藏在细节里。能够对一个陌生过客如此周到、诚信，令我一路走来颇感不佳的克罗地亚印象，忽而改观。

有亚得里亚海长长的海岸线保佑，发达成熟的旅游业成为克罗地亚的经济支柱。然而同为前南斯拉夫共和国成员，克罗地亚明显有别于塞尔维亚及波黑——海洋令其富有，人却不必要的傲慢，尤其相较热情友善的塞尔维亚人。

公共图书馆的 Tatoo 展

TRADICIONALNA HRVATSKA TETOVAŽA

杜布罗夫尼克

　　杜布罗夫尼克 *(Dubrovnik)*，因《权力的游戏》而声名大噪。这座完整的中世纪古城是天然拍摄地，无须多言的美以及全世界慕名而来的游客，亦使它的物价在巴尔干最高。旅游中心提供的一本详尽导游手册上，列出了购买博物馆套票可以享受折扣的餐馆、酒吧、洗衣店、商品店清单。参观完海事博物馆，我们在广场上喝咖啡小憩。结账时想起这家咖啡厅位列其中，便向侍者出示套票。对方的回复很冷很硬："应在买单前出示，现在电脑已经打出账单，不可能了。"随后老板走来，给出相同的解释与双倍的冷硬。我半开玩笑地缓和气氛："可是在您说明情况前，我并不知道这个规则。"不料老板大怒，将一件账单小事升至存在主义的哲学高度："你无法改变你的命运，我也无法改变我的规则！"我们面面相觑，我赶紧闭嘴、付款、逃走……

我在清晨的寂静古城

　　巴尔干电影里的"较真"与"较劲"，我在生活中真切遇到了。想象一下，在塞尔维亚或西西里发生这样的情形会怎样？或者像前者的公车司机一样，面对只有欧元的我们大手一挥——不用买票了！或者像后者的火车司机一样，面对因晚点而焦虑的我们，马上打电话让下一趟火车的司机等着——Don't worry！

　　是这种"较真"与"较劲"缔造了巴尔干火药桶吗？南斯拉夫内战已然疯狂——斯洛文尼亚战争（1991）、克罗地亚战争（1991—1995）、

《威尔斯在赫瓦尔》

波黑战争（1992—1995）、科索沃战争（1999）、马其顿纷争（2001）。克罗地亚的"反塞情绪"由来已久：历史上，它在两次世界大战中都投靠了塞尔维亚的敌人法西斯德国，都对本国塞族人与犹太人进行了大屠杀。1970年代克罗地亚掀起反对"一元化"运动，遭到铁托的严厉镇压；1980年铁托去世，再次点燃独立导火索。1991年第一次克罗地亚战争，因米洛舍维奇派志愿军援助，塞族得胜；改编自真实事件的《代号55》

(2014) 展现了克军被塞族及南联军围攻的情形：一辆装甲车遭遇伏击，克罗地亚士兵躲在一所房屋中进行了24小时战斗，直到最后全部被杀。1995年第二次克罗地亚战争，塞军惨败。独立后的克罗地亚境内，克族人口上升了约10%，塞族人口下降了约8%。

克罗地亚/塞尔维亚/波黑联合拍制的《太阳高照》*The High Sun*

(2015），是最典型的巴尔干叙事——同一对演员扮演三段不同的爱情，讲述30年间两个相邻村庄的两个民族的不容异己之苦。1990：克族男孩与塞族女孩相爱，无奈"边界"将两人阻隔，男孩用小号呼唤女孩，慌乱中被敌方击毙。2001：战争使家园荒芜，塞族母女执意回到故乡，重建家园时邂逅了善良的克族修理工，女孩混杂着报复与好感，与杀死爱人的"敌族"上了床。2010：克族男孩因父母之命，抛弃了塞族爱人，独自养大孩子的爱人无法原谅他。找不到出路、看不到和解之光的小人物悲剧，诠释了巴尔干大问题。

认识一座城难，认识巴尔干更难。赫瓦尔岛（Hvar），又将我的"克罗地亚印象"扳回一局。在这里，山间与大海就是生活本身。《国家

邂逅奥森·威尔斯

地理》专门做了一场"空中俯瞰克罗地亚"的主题摄影展，陈列在古城广场上。奥森·威尔斯亦曾至此，适逢其100周年诞辰，岛上最古老的酒店 The Palace Hvar 展出了《威尔斯在赫瓦尔》。不巧我到时展览刚刚结束，但是经理听说我爱这个男人，慷慨地为我做了一场私人展出！饱览之后，经理问："Everything is ok？"我特在酒店门前留影，为这跨越时空的相遇……

电影巨人的一生，也是与好莱坞巨头抗争的一生。由于在美国无片可拍，1950年代他来到欧洲，将目光投向新兴的电视媒体，甚至为英国电视台制作了一档《与奥森·威尔斯环游世界》的节目：维也纳的传统咖啡文化在浓缩咖啡入侵后面临的困境、马德里暴力的斗牛情节……

1956年，威尔斯带着和解之心重归故土。可是无论戏剧《李尔王》还是电影《历劫佳人》，均未能扭转这位天才的事业滑坡。心灰意冷的他再次来到欧洲，1962年，身型已变庞大的威尔斯在克罗地亚拍摄明星云集的《审判》：让娜·莫罗扮演夜总会女郎——依旧混合着疲惫、神秘与风情。威尔斯这样谈及莫罗："想给她点烟？小心烧了你自己的手指头！"罗密·施耐德扮演大律师的秘书，一只与其所有客户上床的小狐狸。她们的原型，也许都是《上海小姐》里的丽塔·海沃斯。

威尔斯将卡夫卡的存在主义小说幻化为一场梦境般的法庭经历，依旧卓绝的空间运用与隐喻——一个将人异化的巨大办公间，一个因莫须有罪名而遭指控的职员，一个疯子遍布的官僚系统。威尔斯来到克罗地亚拍了这部电

The Palace Hvar

影，也邂逅了"黑暗、美丽、异域风情"的南斯拉夫女子，他最后的情人：奥佳·柯达 **(Oja Kodar)**。柯达情人为他拍了一部珍贵的纪录片《奥森·威尔斯：单人乐队》**(1995)**，关于其未竟项目《风的另一边》。

《审判》

在遗作《赝品》**(1975)** 与《风的另一边》**(1976)** 中，威尔斯对艺术以及电影的大问题给出了大胆讽喻。《赝品》用一个半真半假的故事，一步步引爆我们的神经：技艺高超的赝品画家专仿毕加索。不，那不是毕加索作品，是赝品；不，那只是在一个擅长模仿其风格的无名画家的画作上加了一个毕加索签名；不，根本没有毕加索作品，完全是一个无名画家与画商合谋了这件事……威尔斯质疑艺术的本质，质疑确立艺术标准的权威——由画廊老板、策展人、博物馆馆长、评论家、收藏家、媒体、商人等组成的评价体系，真的可以规定什么是艺术？比达利画作更为超现实的是"达利骗局"：他变成了一台超级造币机，只需穿上睡袍，在空白画纸上签下自己的大名，一切便万事大吉。以致需要如是界定世界上的达利作品：25% 的千真万确，25% 的半真半假，其余全部假而又假……

《风的另一边》仿若夫子自道，同样讽刺了电影世界的诸多人格，包括质疑威尔斯的著名影评人。讲个小插曲：也许威尔斯和伊斯特伍德拥有一个共同的敌人——宝琳·凯尔。她曾抨击《公民凯恩》的编剧应该享有和导演奥森·威尔斯同等重要的功劳，谴责《肮脏的哈里》及其主角（暗示伊斯特伍德）是种族主义者和法西斯分

有彩色马赛克屋顶的圣斯蒂芬大教堂

子，致使这位演员至少超过十年被视为一个纳粹。因此，直到 1982 年《公民凯恩》的缔造者出乎意料地出现在美国电视上，公开赞美《西部执法者》并裁决伊斯特伍德是"世界上最被低估的导演"时，人们才开始留意这位成名于意大利西部片的美国明星。

有人曾问戈达尔，该如何表述奥森·威尔斯的影响力。他答得无比简洁："所有人的所有一切，永远都拜他所赐。"因此，大概只有他敢这样说、有资格这样说——

夏纳那些人都是我的奴隶。它的文化重要性早已在很多年前消失了。

我和梅耶·兰斯基（美国头号黑帮）很熟。所谓的上档次的黑帮，纯属好莱坞的创造。结果反过来成为真实的黑帮的人生理想。

对于大家顶礼膜拜的希区柯克，他同样犀利——

对于偷窥的电影还可以怎么拍，《后窗》全无悟性。

就是这样一个人，晚年找不到投资，拍他想拍的《李尔王》。一辈子从未向艺术妥协的天才，最后留下一句话——光阴流逝。真叫人掉眼泪啊。

古城之夜：宛若《权利的游戏》

权力的游戏

　　杜布罗夫尼克的完美城墙，成就了《权力的游戏》中气势恢宏的君临城。还记得"抗议乔佛里"一段吗？在这个漂亮的圆形台阶拍摄。城中商店里尽是剧集衍生品，宝座亦有。

《权力的游戏》取景地

　　杜布罗夫尼克曾是拉古萨共和国的所在地，而在远古时代，拉古萨由古罗马人兴建。外族统治的痕迹常在各种建筑中体现，波黑首都萨拉热窝有奥斯曼帝国的清真寺，克罗地亚首都萨格勒布扑面而来的是奥匈帝国的壮阔美学。1895 年的国家歌剧院傲立街头，1880 年的宫殿做了科学与艺术学院，展出罗丹雕塑的国家美术馆、圣马可教堂的马赛克屋顶漂亮之极。市民可栖的广场草地旁，气象罗盘实时显示着气压与温度。海事博物馆，讲述着历史中的克罗地亚一度压倒海洋帝国威尼斯。来到最后一个独立的黑山共和国，在老城科托尔的建筑中看到了醒目的威尼斯美学。

　　《狩猎聚会》*The Hunting Party (2007)*，拍摄于克罗地亚的萨格勒布与波黑的萨拉热窝，根据记者斯科特·安德森的战争报道改编而成。这位由大明星理·基尔扮演的战地记者，来到波黑追踪头号战犯、原波黑共和国总统拉多万·卡拉季奇，却陷入险境，不断被 CIA 追捕。外号"狐狸"的卡拉季奇是波黑战争领导人，对 7500 名穆斯林平民的斯雷布雷尼察大屠杀负有直接责任，

萨格勒布的美术馆

Split 古城影院

被国际法庭指控犯有种族清洗和反人类两项罪行。两万维和部队和全世界的赏金猎人在小小国土上搜寻了五年，直到影片拍完两年后才将其捕获。正应了片中卡拉季奇自己的话——抓住，比不抓住更尴尬。有趣的是，他在被追踪的岁月里竟然成了艺术家，出版了一部长篇爱情小说和五本诗集。

每到一城，我喜欢走走影院和书店，了解当地偏好。布达佩斯的电影书有昆汀·塔伦蒂诺与贝拉·塔尔，而各地的音乐书被鲍勃·迪伦占据。二战在巴尔干留下许多军事基地，克罗地亚的斯普利特（Split）便是一座军港，古城有间小图书馆般的别致影院，推门而入，如数家珍——门上是卓别林的背影；座椅上印着大导演、大明星的名字：帕索里尼、弗里兹·朗、三船敏郎；楼梯两边贴满了美国电影的海报：比利·怀尔德的《热情如火》、希区柯克的《鸟》、马龙·白兰度的《巴黎最后的探戈》《现代启示录》。无论身在何处，人人都爱经典，尤其是玛丽莲·梦露和马龙·白兰度。难怪伍迪·艾伦说："如果用我的一切去交换，最想成为白兰度。"

克罗地亚的足球和篮球都很强势。当我站在杜布罗夫尼克的古城墙上俯瞰蓝绿相间的现代篮球场时，忽而恍惚，这里不是处处上演着"权力的游戏"？离开的一年后，深受国际游客欢迎的唯一一趟国际班列"萨格勒布—萨拉热窝"突然停驶，因为两国铁路公司未能谈拢利益分配……

《狩猎聚会》中的记者说着令人难以反驳的话："在战场上，我的幸运符是冰冻啤酒和色情杂志，两杯下肚，温香软玉，平安无事。我

杜布罗夫尼克古城

知道，这么说冒犯了很多人的正义感，但离死亡这么近，又侥幸活着，你怎能不彻夜寻欢？"

军事历史学家尤瓦尔·赫拉利，发明了"肉体见证"（flesh-witnessing）这一术语。源自一战时一位法国老兵的话："一个不能用他的身体去理解战争的男人，是无法对你谈论战争的。"尤瓦尔认为"崇高"是宗教启示的浪漫对应物，它取决于一个人所遭遇的内在现实而非超验现实，他的案例即战争。作为一种极限体验，战争制造了恐怖，改变了所有参与者的人生，正是这一体验建构了新英雄主义——我们将战士视为英雄，是因为他所面对的、所做的、所感知的都远远超过了我们。

如同《战争狂人》**(1962)** 中的飞行员，将生命冒险的价值确认为孤独的冲动的喜悦，是对崇高的积极回应。如同《西线无战事》**(1930)** 的成功，是因为当前公众感受到被唤起的激情——这甚至不是关于战争而是关于存在的。

而在巴尔干，仿佛战争回应的没有崇高只有荒谬。《荒唐军令》*(2006)*中：在南斯拉夫与阿尔巴尼亚的边境哨所里，中尉过着百无聊赖的日子，一次风流后不幸感染梅毒。为了瞒过妻子，他下达一条荒唐命令，声称阿尔巴尼亚企图入侵南斯拉夫，全连进入战备状态……

而在巴尔干，电影里最离奇、最荒谬的部分才是最真实的。

从杜布罗夫尼克的古老石窗望出去的狂欢夜，美则美矣，只是无人奏响克罗地亚狂想曲。

私享 List

古城杜布罗夫尼克　夏季的赫瓦尔岛

萨格勒布的圣斯蒂芬大教堂　国家美术馆　歌剧院

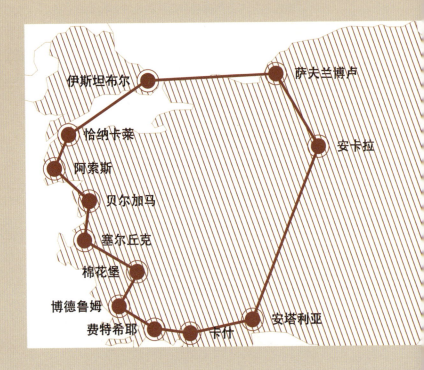

伊斯坦布尔　　　　　　　　　　　　薩夫兰博卢

恰纳卡莱

阿索斯　　　　　　　　　　　　　　　安卡拉

贝尔加马

塞尔丘克

棉花堡

博德鲁姆　　　　　　　　　　　　　安塔利亚

费特希耶　　　卡什

欧 亚

带着帕慕克，来到土耳其。

整整一个夏天，我领略了一个万花筒般的国度。从南到北，走了一遭；《一座城的记忆》，也从头读到尾。

整整一个夏天，帕慕克画着他的美人。后来美人去了瑞士。他寄出的信，从未有回音。他夜夜游荡街头，直到某天决定写作——

这座城，如此爱恋，又如此寒冷。

伊斯坦布尔于我，也意味着一场来不及赋予的柔情。

这是帕慕克的城，也是你的城。

伊斯坦布尔的忧伤
ISTANBUL

蓝色清真寺

《野马》

《远方》

《三只猴子》

《安纳托利亚往事》

《醉马时刻》

头巾也是政治

蓝色清真寺

来到土耳其，我从北到南走了一遭，始于伊斯坦布尔，终于伊斯坦布尔。

2014 年夏，站在酷阳下排着绝望的长队买票参观托普卡帕皇宫的那一刻，我想知道：帕慕克的忧伤是否少了一些？奥斯曼帝国瓦解后，世界几乎遗忘了伊斯坦布尔的存在。

也是这个夏天，当我躺在 130 年前的帕夏官邸的花园吊床上，土耳其正进行着历史上第一次全民直选。一个名叫埃尔多安的政治强人，即将以叙利亚、库尔德、击落俄罗斯战机等一系列焦点议题，将土耳其推至世界面前。

宣礼塔传出的诵经声，叫醒了最初和所有的清晨。说起来，这是我踏上的第一个伊斯兰国家。曾久居伊斯坦布尔的英国历史学家罗杰·克劳利，在这里写下《1453 君士坦丁堡之战》。俄国沙皇来到君士坦丁堡，被其美与荣华震撼，从此皈依东正教。这座连接东方与西方的最大都市，令阿拉伯人觊觎

国父凯末尔陵墓

多年，一次次攻城，一次次挫败。直到土耳其人以加农炮炸开固若金汤的城墙，将伊斯兰旗帜插上这座伟大基督教城市，终结了两大"独神教"长达 800 年的战争，也开启了奥斯曼帝国长达 600 年的辉煌。从此，它叫伊斯坦布尔。

土耳其用史上最贵的一部爱国主义大片《征服 1453》*(2012)*，重

温往昔雄强。穆罕默德二世完成伟大征服时只有 21 岁，21 岁便有如此远见：不强迫基督徒改宗伊斯兰教，旨在建立一个多元文化的世界帝国。他也成为仅次于凯末尔的土耳其图腾。造访凯末尔陵，反衬出前南斯拉夫奠基者铁托墓是何等落寞：绿荫护卫下的巨大广场、广场护卫下的高阔殿堂。这一日恰逢无人机航拍的青年纪念活动，人们一律身着黑衣、手腕盖上通行戳。

第一夫人的头巾

所到土耳其城市，最常见的是伊斯兰星月标志与国父凯末尔像。凯末尔的西化政策使这个拥有 99% 信徒的国度成为最世俗化的伊斯兰国家，这里的头巾还不及印度多。头巾也是政治。出生成长于英国的叙利亚第一夫人阿斯玛·阿萨德，不戴头巾且非常时尚，被法国媒体大力推崇：若以第一夫人来衡量谁更有资格成为欧盟成员国，叙利亚比土耳其更有机会。由于加入欧盟屡屡受挫，野心勃勃的新总统埃尔多安欲重回东方伊斯兰领袖地位。因此，公众视野中的第一夫人总是戴着头巾。

西化，也许可以对抗这个古老帝国的斜阳忧伤。1950 年代，土耳其街道上跑着美国道奇与雪佛兰，电影产量居世界第二。今天，与土超球队主席共享报纸版面的是"好莱坞明星罗宾·威廉姆斯去世"与"奥巴马道贺新总统埃尔多安"，酒吧放着 Coldplay，古剧场有 Jazz 音乐会。这也许可以解释，为什么在任总理 12 年、成功扭转经济危机及军方干政的埃尔多安在总统竞选中却以微弱优势胜出，我们遇到的不少当地人不满其伊斯兰化倾向。

早在 1930 年代，土耳其便跻身于世界上最早赋予女性选举权的国

我镜头中的土耳其男孩与女孩

家，而今的保守信号令人忧虑着局外人看不到的"铁栅栏"。《野马》
Mustang(2015) 仿佛在向这股倾向挑战，摄影机像观众的眼睛一样，
贪婪享用着土耳其乡村女孩未经雕琢的青春肉体。海边嬉戏时她们骑
在男生脖子上斗牛的一幕，让我想起乘船出海时一群从甲板上欢跳入
水的土耳其男孩：所有的青春都是恣肆的。很快，欢乐戛然而止。女
孩们的长发被锁进头巾，肉体被关进长袍，嫁人的嫁人，自杀的自杀，
只有小妹妹像匹野马般冲出铁栅栏逃往伊斯坦布尔……

　　土耳其的复杂，就在于许多彼此分裂的生活方式——东部与西部，
传统与现代，伊斯兰教与世俗主义。超级跑车之外的世界，也许一些
"荣誉谋杀"正在悄悄发生——在伊斯兰国家一些不发达地区存在着
一种可怕的习俗，如果一个家庭的女孩与别的男孩有染或被强奸，她
们的家人会亲手杀了她们。《自由之路》 *(1982)* 中，兄弟要处死当
妓女的姐妹；《伊斯坦布尔的幸福》 *(2007)* 中，美丽的乡村女孩被
强暴，表哥奉命将她带往伊斯坦布尔枪决。他没有扣动扳机，两人开
始了逃亡……乡村女孩的头巾与都市女大学生的比基尼就是土耳其的
分裂。原著作者兼国会议员李凡纳利还碰触了某些讳莫如深的事：强
暴女孩的恰好是下令枪决她的表亲，《野马》中也有自杀的女儿可能
被父强奸的隐晦暗示。

　　在博斯普鲁斯海峡的渡轮上，我遇到一对土耳其姐弟。镜头对准他

们时，小男孩无比灿烂地一笑，黑袍里的姐姐却避开了目光。我第一次见到黑袍是在新德里的一家传统印度餐馆，正大快朵颐时，不经意看到邻桌有一位严严实实裹在黑袍里的女郎，正思忖着她该怎么吃饭，就见她撩起头巾一角，用勺子将食物一点点送进去，看不到嘴，看不到脸，看不到咀嚼。颇有象征意味的是，这部出自土耳其导演、在土耳其拍摄的土耳其电影《野马》，却因法国班底和资金，最终代表法国参战奥斯卡最佳外语片。这是一份须经法兰西输出的自由吗？

不属于你的远方

观摩土耳其影院，好莱坞势力照例强大。弥漫大城小巷的电影海报，是这一年的史泰龙新片与吕克·贝松新片。比中国更同步，但是选择更少，世界第二的电影产量早已是过去时。

安塔利亚的一间餐厅挂满好莱坞明星照片，而这一年获得戛纳电影节金棕榈大奖的本土导演锡兰 *(Nuri Bilge Ceylan)* 却不见踪影。与帕慕克一样，锡兰成为当代土耳其的文化符号；与帕慕克不一样，锡兰站在了远离伊斯坦布尔的安纳托利亚高原。《冬眠》的主人公名叫 Aydin，在土耳其语中有"知识分子"之意，锡兰就是土耳其电影界的知识分子。纵使在 Cappadocia 拍摄，也对它的美枉然不顾，主人公闷在岩洞旅馆喋喋不休了三个半小时的中产阶级灵魂。

Cappadocia 被誉为"地球上最像月球"的十大美景之一。徒步在著名的红线上，一位希腊面孔的当地男子像童话里的向导一般降落，带我们来到外人不知的历史遗迹洞穴小教堂——曾是基督教徒躲避罗马教廷迫害的避难所。我们登上最佳观礼台俯瞰神奇的岩层地貌，临别时我收到一份礼物，是一串田地里采摘的葡萄……黄昏，我们造访黑暗教堂的斑驳壁画，其上载叙着 11 世纪基督徒的磨难——为避战争与禁忌，曾居地下 300 年；夜晚，我们走进拥有 765 年历史的古老驿站里观赏苏菲僧侣舞——既是肃穆的宗教仪式，亦是灵修的旋转舞蹈，全程屏息，静默可以这么美。我们

伊斯坦布尔街头的卓别林与卡夫卡

苏菲旋转舞

当然也没有荒废"地球上最适合乘坐热气球之地"的美名：凌晨喝过热咖啡，行至郊外等待黑暗中的点火与起飞，热气球漂浮过岩石山峦，看太阳一点点露出脸。落地时，"砰"的一声，泡沫四溢，香槟庆祝，新的一天刚刚开始。

这些美与神奇，锡兰统统不要。锡兰的Cappadocia没有壁画与舞蹈，没有香槟和日出；锡兰的伊斯坦布尔也没有蓝色清真寺与博斯普鲁斯海峡的夜色，只有我没见过的伊斯坦布尔的冬雪。《远方》*(Uzak, 2002)* 中，一个离了婚的摄影师表哥，一个失了业的乡下表弟，表哥窝在家里的沙发上看电视，表弟踯躅在港口的雪地里找工作。《野马》中，伊斯坦布尔是小女孩的远方；在这儿，伊斯坦布尔是表弟的远方。但是远方什么也没发生。表哥在表弟憧憬的远方打拼到一份工作和一间房，但他们都与那只被粘上纸板的老鼠无二：活着，却挣脱不得。

岩洞旅馆

人们喜欢拿锡兰联想塔可夫斯基，说《远方》充满安哲罗普洛斯的凝视。而我曾经抗拒锡兰，总觉他有谋求道德资本之嫌——土耳其明明美得不一样，他偏偏视而不见。时隔数年后重温《远方》，我的抗拒忽然瓦解了。他的人物被生活卡住了。谁都会被生活卡住。只要会被生活卡住，远方就是一场幻觉。

伍迪·艾伦的欧洲城市情书——《午夜巴塞罗那》《午夜巴黎》《爱在罗马》，充满了游客凝视，美丽地标悉数奉

热气球上的日出

黑暗教堂

上。而在《伊斯坦布尔的故事》*(2005)* 里，五位土耳其导演用五个小品呈现的不是游客凝视，是这座荣耀华美之城的黑暗角落。恐怕这就是局外人与局内人的观看之道。变性、异装、妓女、侏儒、黑帮谋杀、祖先幽灵——在午夜的下水道、败落的宫殿里，藏着各式各样的边缘人物和失意人生。这是一个游客看不到的伊斯坦布尔。遭遇妻子不忠的乐师在午夜街头大喊：我来到伊斯坦布尔，全是童话、谎言！我们要到另一个地方去，你这伊斯坦布尔的婊子！一个被黑帮父亲强行堕胎的小女孩，穿梭在大街小巷看尽一切，她存在又不存在。这个魔幻角色想说什么？"在所有城市中，最美的就是伊斯坦布尔。因为我从来没有见过它。"这座横跨欧亚两洲、被 2000 年历史浸染的奇幻之城，也许是所有人的远方。只是，这个远方并不属于你。

《三只猴子》*(2008)* 的故事与背景进一步复杂，锡兰的留白与克制也进一步"变本加厉"。一位参加竞选的议员，肇事一起车祸后，用金钱交换他的司机顶罪入狱。司机的妻子，为了给儿子买一辆车，向议员讨要协议中的一笔钱。议员的气派和气度岂是一介司机能比？女人爱上了议员。而政客的前途和家庭又岂是一介民女能换？议

锡兰的冬雪

员抛弃了她。发现奸情的儿子杀了议员，出狱的司机找到另一个可怜人，用金钱交换他的顶罪入狱……片名显然借用了"三不猴"的意象：不听、不看、不说。这个普通土耳其家庭里三只沉默的"猴子"始终出现在黑暗剪影里，依然是《远方》中被粘上纸板的老鼠：活着，却挣脱不得。

渐渐你会发现，背叛与不忠，是许多土耳其电影的叙事动力。《安纳托利亚往事》(2011)藏满了秘密，其中之一是妻子因丈夫外遇，以讳莫如深的自杀相逼。俯瞰着高原的苍凉，锡兰的野心也更大了。他的土耳其不像伊斯坦布尔、不像 Cappadocia，而像我造访的世界遗产小城 Safranbolu：中世纪建成，初始统治者为罗马人，11 世纪被土耳其人占领，奥斯曼风格自此蔓延。担当古老丝绸之路的重要驿站时，Cinci Han 已是最大客栈，而今熙攘不复，门前过客唯有一只不知谁家的狗。时见残瓦，不见喧哗，依山势而为的石板路，甚至要小心行走。走在凹凸不平的石板路上，我才猛然懂得了锡兰的土耳其。

从根本上说，《安纳托利亚往事》只有两场戏：一场夜戏，一场日戏，各占一半篇幅。检察官、警长、法医一干人等查找一宗谋杀案的现场，尸体找得不顺利，投奔村长家用餐休息。村长唠叨着没钱修墓

地，如今年轻人都离开村子，去了伊斯坦布尔，去了国外，被遗忘的老人没人管了。锡兰蓄意在一群男人中放进一个长达数分钟的温香软玉：会让人不小心咬掉舌头的烛光美人。事件本身，从来不是锡兰的重点，要在"无意"中寻找"有意"。像世界其他地方一样，土耳其也面临现代性和城市化的议题。在这个东西南北皆迥

异的国度，荒寒的风随时会刮断安纳托利亚高原的电，雨已经下了几个世纪，再下几百年也改变不了什么。这里没有明天。所以男人们看着美人，又震惊又惋叹，可惜了。

锡兰的"所指"散落四处，有待观众自

我建构。《远方》中，电视新闻是总理埃尔多安带领 AK 党赢得多数席位，而不幸故事的起点是一位政客；《安纳托利亚往事》中，首都检察官与地方警长仿佛对应着文明西方—落后东方，检察官不满警长对待罪犯的粗暴态度：这样怎么能够加入欧盟？

"呼愁"之人帕慕克，曾为自己的不逊言论陷入惊悚：三万库尔德人和一百万亚美尼亚人在土耳其被杀害，可除我之外，无人胆敢谈论。极端民族主义者将他告上法庭，极右黑帮势力欲对他行刺，连他的诺贝尔文学奖也惹上争议：支持者视其为文化先锋，有助于土耳其加入欧盟；反对者视其为机会主义者，给他带去国际声誉的屠杀言论，只会有损土耳其声誉。有人认为：土耳其始终不得欧盟认可，至少有屠杀库尔德人和亚美尼亚人的历史障碍。

警长因目睹受害者尸体而愤怒："为什么杀了他还要捆绑成那样？"警长保护着被群众扔石块的罪犯，受害者的孩子也是罪犯的孩子——这是一宗情杀案。但是来自伊斯坦布尔的检察官，并不关心"人情味"。锡兰的人物总是恨铁不成钢："想在城市立足就必须自己争取，学会一技之长！"旋即又揶揄："这样就能踩在他人头上，想怎样就怎样。"

我镜头里的 Safranbolu

权力结构演变是现代社会的一大命题。2014 年之前的土耳其尚非总统制国家，总理埃尔多安和他领导的正义与发展党，通过修宪改为全民直选，总统职位不再是礼仪性的虚职。全民直选

卡赞与"小卡赞"

的新总统是否真的塑造了一个"新土耳其"？科学是否带来正义？正义是否意味着人道？锡兰提出了现代性的悖论难题，却把答案留给了观众。

伊斯坦布尔是现代性的。在《伊斯坦布尔的幸福》中，正是首都的大学教授改变了乡村表哥的陈腐女性观——被强暴的女人是肮脏的；他的女人不可以和别的男人说话。但是锡兰和冈萨雷斯一样，没有简单膜拜"新阳刚"——知识、财富、权力，所代表的白色阳刚。这一次，《三只猴子》的悲剧循环被《安纳托利亚往事》悍然终止：法医掩埋了真相，保护了一宗婚外情的当事人——本质上是孩子。当然，法医的脸被溅上极具隐喻性的污泥（污点）。

在小镇邂逅的钱币

为什么锡兰一再表达着"远方"和"离开"？事实上，早在半世纪前，一位电影大师就痛彻心扉地表达着远方和离开。《美国，美国》**(1963)**，在虚实莫辨的画外音中开场——我叫伊利亚·卡赞，希腊裔，出生在土耳其的美国公民。一切源于我伯伯的一次旅程。这位拍过《欲望号街车》《码头风云》《伊甸园之东》，合作过巨星马龙·白兰度、费雯丽、詹姆斯·迪恩的巨匠，出生在伊斯坦布尔，4岁时与家人移民纽约。不如说，这是实现了美国梦的卡赞，回到土耳其拍摄的故乡往事：在伊斯坦布尔还是君士坦丁堡的1896年，年轻的希腊男孩一家过着赤贫的生活。

小亚细亚这块高原土地，曾属于希腊人和亚美尼亚人。后被土耳其占领 500 年，不堪压迫的人们，开始质疑和暴动。父亲饱含无限希望，将全部值钱家当包括母亲的祖传首饰装上驴子，送儿子上路，等待他在君士坦丁堡安身，改变一家人的命运。但是一路经历了屈辱与艰险后，年轻人放弃了一位富家小姐，登上轮船，前往他的梦幻乐土——美国。他逃离了耻辱的故土以及父权，父亲们甚至不允许女人说话——给她们舌头是上帝犯的错误。也许这是最早的移民梦。语焉不详的痛苦与隐秘，是安纳托利亚的往事，也是土耳其的往事。不懂高原的荒寒，也难懂伊斯坦布尔的幸福。

伊斯坦布尔：罗马人的地下水宫

以弗所：希腊四美德雕塑

没有尽头的自由路

看过庞贝古城再看以弗所，似曾相识。

这座"土耳其的庞贝"，是古代世界七大奇迹之一。希腊殖民者为它带来了拥有四美德雕像（仁慈—智慧—思想—学识）的图书馆，容纳25000人的露天剧院以及公民文化，罗马统治者不出意料地带来了大浴场。也许你从未把特洛伊想象在土耳其，那分明是希腊神话。

好莱坞热爱希腊神话，《特洛伊》 *(2004)* 中的木马、拍摄时布拉德·皮特与朱莉光顾的酒吧，已成为恰纳卡莱的电影地标。一战时为英国出征的澳新军团在此登陆，而今由阿迪达斯赞助的街头篮球场上，海风与月光任由少年挥洒。

伊斯坦布尔博物馆

梵蒂冈博物馆

正是这样的多元文化，铸就了土耳其的美。看历史在细部交互，最富意趣：在伊斯坦布尔的地下水宫，尽头处惊现美杜莎，这是早期罗马人所建的巨大储水系统，也成为大片《但丁密码》的地狱阴谋的终点；索菲亚大教堂，早已因耶稣马赛克画像与伊斯兰文字的交汇、上帝与真主共存而闻名。而我在伊斯坦布尔博物馆与梵蒂冈博物馆遇到的两座雕塑，又何其相似！

身为帕夏后裔的帕慕克，一直被"帝国斜阳"的忧伤包围，他甚至喜欢这种排山倒海的忧伤。在《伊斯坦布尔——一座城市的记忆》中，他开诚布公："我的一生不是对抗这种忧伤，就是让它成为自己的忧伤。"当你站在博斯普鲁斯海峡上，究竟是站在哪一端？欧洲还是亚洲？东方还是西方？只需看你如何提

索菲亚大教堂

起某些历史事件。比如拜占庭帝国建都君士坦丁堡，奥斯曼帝国改称伊斯坦布尔，这一"伟大奇迹"——于西方人而言，是君士坦丁堡的陷落；于东方人而言，是伊斯坦布尔的征服。而无论之前的希腊政府还是之后的土耳其政府，都曾犯下把各自的少数族裔当作人质的地缘政治罪。

锡兰曾说："我电影的主旨之一，是帮助那些孤独的人抗争。"在土耳其电影诞生 100 周年之际，戛纳电影节把金棕榈颁给他的《冬眠》*(2014)*，而土耳其收获的第一座金棕榈是 30 年前的《自由之路》*(1982)*。以公路片的形式，跟随五个获准回家一周的囚犯，进入法西斯时代的土耳其。如同一种互文，这部电影的制作本身就是一场自由之路：导演尤马兹·古尼 *(Yilmaz Güney)* 彼时身居牢狱，写下剧本并远程遥控执导了电影，逃往瑞士后完成剪辑。

博得鲁姆城堡的星月塔

有趣的是，这部电影藏在另一部虚实互文的电影中。《石头不会忘记》*(2014)* 以片中片的形式，进入后大屠杀时代的库尔德地区：一位伊拉克导演在此拍摄一部名为《安法尔大屠杀》的电影，童年时他的父亲是一位电影放映员，父亲偷放的影片正是被伊拉克列为禁片的《自由之路》，小侯赛因在银幕上看到的竟然在银幕下发生了——父亲和观众，被警察带走。

奥斯曼帝国没落后，土耳其走过一段专制恐怖岁月。同属人类历史上十次大屠杀，较之卢旺达，安法尔似乎陌生。古老民族库尔德，居于土耳其、伊朗、

传统歌唱

伊拉克边境的三不管地带——库尔德斯坦，分别占其人口的 20% － 10%。这个无国家民族的民族主义是独立，而他们的"自由之路"布满了屠杀。在伊拉克，萨达姆因害怕失去库尔德地区的石油资源，于 1987—1988 年实施了种族灭绝的"安法尔行动"，18 万库尔德人被杀。在土耳其，《战火重生》（2009）重温了那场因库尔德问题打了 25 年的内战：一个库尔德家庭即可窥豹一斑，小儿子被地雷炸断腿，另外两个儿子是仇人——一个加入土耳其政府军，一个加入库尔德游击队，后者以叛乱的恐怖分子之名遇难。几千村庄被遣散、200 万人被驱逐、3 万游击队员遇难，但是土耳其库尔德武装冲突依旧未果也无果。

我遇到的第一位库尔德人是在伊斯坦布尔近郊参加一日游的导游，风趣健谈，样貌不凡。土耳其政府最初以"土耳其没有库尔德人，有的只是忘记了母语、生活在山里的土耳其人"来定位他们，而后军事镇压其独立运动。近年为了加入欧盟，又采取了允许使用库尔德语、与库尔德工人党讲和等姿态。埃尔多安任总理时，曾就 1930 年代政府军屠杀库尔德人道歉，同时持守打压政策，不许库尔德人坐大。

被地雷炸掉腿的男孩，在巴赫曼·戈巴迪 *(Bahman Ghobadi)* 的电影里屡见不鲜。地雷遍布就是库尔德人的日常生存状况，而戈巴

影院里的美国

迪是历史上第一位"库尔德导演"。萨达姆当权的 30 年，也是禁止拍电影、禁止唱歌、禁止写诗的 30 年。看戈巴迪电影，就像用显微镜看库尔德历史：《乌龟也会飞》*Turtles Can Fly (2004)* 设置在

城之影 II
MOIVES × CITIES

伊斯坦布尔的忧伤
ISTANBUL

推翻萨达姆政权的美伊战争时刻，由于电视频道被禁，村里买来卫星天线接收 CNN 和 BBC 新闻来了解战况。美国大兵如救星，而在土耳其常常可见的美国文化也出现在电影里：戈巴迪的"孩子王"会说英语，知道小布什和泰坦尼克；锡兰的"检察官"在严肃刑侦中忽然说受害者像克拉克·盖博，逗笑了众人。《半月交响曲》*Niwe Mung (2006)* 设置在萨达姆政权倒台后，耄耋之年的库尔德音乐家终获许可，回家乡库尔德斯坦举办音乐会，但依旧是一条没有尽头的自由路。

在我们的普遍印象中，伊朗的儿童电影最动人。但是戈巴迪的孩童，有着《小鞋子》的温情无法抚慰的残酷。大人在边境走私，常被地雷炸死。小孩被迫做大人，以拆地雷谋生，随时有可能被炸断胳膊和腿。戈巴迪的女人也尽是屈辱：《半月交响曲》中，伊朗不允许女人唱歌，1000 多名女歌手被圈禁某地；《醉马时刻》中，美丽少女被伊拉克士兵强暴后生下孩子，她最终带着孩子投水自尽；《犀牛季节》*(2012)* 将政治推向荒谬，伊朗革命时期的一位当权者，因觊觎库尔德诗人妻子的美貌，以"撰写批判当局的政治诗歌"为罪名将二人逮捕入狱，女人在狱中被其强暴并生下孩子，重获自由的诗人得知真相后，寻到仇家共葬大海。

戈巴迪的人物常有预言本领：断臂男孩"看到"了汽车爆炸、战争打响、妹妹自尽……也许，在这个荒寒地带，唯一的救赎是神秘主义。

街头一角

蛋奶蜜之地

土耳其报纸，不乏热辣和噱头。图像时代，并不稀奇。这一点，不比德国。《汇报》也曾以图片迎合潮流，后遭民众批评，复归严肃品质：一版一图。我的德国朋友Florian 的观点是：民主不仅意味着选举，它本质上意味着尊重。

贝尔加马的瓜摊

全球化真的不可抗拒吗？古城小镇贝尔加马，用罗马统治留下的万神殿建筑、100 年前的帕夏老宅、西瓜摊、裁缝铺，静静保持着自己。这里与麦当劳、星巴克绝缘，跨国公司尚未到达，它尚未被同质化。赛米·卡普拉诺格鲁的"蛋奶蜜三部曲"，仿若印度雷伊的"阿普三部曲"，以约瑟夫的"乡村—都市"人生，讲述着土耳其心灵史。父亲以割蜂蜜为生，意外死于采蜂蜜。与寡母相依为命的约瑟夫，长大后以卖牛奶为生。对未来充满幻想的他，后来去了伊斯坦布尔，开了书店，出了诗集。年华渐去、激情退却，到了回乡参加母亲葬礼之时。蛋奶蜜是生活，也是隐喻：摩西带领族人出埃及，来到"流着奶和蜜"的应许之地；约瑟夫在家乡找到了爱情，从此留下。如同蛋奶蜜，马也是重要意象，在《我的父亲，我的儿子》中，来自伊斯坦布尔的孙子与身在乡村的祖父，因为一匹马，由陌生变亲近。让我好奇的是：贝尔加马是否会一直静静地保持着自己？迈向现代化的得与失是难以道尽的话题，就像我们：在一个现代大都市里享受繁荣的物质生活，再逃到一个未被现代惊扰的小城回归本然。

从叙利亚、阿富汗、伊拉克涌入的难民，成为土耳其与欧盟的谈判

电影《特洛伊》留下的木马

筹码。欧盟不接纳土耳其，土耳其就不接纳难民。待我离开不久，现实变得越来越超现实：炸弹炸在索菲亚大教堂的广场上，安卡拉的蓝天白云下发生军事政变。而在早前，巴黎爆炸、科隆骚乱、马德里地铁爆炸、伦敦地铁爆炸……

你问：欧洲怎么了？而真正的问题也许是：资本主义怎么了？巴迪欧分析过三种主导当今全球资本主义的主体性类型：一是西方"文明"的中产阶级的自由民主主体；一是西方之外那些"渴望西方"的欲望主体，它们模仿西方中产阶级的"文明"生活方式；还有一种是法西斯虚无主义者，他们对西方的羡慕嫉妒变成了一个凡人自我毁灭的仇恨。"渴望西方"的最明显表现就是移民/难民：他们想要的不是革命，而是留下他们满目疮痍的栖息地，重新加入西方发达国家的应许之地。那些留下的人则试图创建西方繁荣的可悲副本，像每个第三世界都市都有的"现代化"部分——咖啡厅、Shopping Mall……一旦走进，我立刻忘了身在何处——它可以是任何地方。

在《战火重生》中，库尔德家庭为躲避内战，来到伊斯坦布尔。"异装癖"的弟弟终于敢穿上裙子，却被传统的大哥一枪毙掉，悲情一家最终踏上回乡路。在《我的父亲，我的儿子》中，儿子在伊斯坦布尔成了左派记者，于军事政变中入狱，父亲则在伊兹密尔乡下过着家有仆从的农场主生活——乡土与现代的分裂，文明与落后的对峙，最终瓦解在父子情里。导演厄尔马克出生在伊兹密尔，如果他象征着土耳其的东方/乡土部分，那么锡兰象征着土耳其的西方/现代部分。前者在本土收获商业成功，后者成为欧洲电影节的宠儿；前者有煽情的音乐和眼泪，后者只有无言和远方。

拎茶盘的土耳其少年

抽水烟的土耳其男人

274

帕慕克曾经画画。一位美人做模特，整个夏天默默无言，画与被画。后来女孩被送去瑞士，这是彼时土耳其有钱人家的做法。帕慕克的家族没落，母亲劝他放弃画画，艺术家会饿肚子的。他给他的美人写信，写过七八封，寄出四五封，从未收到回音。他夜夜游荡街头，直到某天决定写作——这座城，我们曾漫游其间，如此爱恋，如此寒冷。

如今，是什么让这座"呼愁"之城爆发了原教旨主义的暴力？齐泽克说："当渴望西方的欲望无法得到满足，剩下的选项就是虚无主义的逆转，激进化为对西方杀气腾腾、同时自我毁灭的仇恨。"这种暴力只有在毁灭的狂欢中才能达到高潮，而不是认真去构想一个可选择的更好社会。就像"9·11"的重点在于摧毁纽约世贸中心双子塔，而非实现真正的基

我镜头里的博斯普鲁斯海峡

督徒或穆斯林社会的崇高目标。原教旨法西斯主义，正是从属于全球化资本主义的暴力方式。

尽管世界想起了伊斯坦布尔，也许帕慕克依然忧伤——

我的胃里有午饭

脖颈上有阳光

脑子里有爱情

灵魂里有慌乱

心里则有一股刺痛

私享 List

索菲亚大教堂　　蓝色清真寺　　地下水宫　　土耳其咖啡　　博斯普鲁斯海峡

卡帕多西亚的黑暗教堂　　苏菲舞蹈与热气球　　世界遗产小城萨夫兰博卢

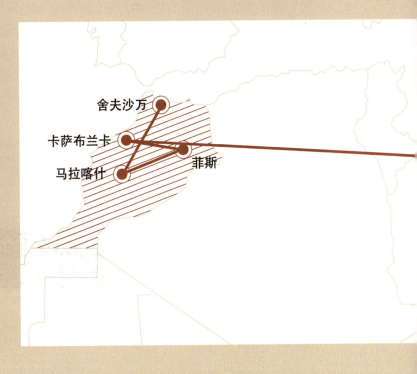

舍夫沙万

卡萨布兰卡

马拉喀什

菲斯

北 非

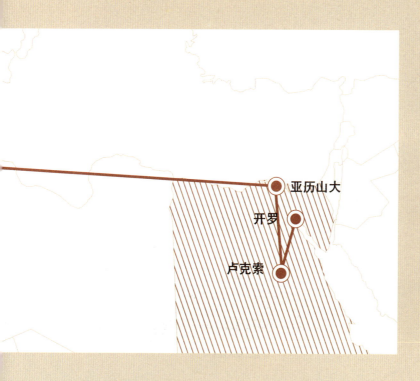

亚历山大

开罗

卢克索

《埃及艳后》令一个国度闻名。
《卡萨布兰卡》令一座城闻名。
亨弗莱·鲍嘉成为全世界的情人。
摩洛哥成为北非的情人。
而大西洋，是我的情人。

这一年，我失去了至亲。
大西洋，深深抚慰了我。
在洋的胸怀面前，海的美变小了。
它足以拥抱一切孤独与忧伤。
我看不够。无限想念。

卡萨布兰卡
CASABLANCA

哈桑二世清真寺

《擒凶记》

《卡萨布兰卡》

《爱乐之城》

《摩洛哥》

大西洋是我的情人

踏上菲斯的第一步，如此踟蹰。千条街道，该怎么走？

不过，我的 good luck 从开往菲斯的火车上就开始了。一等车厢如同老电影里的包厢，服务生推着餐车走来，西装革履的靠窗绅士周到地询问每一个人："要一杯 Cappuccino 还是 Americano？"面对突如其来的咖啡邀请，我慌忙婉谢……天色渐黑，乘客渐少，趴在厚厚的玻璃窗上试图看清这是哪里，身边的男士说话了，法语

blue gate

改为英语："菲斯是最后一站，你不必担心。"了解我的行程计划后，他打开手机，介绍了一家可靠的当地一日游公司，并提醒了相关事宜。他告诉我他是一位软件工程师，自己开了间公司，去过印度，如是比较两国差异：宗教对于摩洛哥人，已经转化为生活，人们祈祷但不知为什么祈祷；而印度人的宗教达至心灵。到站时，他为我取下行李并嘱咐："菲斯的夜很冷，你要多穿点儿。"

菲斯的麦地那古城

飞驰的出租车，戛然止于蓝门。跨进蓝门，就步入麦地那。机动车禁止通行，事实上也无法通行。踟蹰中，司机指着一位男士说："这是我的朋友，他会给你带路。"男士二话不说，拖起我的行李箱走在前面，一小段迷幻之旅后，来到了我的传统摩洛哥庭院旅馆前。他忽然低声凑近

说："我是个 gay。你知道，摩洛哥人比较保守，所以在这里有点闷……而英国人和中国人就开放些。"我这才注意到他的外表与当地人非常

不同——一顶黑色贝雷帽，一条黑色围巾，一身米白色衣裤。这个优雅斯文的人儿，来自米兰。

我来摩洛哥买东西。等你 check in 后，一起喝一杯好吗？

抱歉，我坐了 8 小时火车，很累……

那么明天傍晚 5 点到 6 点，我们在这里碰头，一起喝一杯或晚餐？

如果明天我们恰好遇到，就一起喝一杯……

菲斯的街头

菲斯的街巷，不仅曲折，时而窄到可以接吻……穿肠而过时，贝雷帽男士频频打趣："This is FES！This is FES！"菲斯来头不小。步入它的麦地那，就站在了伊斯兰文明的起点上。摩洛哥最早的居民是非洲的古老民族柏柏尔人，公元 7 世纪阿拉伯人进入，790 年在菲斯建立了世界上第一座阿拉伯城市，也成为摩洛哥最古老的皇城；而建于 859 年的卡拉维因大学是世界上第一所大学，如今成了清真寺。

街头，男人们专注地敲打着马赛克瓷砖与铜器。随时冒出当地男孩带你参观皮革染坊赚点小费，看楼下赤裸上身的染工，看楼上新鲜出炉的皮包。毛驴运输、手工制作，并非现代人眼中的奇观，而是菲斯人至今安之若素的中世纪生活。住进传统庭院，想起软件工程师的嘱咐："菲斯的夜很冷。"但是 Welcome Tea 让人温暖不少，接待员加旺了壁炉里的炭火，厨娘端来薄荷热茶与装在小 Tajine 里的蛋糕。夜半裹着三层毛毯望着无限高的天花板，有种恍惚感：仿佛时间不曾来过……而菲斯，正是《一千零一夜》的故事背景。

在摩洛哥，常遇到的传统食物是 Tajine（装在塔吉锅里的一种炖

菲斯的皮革染坊

菜），常听到的词是麦地那——Medina。很多城市都有麦地那，即阿拉伯人聚居区及老城。马拉喀什（Marrakech）的麦地那有非洲最大的露天市场，盘子的色彩与鼎沸的人声，不知哪个更热闹。耍蛇的、卖艺的、打鼓的，与漂亮地毯、鲜榨果汁、四海游客构成了天方夜谭般的日常，加拿大歌手为它写下《马拉喀什夜市》。"马拉喀什"是乔治·奥威尔的散文，也是电影热衷的取景地。1956年，希区柯克带着《擒凶记》来做"马拉喀什首映"。

早在1934年，希区柯克拍过一部《擒凶记》。而12年后的重拍，使他完成了向职业悬疑大师的转变。首先更改了三口之家的度假地：由瑞士变为摩洛哥——美国人一家乘坐"卡萨布兰卡—马拉喀什"的巴士，抵达了这座北非后花园。永远在片场穿西装、系领带的英伦绅士希区柯克，为了异域风情吃足了高温的苦头。·

《擒凶记》的马拉喀什

我镜头里的马拉喀什

第二个改变是激烈退场、机巧登场。两位大明星亦令新版升级——射击手"母亲"变成了歌手，由美国著名歌手桃丽丝·黛扮演，这一身份在片尾发挥了重要作用：通过演唱儿子熟悉的一首歌而唤醒了被做人质的儿子的呼救，这首歌也横扫奥斯卡与畅销榜。参加过二战的空军准将、"美国良心"詹姆斯·斯图尔特，他的医生角色亦曾供职于卡萨布兰卡的军方战时医院。经典一幕是阿尔伯特音乐厅的谋杀，杀手唯一的开枪机会是交响乐演奏中唯一的敲钹时刻——由是，枪声可以神不知鬼不觉地隐没在钹的巨响中。镜头在乐谱、枪口与钹之间交叉剪辑，我们的心几乎停止了跳动。

不曾造访马拉喀什的观众，不要忽略开篇。神秘人士带着美国一家欣赏了马拉喀什的著名集市。我住在著名的库图比亚清真寺边，距离集市不过三个路口。夜晚在露天泳池旁的躺椅上看星星，看一如电影里挂在清真寺间的弯月。

我镜头里的大西洋

而《欲望都市2》*(2010)*中四位纽约摩登女郎为之尖叫的奢华酒店，并不在故事设定的阿布扎比，而是马拉喀什的撒哈拉宫，从这里可以观赏阿特拉斯山。我坐在菲斯制高点——残垣城堡前的草地上，与青翠的阿特拉斯山对望，在发呆中挥霍了半天。俯瞰着下被白色墓碑环绕、上被黑色烟雾缭绕的古城，也许身边吃爆米花、滚草地的菲斯人会嘲笑我们"现代人"的荒谬时间观。何谓挥霍？时间又该用来做什么？你若问，我会答："This is FES."

在意大利导演加布里埃莱·萨尔瓦托雷斯的电影《马拉喀什快递》中，看得到摩洛哥与西班牙隔海相望：西班牙女孩驾车来到摩洛哥，营救关在马拉喀什狱中的老友……曾被西班牙占领的摩洛哥，另一种常用语是拉丁语。情人节这一天，我离开马拉喀什，来到卡萨布兰卡，住进 Hôtel Club Val d'Anfa。推开露台门，便是大西洋。午夜时分，依偎着涛声，但愿浪涛是你。

大西洋，看不够。在洋的磅礴面前，海的美变小了。它足以拥抱一切孤独与伤痛。漫步沙滩，踢球的少年不怕雨，冲浪的少年被海水淹没又探出头，他们生于豪迈。清晨打开落地窗，雨后的天空烧着了。随着园丁会意一指，我疯了般冲向海边。在大自然的恩宠之下，奔跑不尽。成群的海鸟盈盈停靠，又骤然壮观飞起。彩虹如天籁。昨夜怒吼的困兽，此刻是熟睡的婴儿。

终其一生，要像大西洋般磅礴又旖旎地活过、爱过。

你若问，我会答："This is Casablanca."

鲍嘉是全世界的情人

在酒店，抬头即见亨弗莱·鲍嘉与英格丽·褒曼的剧照。于我而言，大西洋是卡萨布兰卡；于世界而言，《卡萨布兰卡》 *(Casablanca, 1942)* 才是卡萨布兰卡。

《卡萨布兰卡》

在影院，看这一年横扫全球的《爱乐之城》*La La Land*。还有比这更神奇的吗？导演热爱《卡萨布兰卡》，而我正在卡萨布兰卡。男主角问女主角的问题，我也被问："你的鲍嘉，叫什么名字？"

《爱乐之城》

世界上有那么多城镇，城镇里有那么多酒馆，她却偏偏走进了我的——走进要求正装的 Rick's Café，就可以重温这句最美的台词了。海报、台灯、酒瓶、循环放映的电影，足以怀旧。奥森·威尔斯的《奥赛罗》 *(1956)*，令索维拉闻名于世，三面环大西洋的狂风与担当军事要塞的城堡，为莎翁戏剧营造了浑然的中古氛围。《阿拉伯的劳伦斯》与撒哈拉大沙漠，双双不朽地成为史诗。而里克酒馆相反，让这座城名声大噪的《卡萨布兰卡》并非拍摄于卡萨布兰卡。《爱乐之城》中，追逐演员梦的女主角在华纳片厂的咖啡馆打工，指着片场一个窗口说："这是《卡萨布兰卡》男女主角眺望的阳台。"她的房间里、街道的广告牌上都是英格丽·褒曼，艾玛·斯通也完美互文——像角色的偶像一样荣膺奥斯卡影后，甚至更年轻。

2001 年，身为超级影迷的前美国驻摩洛哥大使馆商业参事，在卡萨

我在里克咖啡馆

布兰卡买下这幢小楼，仿照片中场景，创办了这家著名的咖啡馆。相似的大门与窗扇、白色的拱形走廊、七彩玻璃灯、黑色雕花椅、流苏桌灯、长赌桌、钢琴曲、马提尼，唯有黑人琴师不复⋯⋯尽管 Rick's Café 不是真实的，但是人物与故事都有原型。二战期间，卡萨布兰卡成为欧洲逃往美国的经由之地，人们取道巴黎或马赛，揣着珠宝钱财与未卜之运，来到这座鱼龙混杂的城市，试图购买一张通行证，搭上飞往里斯本的飞机。

Rick 就在卡萨布兰卡开了一家人气很旺的夜总会，某日一对不速之客令这个冷酷的男人一改禁忌：与客人喝了一杯酒，**As time goes by** 再次响起。他们是逃避纳粹追捕的抵抗组织领袖维克多与妻子伊尔莎，而后者，正是令 Rick 念念不忘的人。半个世纪后，我试图找到《卡萨布兰卡》令人们念念不忘的秘密。比如电影的象征手法已然老派——雨水淋湿爱人的诀别信，也淋湿 Rick 的心⋯⋯那么，是什么成就了最经典的男人与爱情？警长如是介绍 Rick：他是那种人，如果你是个女人，你会爱上他。生于纽约、旅居巴黎的世界公民 Rick 自称对一切中立，包括女人——

里克，你昨晚去哪儿了？

这么早之前的事，我记不清了。

那你今晚会来吗？

这么远之后的事，我还没想好。

孤傲无情的外表下是个性情中人——

你从不对任何女人感兴趣。

她不是任何女人。

这个"一法郎买你的心事"的女人，就是他的心事。最终，"从不为任何人冒险"的 Rick，冒着生命危险用两张宝贵的通行证送抵抗运动领袖和妻子远走高飞。1942 年 11 月盟军登陆摩洛哥不久，影片在纽约公映。中立的 Rick 转变为反法西斯斗士，也隐喻了美国在二战中的态度转变，政治宣传完美缝合进旷世爱情中。

《广岛之恋》之卡萨布兰卡

罗杰·伊伯特说："《卡萨布兰卡》是一部为那些相信人性善良的人们拍摄的电影。"褒曼眼中有泪的绝美侧影与鲍嘉的伟大诀别，宣告了《卡萨布兰卡》的永恒。20 年后，《广岛之恋》的男女主角在一间名为 Casablanca 的酒吧相见。40 年后，一位叫帕蒂·希金斯的歌手写下《卡萨布兰卡》——看这部电影时他坠入爱河，她成了妻子，歌曲成了经典。70 年后，《阿甘正传》的导演罗伯特·泽米吉斯回到 1942 年的卡萨布兰卡，《间谍同盟》*(Allied, 2016)* 再次缝合了战争与爱情。

第一个镜头，男主角降落在撒哈拉沙漠上。盟军反情报特工马克斯与法国维希政府卧底玛丽安，为一项危险的北非任务扮成夫妻，不料假戏真做，任务完成后回到伦敦过着宁静的婚姻生活。某天，马克斯被告知妻子可能是纳粹间谍；而受纳粹威胁的玛丽安，为保全家人牺牲了自己……尽管"布拉德·皮特＋玛丽昂·歌迪亚"无法复制"鲍嘉＋褒曼"，但是卡萨布兰卡的悲伤被复制。

尽管黑白变成彩色、Rick's 咖啡馆变成 Seb's 爵士俱乐部，但是《爱乐之城》镌刻着《卡萨布兰卡》的悖论——最刻骨铭心的，常是那些擦肩而过。《爱乐之城》的色彩，与其说是

La Sqala 餐厅

洛杉矶的，不如说是卡萨布兰卡的。彩色国度摩洛哥，有白色之城卡萨布兰卡、红色之城马拉喀什、蓝色之城舍夫沙万。Rick′s Café 数十米外的 La Sqala 餐厅，置身于古城墙内，在安达鲁西亚式花园中，你可以享用一顿如色彩一般浓郁的摩洛哥传统美食。

《爱乐之城》

　　世界上有那么多城镇，城镇里有那么多酒馆，她却偏偏走进了我的。《爱乐之城》中的米娅，也偏偏走进了塞班的爵士俱乐部。擅长解构幻想的齐泽克当然不会放过这个幻想。这部电影留给我们的最大困惑是：为什么男女主角没有在一起？如同.《泰坦尼克号》里的冰山，《爱乐之城》中将他们分开的各自的成功事业，也许是为了拯救爱情之梦的。如果在一起，他们会变成一对痛苦失望的夫妇。

　　一部有着黄金时代音乐片所有奢华活力的电影能否令愤世嫉俗的现代观众产生共鸣？在一个完全现代的背景中能否做一部美高梅风格的现实主义音乐片？在音乐片的黄金时代大约半个世纪后，这无疑是一个野心勃勃的目标。

　　在音乐片中胳膊大腿的大幅切换与特写镜头已成习惯的几十年后，导演达米安的方法显得具有革命性——以令人屏息的长镜头技巧与不间断剪辑，重启"蒙太奇"VS"场面调度"之战。他在如此年轻的年纪（30岁）如此信任这样一种似乎过时的电影方法，也像个奇迹。但是达米安没有赋予他的主人公奇迹，《爱乐之城》的现实主义首先在于逃脱了黄金时代音乐片的大团圆结局。电影的最终版本是对这个终极情景的反转：米娅与塞巴斯蒂安在俱乐部里相遇，在幻想中作出相反的选择，在一起过着平凡的生活……"至少避免了廉价的乐观主义：把两个世界最好的东西合到一起，既要继续当富有的资产阶级，又要做有人文关怀的爱侣。"

　　达米安试图在经典叙事修辞与洛杉矶现代生存之间保持平衡——因此建立了一种非常规的语境，联姻了独立电影与迷人的老套路。那么，不同于他热爱的《卡萨布兰卡》，达米安的主人公没有在一起是否缘于一种后现代主义自恋——偏好个人成就甚于爱情？齐泽克说正相反。他们都是因为爱情才在各自事业中取得了成功并实现了梦想，爱情并非障碍，反而"斡旋了"成功。

　　金·维多的《狂想曲》给我们上的基本一课是：为赢得所挚爱的女人的爱情，男人必须证明他能够在没有她的情况下幸存下去，证明他偏好他的使命甚于她。只有在他熬过这一磨难并成功地完成他的任务，同时因为她的抛弃而深刻受创的时候，他才配得上她，她也才会回到他身边。也许没有什么爱情比革命爱侣的爱情更伟大了——他们中的每一个都做好了在革命需要时抛弃另一个的准备。难道米娅不是在对她的事业做出"列宁主义"的选择吗？

我的大西洋后花园

也许，这就是我苦苦思索的"卡萨布兰卡之谜"——为什么鲍嘉成为全世界的情人。送走伊尔莎后，Rick 继续在摩洛哥漂泊（他的内心依旧是个流浪者）。然而 Rick 作出的不正是"列宁主义"的选择？为了保全抵抗运动领袖（伊尔莎的丈夫）即反法西斯事业本身，他背叛了爱人（原本答应与伊尔莎一起远走高飞的，她不想再错过最后的机会）。他曾因她的抛弃而深刻受创，但是他熬过了这一磨难并成功完成他的任务——一个曾经的革命者后来颓废，直到再次充满崇高的激情。

Rick 仿佛窥到了未来。他对她说的最后的话——永志不忘。

我们知道，她会永志不忘的。

摩洛哥是北非情人

摩洛哥曾是法属殖民地，至今讲法语。发明了电影的卢米埃尔兄弟，来到这里拍了《摩洛哥牧羊人》*(1897)*。而冈萨雷斯的《通天塔》*(Babel, 2006)* 始于摩洛哥牧羊人，为了驱赶吃羊的豺狼，牧羊人用五百块钱和一只羊交换了一把来福枪。

哈桑二世清真寺

也许受卡萨布兰卡的旷世爱情启发，一对试图修复情感的美国夫妇来到摩洛哥旅行，妻子遭遇牧羊人儿子无意中的枪击，由于被美国政府定性为恐怖袭击而拖延了抢救……或许因为摩洛哥的神秘，《擒凶记》《通天塔》《间谍同盟》都将神秘谋杀放在了这里。但是冈萨雷斯也窥到了摩洛哥人的淳朴：司机帮助美国男子拯救妻子并拒绝了他的美元。最终：直升机从原始的山地村庄飞过哈桑二世清真寺，在卡萨布兰卡迎来明天（美国女人得救）。

作为摩洛哥第一大城市，卡萨布兰卡位于北非与欧陆的交会处，既传统又现代。7 世纪由柏林人建城，始称 Anfa，至今城中有个 Anfa 区。在罗马人治下，这座城成为大西洋沿岸最繁荣的港口。15 世纪地中海沿岸遭海盗侵袭，葡萄牙国王一怒之下发动战争摧毁了 Anfa。16 世纪葡萄牙人在此建立军事要塞，18 世纪西班牙统治者始称"卡萨布兰卡"。

1904 年摩洛哥由法国和西班牙瓜分，1912 年受法国保护。1956 年获得独立后，阿拉伯语才取代法语成为官方语言。如今，建筑讲述着卡萨布兰卡的复杂历史：装饰艺术、 东方主义、现代主义、新艺术、

马若雷勒花园

包豪斯。最著名的地标，当属融合了摩洛哥风格与传统伊斯兰建筑的哈桑二世清真寺，它饱含着国王的愿望：一座建在海面上的清真寺，信众在坚实土地上颂赞造物主时，也能够静思真主的天空与海洋。

我在火车上邂逅的软件工程师，亦将今天的摩洛哥文化定义为 Mixed：许多柏柏尔人已被阿拉伯化。在宁静的山间小镇舍夫沙万，还见得到柏柏尔人：长袍大帽，背影像一部哥特电影。在马拉喀什最著名的马若雷勒花园，博物馆收藏着珍贵的柏柏尔人部落服饰。这座有着众多珍稀植物的美丽花园，是法国设计大师伊夫·圣·罗兰与同性爱人的伊甸园。当名流文化在今日法国方兴未艾，法国人开始在全球树立自己的文化标杆，有时尚先锋香奈儿、哲学家萨特与波伏娃，而以神似的腼腆和优雅摘得恺撒影帝的《伊夫·圣·罗兰传》*(2014)*，记录了他重要的马拉喀什篇章。

这位生于阿尔及利亚的天才在巴黎声名鹊起，成功而疲倦后，与爱人骑着摩托车来到马拉喀什。在街上、在墙上、在阿特拉斯女人们穿的衣服上，他发现了光影与色彩。红、黄、粉红和摩洛哥蓝，走进他的服装里。1960 年代轰轰烈烈的青年运动，使腼腆的 Yves 蜕变为酒精、毒品与性的嬉皮士，吃了摩洛哥的大麻椰枣而迷幻，全裸拍照像巨星一样耀眼。革命是个横扫千军的卖点：1966 年，他的吸烟装横空出世，"解放系列"让新女性穿上男士礼服以示反抗；1968 年，"撒哈拉系列"的丛林夹克诞生。吸烟装的灵感女神后来担任 Yves 的配饰设计师，她和她的作品亦出现在花园里。

马若雷勒是 Yves 的梦幻花园，它的蓝色被命名为"马若雷勒蓝"。最终，Yves 隐居并长眠于此。死生契阔的爱人写下：

我不知道如何说再见

但有一天我会去摩洛哥的棕榈树下找你

摩洛哥总是赋予我们幻想——幻想有一间自己的亨弗莱·鲍嘉等在那里的酒馆，幻想有一座自己的马若雷勒花园……

《摩洛哥》玛琳·黛德丽

德国著名导演冯·司登堡与玛琳·黛德丽的伟大合作，亦始于摩洛哥。在《摩洛哥》*(Morocco, 1930)* 中，黛德丽正是以一身吸烟装倾倒众生，也成为黑泽明的影史十佳。当歌女遇到雇佣兵，两片飘摇的浮萍惺惺相惜：我们这些女人只是不穿军装、没有旗帜，也没有人为我们的勇敢颁发奖章。如果我们受伤，没有伤痕。玩世不恭的男人动了真情：我变成了一个受人尊敬的人，获得了新生，我爱上了一个人。

最终，离开富商，脱掉高跟鞋，歌女毅然变成了一个普通的从军妇女，陪着爱人奔赴战场……前国王哈桑二世形容得妙：摩洛哥像一棵大树，根部深植非洲土壤，枝叶却呼吸着欧洲吹来的微风。欧洲人／美国人来到摩洛哥，经历了意想不到的事——成为摩洛哥电影的经典叙事模式。凯特·温斯莱特在《北非情人》*(1998)* 中变成了伤心的英国少妇，为摆脱风流的诗人丈夫，带着两个小女儿来到马拉喀什。以做布娃娃、为柏柏尔诗人当翻译为生，并爱上了一个英俊的杂耍艺人。那是 1970 年代的摩洛哥，在她的北非情人看来，英国才是天堂——你怎么可能没钱呢，你可是英国人啊！可是在凯特看来，有苏菲教的摩洛哥才是天堂，欧洲已经没有内心生活了。到头来，凯特依旧流浪、拮据。北非情人卖掉戏服，买了三张火车票，将她与女儿送回伦敦。

蓝城舍夫沙万

　　英国人来到摩洛哥幻想获得重生，摩洛哥人来到巴黎梦想获得成功——这就是典型的文化幻觉吧。丽姆·柯里奇自编自导自演的《不顾一切回巴黎》*(2013)*，堪称当代摩洛哥的自我叙事，而非外来叙事。这个国家的电影中心，曾经依据法国模式建立，接受法国管理、放映的也多是进口片。

　　直到 1956 年独立后，摩洛哥才开始寻找自己是谁。这部浪漫喜剧如同一场文化隐喻：从事时装设计的摩洛哥女孩因在巴黎的居住证过期而被驱逐出境，不得已回到多年未归的马拉喀什。她嫌家乡又穷又脏，以时髦的巴黎女郎自居，充满优越感，不顾一切要回巴黎——甚至不惜跪在签证官面前。故事走向可想而知：质朴的家乡赋予了她灵感和爱。新系列需要皮革束腰，奶奶说——这可是皮革的国度啊！于是她们上演了我们在菲斯的经历：拿着薄荷叶（抵御浓烈气味）来到皮革染坊。混合了摩洛哥风情与法国时尚的设计征服了法国老板，也为她赢得终身职位。她爱的法国曾将她驱逐出境，现在她找到了摩洛哥身

《北非情人》

份认同：我知道自己是谁，从哪里来，又将去向哪里。这部电影与《伊夫·圣·罗兰传》在主人公来到马拉喀什时，使用了同一首空灵的歌——Lighthouse（灯塔）。

　　摩洛哥的现代性被新一代书写。常在各地见到国王肖像，舍夫

三毛与荷西的故居所在

沙万的小旅馆挂着他们一家的幸福照片。相较于将清真寺建在海面上的虔诚老国王，新国王更像个西化的好莱坞明星。真正的童话不是《卡萨布兰卡》，是他改写了国家历史的爱情故事：美丽绝伦的电脑工程师萨尔玛，既是第一位摩洛哥平民王妃，也是第一位勇敢拒绝阿拉伯规则、在公共场合露面、不着面纱黑袍的摩洛哥王妃。新国王为了迎娶王妃而修改宪法，废除一夫多妻制；400年来是个谜的摩洛哥王室私生活，也被他昭告天下。

而中国人最熟知的摩洛哥童话恐怕是撒哈拉：三毛与荷西的伊甸园。他们去过的邮局和教堂还在，只是住过的房子换了新人。经过一个月的舟车劳顿，抵达菲斯已是身心疲倦，一心想直飞卡萨布兰卡。正是来自撒哈拉的男子说："你应该去舍夫沙万，很美。"

作为一个最喜欢的颜色是蓝色的人，舍夫沙万就像我的童话。雨水清冷、苍山迷雾，让游走更浪漫。这个无比宁静的山间小城，曾是逃难至此的西班牙摩尔人所建的独立王国，后被并入摩洛哥。雨夜，在咖啡馆的壁炉前烤火取暖，老板请我喝着伏特加、聊着闲散事，脚边卧着有着金色眼睛的黑色猫咪。

撒哈拉男子

离开菲斯时，撒哈拉男子买了Yogurt与巧克力给我当早餐。抵达舍夫沙万时，他发来信息：你还感到累吗？

也许，每个人一生都该有一个北非情人。

私享 List

大西洋　哈桑二世清真寺　里克咖啡馆　蓝色小城舍夫沙万

开罗紫玫瑰
CAIRO

《十诫》之劈开红海

《尼罗河上的惨案》

《开罗时光》

《亚库比恩公寓》

《埃及艳后》

《十诫》

《萨拉丁》

金字塔与尼罗河

有个传说：埃及法老的坟墓里，盛开着紫色玫瑰。《开罗紫玫瑰》
(The purple rose of Cairo, 1985)，是我最喜欢的伍迪·艾伦，亦
是伍迪·艾伦最喜欢的自己。

1930 年代美国大萧条时期，电影院成为人们的避难所。一
位餐厅女招待日日走进影院，把上流社会谈论冒险与爱情的
《开罗紫玫瑰》看了一遍又一遍。她有个糟糕的丈夫与贫乏
的生活，可是有一天，男主角忽然走下银幕并且爱上了她。
而她爱上了扮演男主角的大明星。最后，一场私奔破灭：男
主角回到银幕里，女招待回到令人失望的家，大明星继续做
大明星。这部绝妙的自反作品，在戏剧—现实之间惊醒黑暗
中的观众：电影是一场幻觉。

《开罗紫玫瑰》

就像开罗。从机场去往老城的出租车上，我的心，一点
点沉。《埃及艳后》的故乡，不是该风华绝代？老城"伊斯兰开罗"，
顾名思义。尽管有着"保存最好的伊斯兰古代文化与建筑"的名声，
但是贫穷与混乱、修复脚手架、满街黑袍遮蔽了它的光华。这里的人
们热衷 Selfie，这里的人们争相与你 Selfie。也许难以出门看世界，所以
好奇地看着来到眼前的世界？

开罗大学

我还被一路贫民窟般的破败惊诧了，
尼罗河边屹立着一幢幢烂尾楼。埃及对完
工建筑征税，上有政策下有对策：有些窗
口飘荡着住家的衣服，有些窗口飘荡着空
洞的风，只要存在未完成，就不能说已完

开罗帕夏宅邸

工。归根结底，不是狡诈，是穷。躲进远离老城的高地公园，终在一处漂亮的帕夏老宅邸，觅到一角宁静。

卢克索之夜，在当地人推荐下，来到卡纳克神庙看灯光秀。古埃及最大的一座神庙，《尼罗河上的惨案》拍摄地——这些"能指"让人蠢蠢欲动。递给售票员二百第纳尔时，恰好朋友们来了，寒暄中一起离开。途中发现售票员是按照一百第纳尔找零的，于是返回售票处，一番口舌理论。"这样吧，你看完秀之后再来窗口。"我头也不回地走了，也不打算再来。

灯光秀始于公羊大道。听盘旋在夜空里的低沉声音讲述埃及的古老传说，看魅惑灯光投在巨大石柱上的美与惊悚……间隙时间，一位年轻男子来到导游拉起的隔离线前，借手机的光亮查看着什么，忽然停在站在第一排的我面前："是你吗？少找了一百第纳尔？"我从3000年前的神秘与遥远中，回到恍惚的现实里点点头……他笑了，旋即递上一张纸币，我对着他的背影说谢谢……一百第纳尔不算大数目，但是这个故事我愿意讲一百遍。寒冷夜风中的寻找，你遇到过几次？

卡纳克神庙的恢宏石柱，作了经典侦探片《尼罗河上的惨案》**Death on the Nile (1978)** 谋杀现场之一。一对美国夫妇来到埃及度蜜月，与我们的路线无二：骑马奔向金字塔，触摸斯芬克斯之谜，而后是尼罗河邮轮之旅。

不同的是：我喜欢在甲板上晒太阳，片中的色情小说家莎乐美喜欢沉醉在以鳄鱼神命名的 Sobek 鸡尾酒里；住在老瀑布酒店写下这本小说的阿加莎·克里斯蒂，她的这艘尼罗河邮轮上的每个人都有谋杀嫌疑。封闭空间做了发案与破案的好地点，新郎的前女

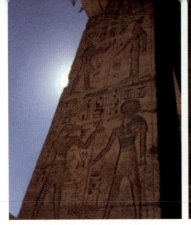

神庙与壁画

友妒火中烧，尾随至此。事实上是她策划了一切，意在杀了富有新娘，与情郎谋取钱财远走高飞。《开罗紫玫瑰》里令人怜惜的女招待米娅·法罗，摇身变成了尼罗河上的幕后凶手。但最有趣也最意外的，是大侦探波洛为描绘一连串血腥谋杀的动机所借用的莫里哀——女人最大的心愿，是叫人爱她。

时代变了。纵贯尼罗河的邮轮启航时，我战栗不已，默念的不是莫里哀而是惠特曼——做一个世界的水手，奔赴所有的码头。

夜晚泊在卢克索神庙拜访鳄鱼神，清晨行至荷鲁斯神庙朝圣老鹰神……住在尼罗河畔，乘着名的三角帆船出航。身穿长衫的水手，子承父业。在大城市开罗并不多见，而卢克索岸边招揽 Felucca 生意的都是这样的黑皮肤努比亚男子，让人恍然意识到身在非洲。骄傲地自诩为首位努比亚船长的父亲，带领我们上岸参观，村落刷上了色彩，依旧掩不住破败。少年戴着《V 字仇杀队》的面具，船上飘起鲍勃·马利的旗帜——也许他们是他们的勇气和慰藉？而我，享受着尼罗河上的时光：河水蓝得像夜空，静得像我对你的情意。

《开罗时光》 (Cairo Time, 2009)，是《迷失东京》，是《廊桥遗梦》，也可以是任何一部发生在意大利的浪漫旅行电影。神秘的北非风情亦为电影所爱，贝托鲁奇的《遮蔽的天空》 (1990) 即是一部摄影优美的旅行电影，充满古怪的大胆冒险，取代圣马可广场上或

《尼罗河上的惨案》

邮轮上的我

托斯卡纳草地上的露天调情的，是北非城镇的帐篷与有百叶窗的屋子；而伊丽莎白·泰勒在《夏日惊魂》*(1959)* 中的人物，于北非海边城市旅行时发现的事情又是多么难以名状。如果传统的"男孩遇到女孩"模式可能对异国恋情的幻想有局限，那么又衍生了很多其他组合。根据田纳西·威廉姆斯的小说改编的《罗马之春》*(1961)* 中，一个老男人＋一个年轻女人的模式被反转：费雯丽扮演一个上了年纪的有钱妇人，试图通过从年轻男子那里买春而徒劳地留住骄傲——由沃伦·比蒂扮演的年轻男子。斯通夫人的滑稽在于：是扭曲的性关系而非这座城市的美丽使其情欲增强。费雯丽已经在《蔚蓝深海》*(1955)* 中扮演过一个类似角色，而在《愚人船》*(1965)* 中，又将以一个令人唤起悲剧的斯通夫人的角色结束她的演艺生涯。

帆船上的努比亚水手

　　《开罗时光》是一部中年罗曼史。异国地点可以激起肾上腺素，但文化距离也证明了是破坏浪漫爱情的巨大鸿沟。这个新教美国—伊斯兰埃及的罗曼史里有文化距离，但也证明了人类情感可以跨越鸿沟。一位美国女记者，孩子上了大学，事业告一段落，她终于可以来到开罗看望执行联合国任务的丈夫。在始终等不到对方的百无聊赖中，她与丈夫的前下属、一位英俊又绅士的埃及男士结伴同游：看金字塔、抽水烟、喝咖啡、泛舟尼罗河……情愫渐生时，丈夫回来了。坐在汽车里，女人潸然泪涌。一句双关的"幸好我等你了"，结束了她的假日。只牵过手的情意，更轻又更重。

　　也许我们都有过这样的"开罗时光"：刹那光芒，美得刺痛。

我镜头里的斯芬克斯

《开罗车站》

开罗时光

外来者的眼睛，常常蒙了莎乐美的七重纱——有金字塔、鸡尾酒、尼罗河上的三角帆船。而真正的开罗故事，还要他们自己讲。

如同意大利的《偷自行车的人》，每个国家的新现实主义都始于街头。尤瑟夫·夏因 **(Youssef Chahine)** 的早期力作《开罗车站》**(1958)**，被公认为最重要的阿拉伯电影之一。一个在开罗火车站卖报为生的跛脚男人，所住陋室里贴满从杂志上剪下来的袒胸露乳美女照。从天上到人间，他又喜欢上在站台卖汽水的惹火尤物，但人家喜欢的是既有志向又会赚钱的青年才俊。爱而不得的卖报人邪念妄生，把这个瞧不起他的女人带上铁轨，最终灯亮了……埃及电影之父夏因，亲自出演了这个不知可悲还是可怜的小人物。如同印度的《阿普三部曲》摒弃了宝莱坞歌舞，表现现实残酷的《开罗车站》也摒弃了埃及歌舞片，也遭到本国人抵触，因对性与社会问题的描写被禁 12 年。

时代的关键词变了。住在尼罗河畔，第一眼就被吓到：ISIS……以为住进了伊斯兰国开的酒店，后来才知是女神伊西斯的名字——埃及艳后克利奥帕特拉就自称伊西斯之女。然而，埃及处处关卡都有荷枪实弹的士兵，北西奈不断发生恐怖袭击。想来后怕，老天也算眷顾我们这些傻乎乎的好奇者。

尼罗河上的鲍勃·马利

《走向深渊》**(1978)** 里埃及女孩的话，也道出我的痛心疾首：埃及过去很美丽，现在破烂不堪。我们刚结束了一场战争。这部改编自真实事件的影片，说的是第三次中东战争。像第二次中东战争一样：埃及败给了以色列。对祖国失望的埃及女孩前往巴黎读书，见识了西方的自由自在，也迷恋上穿裘皮、坐小汽车的奢华生活，于是做了以色列间谍。埃及火箭基地被炸，她被捕，不久爆发了第四次中东战争。1973 年这场著名的六日战争，缘于埃及与叙利亚分别攻击被以色列占领的西奈半岛和戈兰高地。彼时埃及总统萨达特联合其他阿拉伯国家对抗以色列，直到联合国停火令生效。这场战争为阿拉伯世界未来的和平进程铺了路，埃及从此开放门户，成为第一个承认以色列的阿拉伯国家，也削弱了美苏主导中东的地位。

村落少年的 V 字面具

战争之后是革命。2006 年的《亚库比恩公寓》，预言了 2011 年的埃及革命。屹立在开罗市中心的亚库比恩大厦，1930 年由旅居埃及的美国人亚库比恩所建，意大利建筑师的欧洲风格让他如此喜欢，便将自己的名字用拉丁文写在门上。最初是名流聚居地，住客有首相、帕夏、外国人和犹太人。一切皆美。待 1950 年革命爆发，埃及历史由此转向，美亦不复。纳赛尔发动军事政变，推翻法鲁克王朝、废除君主政体，帕夏和贵族时代结束。大厦被军界要人占领，军官的妻子们在屋顶养起鸟。人民的境况变了，整个国家都变了。随着军人搬进纳赛尔新城，70 年后的住客是帕夏后裔或暴发新贵，天台上混居着贫困的笼民。

一座亚库比恩公寓，写尽现代埃及的末日众生。埃及人不会惊讶它预言了五年后的革命，只会惊讶为什么等了这么久才推翻穆巴拉克。女歌手温柔无比的法国香颂"玫瑰人生"，却把革命前夜的埃及唱得更惶恐。

对于今天的外来者，开罗咖啡馆或可意味着一场浪漫的孤独情事；而对于昨天的埃及人，咖啡馆或可招致一场牢狱之灾。改编自诺贝尔文学奖得主马哈福兹小说的《卡尔纳克咖啡馆》*(1976)*：三个在咖啡馆聚会的大学生，一次次被"权力中心"的秘密警察逮捕、拷打甚至强奸，直到萨达特政府恢复了民主和自由。2011 年，开罗爆发示威游行，执政近 30 年、引起民众极度不满的穆巴拉克宣布辞职，权力移交军方，街头政治赶走了穆巴拉克，埃及的经济问题依旧凋敝，如今仍有年轻人走上街头，反抗穆尔西军政独裁。

反宗教狂热和伊斯兰原教旨主义的尤瑟夫·夏因，影片被禁，他亦入狱。半世纪过去，《亚库比恩公寓》闯入政治腐败、性别歧视以及同性恋文化禁区，非但没有被禁，反而成为热门。驾驭这部埃及历史上最贵影片的导演 *Marwan Hamed*，年仅 27 岁。时代变了。

埃及艳后

　　我的埃及最后一站，给了伟大的亚历山大缔造的这座城。

　　在葡萄牙尚未崛起、威尼斯共和国称霸时，这里是东方贸易的最大港口，香料和黄金让人垂涎；亚历山大图书馆拥有全世界最浩瀚的藏书。在电影《埃及艳后》中，恺撒火烧船不小心烧到了大图书馆，惹得克里奥帕特拉大怒，里面有亚里士多德的手稿、柏拉图的评论和剧本啊！可惜，一切已成往事。好在有 1908 年的手工咖啡馆与 Fish Market 的美味海鲜。而在图书馆，终与大帝相遇。

　　马哈福兹有《开罗三部曲》，出生在亚历山大的尤瑟夫·夏因有"亚历山大三部曲"：《情迷亚历山大》*(1979)*、《埃及故事》*(1982)*、《亚历山大再次和永远》*(1990)*。以二战期间的亚历山大城为背景，刻画了谋刺丘吉尔的恐怖分子、热爱戏剧的学生、流亡的犹太人等。

亚历山大港口及图书馆

　　较之现代埃及，我更钟情古埃及。帝王谷里，法老与贵族墓中的壁画美则美矣，若想偷拍一张，最好先偷偷塞几张埃镑给巡视员，以获得"心照不宣"的许可——你看，这就是现代埃及。较之法老喜欢以神"提喻"自身，贵族们更温存可近，与妻子下人享受生活的场景、布满屋顶的葡萄藤，让人心顿时活泼起来。

　　尽管时光侵蚀了古老的神庙与壁画，但是启迪了无数艺术家的埃及美学，至今看来都是独树一帜的 Fashion。而这 Fashion，是看电影的大乐趣：那些服装、配饰、妆容与排场啊！早在默片时代，好莱坞就请来美艳的 Theda Bara 拍了最早的《埃及艳后》（Cleopatra, 1917）；1934 年，红得发紫的克劳黛·考尔白出演《埃及艳后》；最著名的当然是 1963 年版，伊丽莎白·泰勒与她的

帝王谷的壁画：法老与贵族

女王，如同希斯·莱杰与他的 Joker，将不分彼此地走向不朽。

那是一个史诗年代，理查德·伯顿于"亚历山大大帝"后再演"安东尼"。有《宾虚》的全胜在先，这部头号古装巨制达到了美学与经济学的双重巅峰，泰勒与伯顿的旷世爱情，以及几乎让 20 世纪福克斯破产的事实，让影片变成神话。

尼罗河滋养大地，我就是尼罗河——伟大的恺撒大帝，也醉倒在尼罗河里……然而，这位被民间传说与好莱坞巨制想象为"绝代艳后"、被莎士比亚描绘为"旷世的肉感妖妇"的女子，几乎不露芳踪，除了一尊雕像与钱币上的侧影。但是她几乎成了一个代名词。在美国喜剧大师刘别谦的电影里，女主角说："如果你是唐璜，我就是克利奥帕特拉。"

埃及小王子托密勒与姐姐克利奥帕特拉打内战，因为不能共享王位，所以要将其逐出亚历山大。庞培被恺撒打败后逃往埃及，罗马的伟大也依赖埃及的粮食与富足，于是恺撒来到亚历山大。一件裹在地毯里的"礼物"——是我们认识埃及艳后的经典方式。不同凡响的克利奥帕特拉俘获了统治半个世界的恺撒，然而她的野心更大，激励恺撒追随亚历山大大帝，统治整个世界——世上只有一个国家，首都就在亚历山大。

奉行共和制的罗马担心恺撒称王，于其加冕前行刺。随后派来安东尼——正是克里奥·帕特拉少女时代爱慕的英雄，曾帮助其父保住王位。艳后欲擒故纵，我打扮好就是为了诱惑你，可安东尼一定没那么容易被诱惑。她用渔网打捞美人和珍珠，也打捞了英雄。屋大维煽动舆论，这条毒蛇使恺撒和安东尼都成了罗马的叛徒，继而发来战书。骁勇的安东尼让艳后看到了希望，她用王冠交换爱人，用毒蛇殉道自己，留给世人一句箴言：不要对爱失去信心。克劳黛·考尔白的艳后不再是女王，而是女人；埃及最后一位法老不是殉道江山，而是爱情。

泰勒版埃及艳后

　　那么，但愿费雯丽版的《埃及艳后》*(1945)* 不会让你失望。野心勃勃的女王不见了，为爱扑火的女人不见了，夜晚躲在斯芬克斯之下偷听恺撒独语的是个小女孩"Old Gentleman，快上来，罗马人会吃了你！"一代妖后，变成了费雯丽自己。恺撒惊呼："多可爱的孩子。"像是个梦。多美的梦。梦中的小魔女。你是女孩又是猫。他训练小猫成为女人和女王。当她杀了人，恺撒不高兴："我不哭了，我知道你不喜欢眼泪。可是你对我冷言冷语时我就会很受伤。你对我太坏，我不原谅你……"

　　到了 21 世纪 HBO 的《罗马》，小女孩变成了蛇蝎女。只怕克利奥帕特拉也会说："时代不一样了……"正面全裸、背面全裸、剑喉、砍头——创下性与暴力新高的《罗马》，甚至要分为足本与洁本卖到全世界。与《亚历山大大帝》的命运相似：比起 1956 年版理查德·伯顿的古典孔武，2004 年版科林·法瑞尔置身于暧昧的同性丛林……前一个亚里士多德教诲亚历山大征服——希腊文明是一流的、民族性是一流的，其余均属野蛮，我们的职责就是征服他们、奴役他们，必要时摧毁他们。后一个亚里士多德激励亚历山大追求卓越——走向卓越在于懂得节制，而同性之爱比起低级肉欲更为崇高智性。

　　征服了彼时最大的波斯帝国，年仅 25 岁的亚历山大成为万邦之王。在令人疯狂的叙事——循环往复的快ান倒退中，奥利弗·斯通抓取了亚历山大的秘密——与神话相随的时候，我们是最孤独的。从波斯到印度，无尽征战不是为了黄金和享乐，而是追随神话。

　　有神，自有神话。古希腊、古埃及始终是好莱坞的神话。由于成本高昂，在《埃及艳后》之后，好莱坞放弃古罗马题材许久。进入 21 世纪特别是"9·11"后，史诗与神话又成为热点：如《角斗士》《亚历山大大帝》。现代美国人被一种反恐时代的焦虑所笼罩，他们希望回到过去，向历史

最著名的法老·图坦卡蒙金面具　　亚历山大城堡

寻找文明或文化之间的冲突范例。在这个意义上，也许亚历山大的故事充满启示，因为他征服了东方，并为被波斯人夺取了旗帜的雅典复了仇。1956 年版的亚历山大是希腊式理想：战士也是诗人；2004 年版的亚历山大更像多元文化的理想：解放了每一座亚历山大城的人民、鼓励异族通婚，他率先娶了一位蛮族公主而非马其顿女子。

　　而今，恺撒大战埃及的灯塔早已不在，只剩一座城堡见证盛大里的残缺。当好莱坞几乎为了《埃及艳后》破产之际，埃及人自己在拍《萨拉丁》*(1963)*。周总理访问埃及，还接见了影片全体演职员。

　　尤瑟夫·夏因，展现了从新现实主义到战争史诗的类型跨度的气魄：基督教十字军占领耶路撒冷近百年，12 世纪末袭击了穆斯林，阿拉伯人沦为难民，由此挑起与埃及的战争。阿尤布王朝的首任苏丹萨拉丁，一生最重要的功绩与风范，即将书写。日后被西方视为骑士精神楷模的埃及萨拉丁，与被誉为"最完美骑士"的英国狮心王，狭路相逢。萨拉丁救了狮心王，谴责他为了做耶路撒冷的帝王而牺牲了成千上百的士兵。萨拉丁收留基督教兄弟、释放基督教俘虏，圣诞夜没有战斗、只有基督徒唱圣歌——这一切感动了狮心王，战争不再有意义，他选择了撤退。沦陷近百年的耶路撒冷重归阿拉伯人，萨拉丁许诺：各方教徒，齐来朝拜。

　　一如美剧《罗马》在恺撒与艳后之外虚构了一位平民百夫长，现代人拍历史故事喜欢以小人物平衡大英雄。雷德利·斯科特的《天国王朝》*(2005)* 有萨拉丁大帝，但主角是法国小铁匠。奥兰多·布鲁姆长大了，留着胡须、忍辱负重，最终成为富有良知和气概的男子汉。影片对伊斯兰教早期历史的刻画与尤瑟夫·夏因一致，只不过萨拉丁与狮心王的英雄惜英雄，将是结尾处的下一个故事了。

　　看今日扰攘，盖因少了骑士精神？

萨拉丁大帝

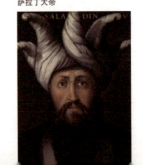

出埃及记

卡纳克神庙最动人的雕像，是拉美西斯二世与他深爱的女人。如果萨拉丁大帝见证了基督徒与阿拉伯人的冲突，那么拉美西斯二世见证了犹太人与阿拉伯人的冲突，《出埃及记》如雷贯耳。

卡纳克神庙

对于埃及，我最恋恋不舍的是红海。而对于红海，最早的认知来自好莱坞电影《十诫》*The Ten Commandments (1956)*。摩西带领希伯来人出埃及时"劈开红海"的一幕，在特效尚未诞生的年代，俨如奇迹。直到住进拥有私属海滩的度假酒店，我眼前的红海不再磅礴，而是美得不可方物。

拉美西斯二世与爱妻

而对于新人类，《出埃及记》*(Exodus)* 也许首先意味着马克西姆的狂飙曲，而非保罗·纽曼的电影。以色列建国的辛酸历史，被一遍遍讲述。2000多年前，古以色列的希伯来人被罗马帝国占领、受大希律王迫害，因而反叛四起、世道混乱。马太福音言："有主的使者向约瑟梦中显现，带着你的小孩同他母亲逃往埃及，住在那里，等我吩咐你。"许多希伯来人逃往埃及，又经受压迫400年，尤以法老拉美西斯二世当政的年代最甚。

尼罗河畔的卡纳克神庙、孟菲斯的巨大雕像以及埃及的荣耀，均由希伯来人苦役所建。苦难中，他们等待神的启示。神说要有光，于是有了光。传说有颗彗星落入人间，将光赐予希伯来新生婴儿，于是法老下令杀死所有希伯来婴儿。一个男婴被母亲装进篮子顺河漂流，被

我与红海

　　法老的公主收留，奴隶之子变成埃及王子，取名摩西。

　　长大后的摩西被法老委派去建新城，他分发粮食给奴隶，星期天是休息日。身世曝光后，觊觎王位的弟弟拉美西斯二世将其放逐沙漠荒野。对不可名状的神的追随，令摩西存活，于西奈山娶妻生子牧羊。终得神的指引后，摩西回到埃及。面对法老的严酷，神遍行神迹。摩西率领 40 万名希伯来奴隶，劈开红海、出走埃及。

　　《纽约时报》评选 21 世纪最伟大电影，高居榜首的是《血色将至》。导演保罗·托马斯·安德森正是从《出埃及记》中借来片名——埃及到处都是血色将至的景象，即使是木制或石头容器也不例外。1960 年，一向大逆敢言的英国导演奥托·普雷明格，将旧约故事搬演至二战大屠杀背景下。"大卫之星"号载了 611 名犹太人，即将运往集中营。以色列反对派领袖阿里，则要把他们运到巴勒斯坦，以此抗议联大关于犹太人不得进入巴勒斯坦的决议。人们戏谑："你是摩西吗？你要劈开红海吗？这不是红海是地中海。"

《十诫》之劈开红海

联合国委托英国管理巴勒斯坦地区，而阿拉伯人不允许当地有更多犹太移民。这艘具有隐喻意义的"出埃及号"以绝食抗议，迫使英国开闸，轮船驶出港口。对于民族差异，美国女人说"人和人都一样"，阿里说："我们有权不一样，我们喜欢不一样，我们是时候被尊重了。"但是当极端组织实施爆炸，反对暴力的阿里最终谋求以色列人与阿拉伯人的和平共处。

在《天国王朝》后，雷德利·斯科特以《法老与众神》*(2014)* 再写《出埃及记》，而埃及以"犹太复国主义"之名禁止影片

《出埃及记》之摩西

在本国上映。史诗年代里，摩西亦是"宾虚"（查尔登·海斯顿）；超英雄年代里，摩西亦是"蝙蝠侠"（克里斯蒂安·贝尔）。当年摩西不见神只闻神，而今神派来小男孩做信使，对大摩西说着天启或复仇之童言；当年震撼的"劈开红海"，而今变成"洋流退去"。就像穿越3000年的《木乃伊》系列，虫噬奇观取代了美感。

今日无比崇高。

私享 List

埃及国家博物馆　　尼罗河邮轮之旅　　卡纳克神庙

卢克索神庙　　帝王谷　　红海

跋

历史是一座罗生门。这是我的观看史。

齐泽克看罢库布里克的《大开眼戒》，写下——幻想的尽头是深渊，那里什么也没有。

电影何尝不是幻觉？但又不止于幻觉。我们有理由在电影的世界里获得片刻飞翔。

就像夏加尔的画，人物都是飞起来的。

就像库斯图里卡的电影，人物也常常飞起来。

巴尔干的处境如此艰难，唯有守住生命中最单纯的乐趣和幽默；

当四周战火正炽，他确认了喜乐仍在。

我希望确认，在行走与电影之间，有一种飞翔之后回到大地的力量。

我希望是惠特曼在《草叶集》里的诗——

做一个世界的水手，奔赴所有的码头。

图书在版编目（CIP）数据

城之影. II / 王田著. -- 北京：中国广播影视出
版社，2019. 3
ISBN 978-7-5043-8198-9

Ⅰ. ①城… Ⅱ. ①王… Ⅲ. ①游记- 作品集- 中国-
当代 Ⅳ. ① I267.4

中国版本图书馆 CIP 数据核字（2018）第 237938 号

（本书区位图参照"谷歌地图www.google.cn/maps"所绘）

城之影 II

王田 著

出 版 人	王卫平
总 策 划	陈晓华
图书策划	林 曦
责任编辑	宋蕾佳
装帧设计	禾 禾
责任校对	龚 晨

出版发行	中国广播影视出版社
电 话	010-86093580 010-86093583
社 址	北京市西城区真武庙二条9号
邮 编	100045
网 址	www.crtp.com.cn
电子信箱	crtp8@sina.com

经 销	全国各地新华书店
印 刷	北京凯德印刷有限公司

开 本	710毫米 × 1000毫米 1/32
字 数	213（千）字
印 张	10
版 次	2019年3月第1版 2019年3月第1次印刷

书 号	ISBN 978-7-5043-8198-9
定 价	32.00 元